JN192936

須賀敦子の本棚7

池澤夏樹＝監修

Memories of a Catholic Girlhood MARY McCARTHY

私のカトリック少女時代

メアリー・マッカーシー　若島正訳

河出書房新社

目次

私のカトリック少女時代

ルールに

読者へ

ここに収めた回想記は、何年ものあいだにゆっくりと書きためたものである。初出の雑誌で読んだ読者の中には、小説だと受け取った人もいた。私がそれを「でっちあげた」のだという思い込みは、私を知っている人々の中にも、驚くほど蔓延している。「あのユダヤ系のおばあさん……！」とユダヤ系の友達はやんわり、眉唾物だと言わんばかりにたしなめた。「ねえ、あなたのおばあさんが本当にユダヤ系だなんて、まさか私たちが信じるとは思ってないんでしょ」というわけだ。ところが本当に祖母はユダヤ系だったし、人前に出た折に、見知らぬ人がにこにこしながらやってきて、「マイヤーズおじさん」なんてインチキなんでしょ、白状しなさいよ、と言ったことが一度ならずあったが、よく私を折檻した意地悪な大叔父も本当にいたのである。こんなふうに疑われる理由がよくわからない。残酷な大叔父よりもっとひどい男たちのことを新聞で読んだことがあるし、非ユダヤ系の家族にユダヤ系の祖先がいるのもよくあることだ。もしかすると、職業作家が書くものはどれもすなわち嘘である、と一般大衆は当然のように考えているのだろうか。職業作家とは「嘘つき」であると思われていて、嘘をつくのが癖になり、これだけは嘘じゃなくて本当なんだと言い張ったところで、両親から機械的にたしなめられる子供のようなものなのだろう。

この回想記を書いている途中で、これが小説だったらと思ったことが何度もあった。でっちあげの誘惑はとても強く、とりわけ記憶がぼやけていて、出来事のおおまかな内容は憶えていても、細かいところまで憶えていないときがそうだ――ドレスの色だとか、絨毯の模様だとか、絵が掛けてあった場所だとか。会話の場合のように、その誘惑に負けてしまったこともときどきある。私は記憶力がいい方だが、何年も前に起こった会話をまるごと憶えていられるはずがない。くっきり浮かび上がるのはいくつかの文だけだ。「みっちりしごかれるぞ」「忍耐が王冠を勝ち取る」「信仰を失ってはいけません」ここに書かれている会話は大半が虚構である。カギ括弧はだいたいそんな内容の会話があったことを示しているが、正確な言葉や発言順は保証の限りではない。

それに、でっちあげたのかどうか、自分でもわからない場合がある。憶えているような気がするものの、絶対とは言い切れない。たとえば、聖心会のシスターたちが、ここで書いているように、本当にヴォルテールについてそこまで教えてくれたのかどうか。たしかなのは、初めてヴォルテールのことを聞いたのが、修道院のシスターからだったということだけだ。それから、シスターたちが本当にボードレールを教えてくれたのか。今の私にはきわめて怪しいように思えるが、それでも私はそう書いている。たぶんボードレールを入れたのはおまけで、彼のような生き方を嘆いてはいても、シスターたちがどういう種類の詩人を愛読したかを読者にわかってもらうためだったに違いない。修道院の噂では、シスターたちは禁書目録に載っている本を読んでもかまわないという特免が与えられているという話で、沈着冷静かつ教養のあるシスターたちが異端の書物に鼻を突っ込んでいるところを想像すると、私たちは愉快だった。ただ、ここで言う「私たち」とはおそらく、私自身の他に、数人の「風変わりな」精神の持ち主に限られるだろう。

修道院や、その後の寄宿学校での、教師や女生徒たちについては、実名を出さなかった。ただし、そうした人々はすべて実在であり、合成した人物像ではない。近親者の場合は実名を出し、可能なかぎり、隣人や下男、一族の友人にもそうした。私にとって、この記録は史実であることを標榜しているからである――つまり、その大半は確認することができる。自分でわかっている以上に虚構が混じっているとすれば、訂正するにやぶさかではない。後で触れるように、記憶をすでに訂正した例もある。

記憶をたどるという課題で大きなハンディになるのは、孤児だという事実だった。回想の鎖――一族の集合的記憶――が断ち切られているのだ。私たちに家族史を教えてくれるだけでなく、子供時代の記憶を正し、これは私たちが思っていたようには起こらなかったはずだとか、反対に、それは私たちが憶えているとおり、いつぞの夏、誰々が私たちの子守だったときに、たしかに起こったとか言ってくれるのは、普通は両親である。たとえば、かつて私の息子ルールは、ムッソリーニが戦時中に、ケープコッドのノーストルーロでバスから放り出されたと思い込んでいた。この記憶は一九四三年のある朝に遡る。幼い子供だった彼は、父親と私と一緒に、帰る途中の来客をハイアニス行きのバスに乗せるため、ウェルフリートの道路脇で待っているところだった。そこへバスがやってきて、運転手が身体を乗り出し、最新ニュースを叫んだ。「ムッソリーニが放り出されたぞ」今ではルールは、ムッソリーニが決してマサチューセッツのバスから放り出されたわけではないと知っているし、どうしてそんな印象を持ったのかも知っている。しかし、もし彼の父親と私がその翌年に亡くなったとしたら、誰もが歴史的に不可能だと言いそうなことを彼ははっきり憶えていて、頑固な記憶と記録に残された頑固な事実とで折り合いをつける手立てはないことになる。

孤児として、私は二組の祖父母の間で育てられた。その二組とも今では亡くなっているので、質問することも叶わず、いずれにせよ、私たちの子供時代の日常的な事実を、両親の生前であれ死後であれ、あまり知らなかった。叔母や叔父たちも、私たちの家庭生活とは疎遠で、あまり関心を持っていなかったし、ミネアポリスに住んでいた時期の記憶について私の記憶を裏付けてくれる弟のケヴィンも、両親が亡くなったときにはまだ幼すぎて、ほとんど両親のことを憶えていなかった。まだ幼いときの出来事は、ぼんやりした記憶と、叔父や叔母たちの漠然として矛盾した証言、祖母がまだ惚ける前に口にしたさりげない言葉、母の結婚前の友達が寄こしてくれた手紙にたよらなければならなかった。ミネアポリス時代に関しては、ケヴィンに助けてもらったが、後の、弟たちと別れて暮らしたシアトルでの出来事については、また主に自分の記憶だけになっている。私が知っている、もっと昔の家族史は、噂や、新聞の切り抜き、古い写真、そして九十九歳まで生きていた曾祖父がつけていたスクラップブックの日記帳のようなものから接ぎ合わせたものである。この老人は一族の中で唯一の歴史の生き証人だったように思える。私がいちばん親しかった祖母は、（後に示すように）その義理の娘に当たるが、過去のことを話すのを嫌っていた。

しかし、この困難さが逆に刺激になった。孤児として、弟のケヴィンと私は私たちの過去に激しい関心を持っていて、それをなんとか一緒に再構築しようとして、まるで二人の素人考古学者みたいに、新しい証拠に飛びつき、それをうまく嵌め込もうとして、親戚に質問したり、私たち自身の記憶を延々と検討したりした。それは一種の探求であり、そこにケヴィンの妻や私の夫や友達まで加わって、私たちと一緒にアルバムを調べたり、推理を述べたりする。「おばあさんがあなたに嫉妬していたなんてことがあると思う?」「おじいさんがノイローゼになったことは?」

外部の人間にはこれが奇妙に見えるかもしれないなんて、私たちの誰もが思いもしなかったが、一週間前のことだ。日曜日で、何年も会っていなかった弟のプレストンが、田舎にあるケヴィンの家で昼食をとるためにワシントンからやってきて、妻子も一緒に連れてきた。合計七人、七人の大人(友達も一人連れてきたから)がカクテルを飲んでいるとき、誰かが――私の夫だと思う――マイヤーズ大叔父のことを口にした。プレストン、マイヤーズおじさんのスナップ写真を持ってる? 「マイヤーズおじさんって誰?」と、まったく無邪気なプレストンの妻の声がした。みんなの動作が止まり、信じられないと言わんばかりに部屋中が凍てついた。ケヴィンが手にしたカクテルシェーカーも、「眠れる森の美女」の話に出てくる料理人が回す焼き串みたいに、宙で止まった。「マイヤーズおじさんって誰?」と、ケヴィンの妻であるオーガスタがとうとう鸚鵡返しして、こらえきれずに笑いながら椅子に倒れ込んだ。「マイヤーズおじさんって誰?」とケヴィンが、憤慨した真似をして叫んだ。私たちは長いあいだ大笑いしたので、何事があったのかと子供たちが走ってやってきた。「マイヤーズおじさんが誰か、アンが知りたいんですって」とオーガスタは幼い息子のジェイムズ・ケヴィンに説明した。彼はうなずいてから、また走って出ていった。どうしてそんなにおかしいのか、彼に説明する必要はなかった。彼もわかっていたからだ。マッカーシー家の軌道に入った者がマイヤーズ大叔父に気づかないということとじたい、まったくとんでもないことだったのである。

　私たちが誰を笑っていたかと言えば、それはもちろん、私たち自身である――アンではない。ただし、アンはそう思ってはいなかったが。マイヤーズ大叔父は私たちの白鯨だった。私たちの近くに寄ってきた人間は、誰でも、知らないうちに船出してしまうのである。しかし、それはマイヤーズ大叔父にとどまらない。私たちの家族史の何から何までが、そのほんの一部を聞いた人々をも、魅惑してしまうのだ。彼らはもっと知りたいと言うが、それはちょうど私たちにも当てはまる。決して知り得そうにないことまで知りたいと思うのである。でもなぜだろう？　ただの感染という以上に、この好奇心を誘うものは何だろう？　私たちの一族は人目を惹くものではない。どちらの側にもとりたてて天才はいないし、奇人すらいない。成功というものが評価基準になるならば、知能程度は数世代にわたって平均より多少上だが、親戚の大半は所属する階級やタイプにおいてきわめて典型的であり、それは過去もそうだったし現在もそうである。その組み合わせが実に奇妙で、これまで実に奇妙な結果を生んできたのだ。彼らは普通の人々でありながら実に奇妙なふるまいをした。それはお互いに対してもそうだったし、私たち子供四人に対してもそうだった。それこそが魅惑の源だと思う。これはどうしてなのか、説明してもらいたくなる。彼らが普通ではなかったのか、それとも彼らのふるまいが見た目ほどにはそんなに奇妙ではなかったのか、どっちか知りたくなる。彼らは、間違いなく、自分たちが異常だとは思っていなかった。彼らの目には、自分たちが他の人間と同じで、ふるまいも、私が判断できるかぎりでは、彼らにとってごく自然なものであり、誰でもそういう状況になればしそうなことだった。他の人間がみな、彼らのことを不思議がるのが、彼ら――生き残っている人々

――にとっては不思議なのであり、それはたしかに凡庸さのしるしである。そしてこちらが閉ざされたドアをドンドンと叩くことになるのは、まさしくこの凡庸さ、この自意識のなさの故なのだ。

私は一九一二年にシアトルで生まれた。四人兄弟の長女である。両親が出会ったのはオレゴン州にある避暑地で、母はワシントン大学の女子学生、父はミネソタ大学卒で、ワシントン大学のロースクールに在学中だった。彼の父親であるJ・H・マッカーシーはダラスとミネアポリスで穀物倉庫業を営み、一財産築いていた。それ以前は、一家はノースダコタ州で農業をしており、さらにそれ以前はイリノイ州にいた。数世代遡れば、マッカーシー家はノヴァスコシアに移住してきたのが始まりである。移住の理由は宗教的なもので、ジャガイモ飢饉ではないという。いずれにせよ、言い伝えによれば、祖先は「難破船荒らし」になった。これはノヴァスコシアの沖合いに出没する、追い剝ぎによくあるタイプで、夜、岩場の絶壁で羊にカンテラを結わえつけて港の灯台を装い、船を破滅へと導くものである。目的は略奪行為か、あるいは海難救助契約を結ぶためだったという説もある。略奪行為の方がずっとロマンチックなので、私としてはそうであってほしい。私がマッカーシー家の人間を知るようになった頃には、すでにマッカーシー家は由緒ある一族になっていた。それでも、一族には野性の血が流れていた。男性は飛び抜けてハンサムで、海賊みたいに髪も眉も黒くて、肌はとても白く、目は奇妙にきらきらした灰緑色、それが長くて、黒くて、太い「マッカーシー眉毛」に縁取られていた。髪の色素には妙なところがあり、祖父マッカーシーは二十歳になる前に髪が白髪になり、父も同じ歳には髪がグレーだった。

女性は敬虔で不美人だった。祖母のエリザベス・シェリダンはブルドッグみたいな顔をしていた。彼女の一族も、もとはと言えばカナダに移住してきて、そこからシカゴに移った。

彼女の息子たちはみな、「フッー」になろうとしてか、美しい妻を娶り、相手はみなプロテスタントだった。（彼女の娘であり、私の叔母であるエスターは、フローレンス・マッカーシーという名前の男やもめと結婚し、この男性は、奇怪なことに、カトリックでもなかったという。）私の母、テレーズ・プレストンは、いつも「テス」または「テッシー」と呼ばれていて、美人で人気があり、歌わせれば魅力的でハスキーな声の持ち主で、ワシントン湖を見晴らす豪邸を持つシアトルの有力弁護士の娘だった。彼の一族はもともとヴァーモント州出身で、先祖は昔のニューイングランドの出だった。ハロルド・プレストンは合衆国上院議員に立候補して、「同業者たち」のせいで負けたという話はいつも聞かされた。州上院議員として、彼は初の労働者補償法案を立案して合衆国議会で通し、これが後に全米で制定される労働者補償法のモデルになった。彼は法律にくわしく、法律の諸点について他の弁護士からもよく相談を受けていた。彼は州法律家協会の会長を務めた。裁判官になる気はなかった。給与が最高のレベルでも低すぎて、有能な人材が集まらない、と彼はよく言っていた。シアトルの同業者や実業家たちの中では、彼の名前は誠実さの代名詞だった。

父と母の結婚は、一族の両側から反対された。その理由は、一つには宗教上の問題、もう一つには父の健康の問題である。父は心臓が悪くて、子供の頃に聞いた話では、フットボールをしていたためらしいが、いつ何時死ぬかもわからないと医者に警告されていた。結婚式は反対にもかかわらず行われた。主に家族が出席するだけの小さな結婚式で、場所は湖を見晴らす家。父は七年保ったが（そのあいだに、母は四人の子供を産み、数回の流産を経験した）、良くなったことは一度もなかった。それに金も稼がなかった。ホッジ・ビルディングに法律事務所を持ち、幽霊共同経営者がいたが、大半の時間を自宅で、それもベッドの中で過ごし、私たち子供の遊び相手になっていた。

　これは陰気な状況に聞こえるが、実際にはとても陽気だった。母が面倒を見なければいけない子供をごっそり抱えた若い未亡人になるのではないかと、母の両親はたえず心配していたが、母と父はまったく暢気だったようだ。誰もが認めるように、二人はとても愛し合っていて、父は金の心配などしたことがなかった。父は月八百ドルか九百ドル、彼の父親からもらっていたし、母は彼女の父親から百ドルもらっていた。父はどうしようもないほどの浪費家で、ベッドに寝転がってはおみやげや思いがけない贈り物の計画を練っていた。読者は後に、私がもらった小さなダイヤモンドの指輪や、アーミン毛皮のマフや、襟巻の話を聞くことになるだろう。それから他にも憶えているのは、ガウン留めや、裏庭でのピクニック、イースターエッグ探し、次から次へと出てくる誕生祝いのケーキにアイスクリームの金型、父が私の部屋のドアノブに掛けておいてくれた豪華なメイ・バスケット、ヒアシンスの鉢植え、福袋や魚釣り遊びをするパーティ、午後に母がチョコレートやケンブリックティーを作らせてくれた小さなコンロ。母の家系にも浪費家の血が流れていた。しかし、何事も豪勢にしなくてはと言い張ったのは父だった。父が桃はこうやって食べるものだよと言って、砂糖の小山を作り、そこに桃を埋めたことを憶えている。そして父がある晩帰宅したとき、母に贈る真っ赤な薔薇を両手いっぱいに抱えていて、それで母が「まあ、ロイ！」と非難がましく叫んだのも憶えている。というのも、食卓には食事がなにもなかったからだ。それとも、これは誰かから聞いた話なのか？　毎月の仕送りを待っているあいだは夕食なしだったとしても、それがしょっちゅうあったはずはない。その反対に、私たちの悩みは「変わった」食事のせいで腹具合がおかしくなることだった、とか聞いている――このことは私の記憶にないし、私たちが使わされたとかいう浣腸剤や下剤の記憶もない。憶えているのは、女中や子守をずっと雇っておけなかったことだ。いちばん長く続いたのは、下品で、赤ら顔をした、不器量なアイルランド系の女性で、手にイボがあるし、美人じゃないので私は嫌いだった、忠実なガートルード。それから、しぼり袋を使わせたら名人だった、日本人の下男。

父はとても背が高くて、ドアを通るときには頭を下げてくぐるほどだ、と私はよく言っていた。これは誇張である。たしかに背は高かったが、写真でわかるように、人並み外れてそうだったわけではない。マッカーシー家の男性の常で、胴が太くて足のわりには長すぎた。グレーの髪をポンパドールにして、歩くときにはステッキを持っていた。私によく本を読んでくれて、たいていはユージーン・フィールドの詩かおとぎ話だった。聖心会修道院の近くにある並木道で、小夜啼鳥（さよなきどり）の声を一緒に聞いた記憶もある。しかし北米には小夜啼鳥なんていないのだ。

父は作り話が得意で、父に関する記憶はその大半が、きっと父親から譲り受けた虚飾に染められたものではないかと私は恐れている。ちょうど家族中にうつった風邪のようなものだ。祖父プレストンが人間離れしているほど誠実だったのに対して、マッカーシー家の血筋には、どこか虚言癖があった。私が大切にしまっておいた父親についての考えは、その多くが間違っていることがわかった。たとえばフットボールの腕前が凄かったという言い伝え。父はミネソタ大学のフットボール部でキャプテンをしていた、と私は長いあいだ信じてきたし、何度もそう言ってきた。ところが実際は、ミネアポリスの高校のチームにすぎなかったのである。こういう印象を持ったのは、祖母マッカーシーの自慢話からだったに違いないと思う。これも長いあいだ信じてきたことだが、父が大学でデルタ・カッパ・イプシロンの会員だったというのは、本当はデルタ・ユプシロンだったと思う。父が弟のケヴィンのために取っておいた金時計は、金メッキだとわかった――これにはひどくがっかりさせられたものだ。ロースクールのクラスで一番だったと、いつも聞いていたが、これも本当だとは思わない。言い伝えに関しては、父は才人で、一度父の日記を読んでわかったように、歴然とした文学的才能があった。その日記は身長に体重、体温に浣腸剤のことを記録したもので、ところどころに多少格言的な、いかにも学生らしい「思索」が鏤(ちりば)められている。父は自分自身のために、無神論者にして不可知論者の定義を、こつこつと書き出していたのだ。

それでもやはり、父のまわりにはロマンチックなアウラが漂っていて、そのある種の神秘的な力が人々に父の物語を創作したいと思わせるのである。たとえば、べつにとりたてて父の味方でもない祖母プレストンも、こんな話をしてくれた。シアトルからミネアポリスに行く運命の旅で、具合が悪くなった私たちの一家をノースダコタのどこかで降ろすぞと脅した車掌に向かって、父はリボルバーを引き抜いたというのだ。この話は書いたので、「彼方の農夫は何人ぞ」という題の章でお読みいただきたい。しかし、その列車に乗っていたハリー叔父の話では、そんなことはなかったという。叔父が言うには、父はすっかり弱っていて誰かに拳銃を向けることなどできるはずがなかったし、当事者のうち生き残っていた大人はハリー叔父とその妻だけなのだから、ハリー叔父以外にいったいその話を誰が祖母に語れただろうか？　あるいは、流感大流行のさなかに東に行く途中の、誰か別の乗客から祖母は聞いたのだろうか？

父のことで最後にはっきり憶えているのは、その鉄道旅行で父の横に座り、窓からロッキー山脈を眺めたことだ。一行の残りは、記憶に浮かんでくるところでは、具合が悪くなって自分の車室か特別室のベッドで寝ているのに、父と私だけがまだ元気で、プルマン車両に背筋をまっすぐ伸ばして座っているという事実には、誇らしい気持ちになる。私たちが山脈を見ていると、ときどき岩が落ちてきて、列車に当たって死ぬ人が出ることもあるんだよ、と父が教えてくれる。その話を聞きながら、私はブルブル震えはじめ、歯がガタガタ鳴る。怖いからだと思うが、実は流感。この記憶がなんと鮮明によみがえってくることか！　それでもハリー叔父が言うには、横に座っていたのは父ではなく、自分だという。最後どころではなく、最初に流感に倒れたのが父だったそうだ。おまけにハリー叔父は、岩の話をした記憶はないという。

これもまた金時計の事件の再現だ。しかしそれにしても、叔父を父と間違えるなんてことがあるだろうか？

「私のお母さんは聖母マリアの子なのよ」と私は、父の背の高さを話すときと同じような法螺を吹く調子で、他の子供たちによく言ったものだ。母は、結婚してからすぐに、カトリックに改宗した。私は聖母マリアの子とは何なのか知らなかったのに（実際は、聖心会の信者団体の一員）、母のしゃべり方から考えて何か素晴らしいことだとわかっていた。母は改宗したことを誇りに思って幸せだった。その態度から、カトリックになるというのは格別な喜びであり、無上の喜びにして特権だと私たちは感じ取った。信仰とは神からの贈り物なのだ。家庭生活のすべては、私たちがかけがえのない小さな人間であり、それは両親にとってかけがえがないだけでなく、私たちが毎夜お祈りを唱えるときに、愛情を込めて私たちの声に耳を傾けてくれる、神にとってもかけがえのないものだという考えを、私たちの心の中にしっかり植えつけようという思いで一つになっているものなのである。「それがあなたに根本的な従順を与えたのです」と精神分析医がかつて私に言ったことがあるが（たぶん「充足」というつもりだったのだろう）、そんな自己満足を味わった記憶はない。それはむしろ、驚きと感謝に満ちた特権なのである。後になって、私たちは両親に甘やかされたという話をよく聞いた。しかし、私たちには甘やかされた子供の本当のしるしである、あの不平不満はなかった。私たちにとって、私たちの生活はそのままで申し分がなかったのだ。

両親の死は、マッカーシー家の側の決定によってもたらされた。結論としては――それを誰が責めることができようか？――金をドブに流しつづけているような状態と、もっとくれと父が毎月無心してくるのは、もうやめさせなければならないということだった。そこで私たち一家はミネアポリスに引っ越すことになった。そこだったら、祖父母が目を光らせて、父の出費に歯止めをかけることができるというわけだ。

ここで、父の弟であるハリー叔父から、ほんの数年前に聞いた話のことを言っておかねばならない。叔父が打ち明けたところでは、父は常習的な飲ん兵衛で、十代の終わりから一家の問題になっていたという。結婚する前、まだミネソタにいた頃、熟練した看護婦が次々と監視役に雇われて、酒に近づかせないように注意していた。ところが、飲ん兵衛の常で、父はとてもずる賢く、人を説得することに長けていた。看護婦の目を盗んだり、看護婦を一緒に連れて（父は女にも弱かったのだ）どんちゃん騒ぎを繰り返したりして、挙句の果てに、数日か数週間経ってから、どことも知れぬ中西部の町にいて、そこで身を隠していたという。一家は不渡り小切手の跡を追って、父を取り戻した。あるいは、金送れの電報がついには居場所を明かすこともあり、もし金を送ろうものなら、また電光石火のごとく逃げ出しかねなかった。看護婦を雇ったところで効果がないことがわかり、ハリー叔父はイェールから家に呼び戻されて父の面倒を見ることになったが、父は叔父からも身をかわした。とうとう、一家は面倒を見きれなくなり、父は厄介者として西部に送られた。母に出会ったのはそのときである。

この話が本当かどうか、私にはさっぱりわからない。本当のところがわかることもないだろう。私にとって、それは無理な相談のように思える。というのも、私が幼い頃、父が酒を飲まなかったのは絶対にたしかだからだ。子供はそういうことに敏感なものである。まず、子供は嗅覚が大人よりも鋭そうだし、アルコールの臭いが嫌いだからだ。それに、何か家の中でおかしなことがあれば、子供はすぐに気がつく。父が自家製のワインを造ろうとしたことはたしかに憶えていて（禁酒法が施行される前だったに違いない）、原料は葡萄のエキスだというふれこみで売られた、灰色っぽい紫色をした塊だった。この実験は失敗に終わり、父と母、それから彼らの友達は、「ロイのワイン」のことでよく大笑いした。しかし、もし父が危険な飲ん兵衛だったとしたら、母は笑わなかっただろう。それに、もし父が飲ん兵衛だったとしても、母方の家族はそれを知らなかったようだ。ハリー叔父の話が本当だということがあるのか、母の弟にたずねてみた。すると答えは、そんな話は初耳だというものだった。もちろん、父が結婚の後で改心したという可能性もないわけでもなく、それだとどうして母方の家族が父の飲酒癖を知らなかったのか、説明がつくが、ハリー叔父はいささか喧嘩腰で指摘した。「未来の義理の息子の過去を調べようと思えばできたんじゃないか、と普通はそう思うだろ」しかしながら、常習的な飲ん兵衛は、改心したためしがほとんどなく、もし改心したとすれば、ワインには手を出さない。これは謎のままに終わる。奇怪だし、いつまでも気になる謎だ。母に渡すためにあの赤い薔薇を手に抱えて帰宅したとき、父は相当に飲んでいたのか？　たしかにこれは酔っぱらいが人をなだめようとするふるまいで、堂々としてはいてもよろけていた。だから母は「まあ、ロイ！」と言ったのか？

もし父がいわゆる送金暮らしのなまけ者で、家族によって西部に送られたとすれば、マッカーシー家を正当化することになる。そしてそれこそ、もちろん、ハリー叔父が私に打ち明けた動機なのだ。叔父は私が彼の母親の名誉を傷つけたと思っていて、彼女の立場からすれば、父の浅はかな結婚が最後の頼みの綱だったことを、私にわかってもらいたかったのである。それどころか、ハリー叔父が語るところの、マッカーシー家の目から見れば、父の結婚は、彼の父から金を搾り取ろうとする、これまた飲ん兵衛の作戦に他ならず、他の手はことごとく失敗していたのだった。ハリー叔父の口癖を借りれば「おまえの素敵なお母さん」は、なにも知らずに鉤針（かぎばり）に付けられた疑似餌だったという。たぶんそうかもしれない。でも私は信じる気になれない。ハリー叔父が語るぐうたら者のロイは、私の父と同一人物ではない。私にはただ、それが父だとは思えないのである。

ハリー叔父は歳を取っていて、こういう悪口を言っていたときには、彼自身がかなり酒量において度を越していたが、だからといって論点に影響するわけでもない――実を言えば、むしろそれを強固にしているかもしれない。歳を取るにつれ、叔父は気味が悪いほど父に似てきた。それは若い頃にはなかったことだ。白髪はポンパドールにセットしているし、同じ灰緑色の明るい目で、同じ動物的魅力を持っている。若い頃、ハリー叔父は一家の希望の星で、東部の学校に行き、アンドーヴァーからイェールに進み、三十歳になる前に大金を儲けた。一九一八年、叔父が美人で社交好きの妻、私のズーラ叔母と一緒にシアトル行きの列車に乗り、私たちのミネアポリスへの引っ越しを監督することになったのは、百万長者の卵にして一家のマネージャーという権限においてだった。二人は当時最高のホテルだったニューワシントン・ホテルに宿泊し、祖母プレストンの話では、どちらも流感にかかっていたという。

　そのホテルには私たちも泊まっていた。というのも、私たちの家は空き家になっていたからだ――これがまったく賢明ではなかったのは、伝染病が流行っているときの第一原則は、公の場所を避けることだからである。それどころか、伝染病が大流行しているときに、病気の男と四人の小さな子供と一緒に旅をするという考えが、そもそも狂気の沙汰と思えるが、どうしてそんな危険を冒したのか、その理由は曾祖父プレストンが保存していた古い新聞の切り抜きからわかる。「一行はちょうどこの時期に、東部に向けて出発した。目的は、空軍兵役中で、賜暇(しか)で帰郷しているもう一人の兄弟、ルイス・マッカーシーに会うためである」これは、疑いなく、父の向こう見ずな気まぐれとしては最後のものだった。列車に乗る前夜の、ホテルの続き部屋がどれほど深刻な雰囲気だったかを憶えている。ズーラ叔母と赤ん坊は、記憶によれば、どちらももうこのときには具合が悪く、大人たちはみな心配そうでどうしたものかという顔をしていた。それにもかかわらず、私たちは予定どおり十月三十日の水曜に列車に乗った。一週間後、母がミネアポリスで亡くなった。父が亡くなったのはその翌日だった。母は享年二十九歳、父は三十九歳（ちょうどいい歳の差だと、祖母はいつも言っていた）。

ときどき思うのだが、もしハリー叔父とズーラ叔母がやってこなくて、もしあの旅行が行われなかったとしたら、今頃私はどうなっていただろうか。父は、もちろん、いずれにせよ死んだかもしれないし、母が私たちを女手一つで育てることになったかもしれない。もし二人とも生きていたら、私たちは一糸乱れぬカトリック一家で、健康な中流階級の家庭になっていただろう。私はたぶん聖母マリアの子供になっていた。アイルランド系の弁護士と結婚して、ゴルフやブリッジを楽しみ、ときどき修養して、カトリック・ブッククラブの会員になっている自分の姿が想像できる。体型もかなり太ったのではないか。そして弟のケヴィンは——俳優になっていただろうか？　実を言えば、ケヴィンと私は一族の現世代のなかで、普通から外れたことをした唯二人の人間であり、少なくとも親戚は私たちのことを羨ましいと言うが、私たちはむこうを羨ましいとは思っていない。だとすると、まるで高次の意図が働いたように、両親が「召された」のはいいことだったのだろうか？　親戚のなかには、いささか楽天主義者のパングロス風に、そんなようなことを考える者もいる。どうなのか、私にはわからない。

たぶん、芸術的才能が私たちの遺伝子にすでに潜在していて、いずれにせよいつかは出現していたかもしれない。まだ六歳にならない頃の自分で、いちばんよく思い出すのは、美しいものが大好きということで、それはほとんど一種の暴力だった。朝に髪をくしゃくしゃにしている母を見て、私はよく母に対して機嫌を損ねたものだ。母が四六時中美しくなければ我慢ならなかったのである。私たちの子守になる候補者を審査するとき、私の唯一の評価基準は美貌だった。五歳の頃、ハリエットという子を雇ってほしいと、母にうるさくせがんだことを憶えている——名前も好きだった——それなのに、契約したはずのハリエットは、決して姿を現さず、世の中というものはなんと残酷でわけのわからないものだろう、と生まれて初めて思った。きっと性格が悪かったのよ、と母は言ったが、あれだけ美しい人が悪いなんて、私には呑み込めなかった。というか、「悪い」ということは美と比べればどうでもいいことに思えた。ちょうど、忠実なガートルードは手にイボがあり、名前が醜いので、いくら彼女が優しいと他人から言われても、私は耳を貸さなかったのと同じである。両親を亡くしたことと関係している大きなショックの一つは、美学的なものだった。たとえ後見人たちがいい人だったとしても、見た目が悪いし、文法やアクセントにはあまりにも正確さが欠けていたので、私はきっと彼らを好きになることはなかっただろう。私は美がまったく価値を持たない場所に、むりやり置かれたのだ。「見目より心」と、祖母マッカーシーのお抱え運転手フランクがぼそっと言ったのは、ルイス叔父がニューオーリンズ出身で鳶色の髪をした艶っぽい女性と結婚したときだった。私はそんなことを言うフランクが大嫌いだった。人生に冷や水をぶっかける、狭い言葉ではないか。

ミネアポリスで一緒に暮らすことを強制された人々は、どんなものでも腐って醜いものに変えてしまうという、歴然とした才能を持っていた。花ですらおぞましかった。中庭に、ゴールデングローや吐き気を催すナスタチウムが植えてあったのだ。ある聖金曜日、家のそばに自分でスイートピーを植えたことを憶えている。たしか、実際に花が咲いたはずだ

――ささやかな勝利だった。私は特に可愛い子供ではなかったが（自分の容貌は、子供時代にがっかりした、数少ないことの一つ）、後見人と祖母マッカーシーにはさまれて、すっかり案山子（かかし）同然になってしまい、絶望することなしには鏡を見られなかった。その変身をもたらしたのは、歯列矯正器と眼鏡だけのせいではなく、全体的に痩せて血色が悪く、ひょろっとしているからだった。

　振り返ってみると、私を救ってくれたのは信仰だったとわかる。醜い教会や教区学校は唯一の美的なはけ口を与えてくれた。それはミサや、連禱や、古いラテン語の賛美歌の言葉、そして祭壇のまわりの鉄砲百合、ロザリオ、装飾を施した祈禱書、献灯、金箔が押され、花輪や聖人の絵で飾られた祈禱カードだ。カトリシズムのこういう側面は、大量生産でその大半が品位を下げられてはいるものの、私にとってはゴシック大聖堂や装飾写本や聖史劇に等しいものだった。私はこの官能的な世界に情熱を込めて身を投げ出し、大きくなったらフランスの王位僭称者と結婚して、一緒に王冠を取り返すのだという夢を見ていないときには、カルメル会の修道女になって、世を捨て悔悟の日々を送る夢を見ていた。さらには、マグダレンという淪落（りんらく）した女たちのための修道会にも強く惹かれていた。人より抜きん出たいという欲望が頭の中をすっかり支配していて、競争原理を基にした教区学校の教育方法がそれに拍車をかけた。何事も競争だった。単語綴り大会や他の学習を競う大会になると、教室はチームに分かれ、そこにキャプテンが付く。遊び場でも同じようにグループ分けされる。勝つこと、飛び級すること、先に行くこと――尼僧たちの方法は時と場所にうまく合っていた。というのも、近所の小さなカトリックたちの大半は貧しい移民の子で、出世すること、子供を公立のウィッティアに行かせているプロテスタントより上に行くことに必死になっていたからである。教区学校に平等という概念はなく、もし存在したとしても、私にとっては唾棄すべきものだったはずだ。平等とは、残酷にも身の程を知らされる方法であり、それこそ私が家で受けていた扱いだった。平等とは一種の不公平であり、セント・ジョーゼフの善きシスターたちには我慢できないことだっただろう。

私はクラスで首席だったし、走るのもいちばん速いし、校庭の鉄棒もいちばん上手だった。演技も台詞回しもいちばんうまく、敬虔なことでは二番目だった。その点で私を負かしたのは髪がブロンドの男の子で、顔は聖人のよう、私の前に座っていて、この子が大好きだった。彼の名前は、ポーランドの聖人の名前みたいに聞こえる、ジョン・クロシックだった。疑いなく、この学校の水準はそれほど高くはなく、私はそれで自分のことを思い違いしてしまった。他の学校で体育が優秀だったことはなかったのに。教区学校の競争的な雰囲気から離れてしまうと、私の信仰も根本から涸れてしまった。

しかしセント・スティーヴンス校では、見せかけで敬虔だったわけではなかった。私は信仰心をとても強く感じて、他の誰よりも神に仕えたいと願った。それこそ、神が私に求めているものだと思っていた。告解が下手にならないかとか、聖体をうやうやしく拝領するときに舌が平らにならなかったらどうしようとか、いつも心配していた。人生で最大の心の葛藤を覚えたのは、初めて聖体拝領を受けた朝のことだ。私は水を飲んだ。もちろん、うっかりと、である。聖体は絶食した状態で拝領しなければならず、それを破ると大罪の罰を受けることになる、というのは嫌というほど叩き込まれていたのではなかったか？一口啜っただけだが、それでも違いがないのはわかっていた。一口は一ガロン飲んだも同じこと。これでは聖体拝領ができない。それでも、しないわけにはいかなかった。聖餐用のドレスとヴェールと祈禱書が用意されて置いてあり、私は女子の行列の先頭に立つことになっていた。男子の先頭は、白いスーツを着たジョン・クロシック。あれだけ予行演習をしたのに、しでかしたことを告白して引き下がれば、学校とクラスに恥をかかせることになると思った。シスターはきっと怒るだろう。ドレスとヴェールの金を払った後見人もきっと怒るだろう。私は自分抜きの行列を想像して、耐えきれなくなった。後で、平服で初めての聖体拝領を受けたのでは、別物になってしまう。かと言って、大罪を犯した状態で初めて聖体拝領を受けたとすれば、神は決してお許しにならないだろう。そうすると致命的な第一歩になる。私は良心の声と激しく格闘し、そのあいだじゅうずっと、きっと悪魔が勝利するのをわかっていたと思う。聖体拝領を受けることにするが、本当の事実は神と私だけが知っているのだ。そういうわけで、外は神聖、内は恐怖という状態で、私は初めての聖体拝領を授かり、これで地獄に堕ちると信じた。というのも、本当の悔恨ができるとは思えなかったからだ――悔恨をする時は今、神聖を犯す前しかない。後だと、ほしかったものを手に入れたことに対して、本当に後悔することはできない。

このことは、次の告解で告白したはずだと思う。ほとんど息もできないくらいだったのに、神父は軽くあしらった。ゆっくりとわかってきたのは、罪をずっと重く感じているのは私の方で、聴聞司祭ではなかったのだ。実際のところ、初めて聖体拝領を授かる子供が、私みたいな不運な目に遭うことはよくある。その待望の朝にすっかり興奮してしまって、何をしているのかよくわからなくなることもあれば、食事や水分の摂取が禁じられているのに、聖餐の重要性のあまりに、無意識のうちにそれに反してしまうこともあるだろう。私はほとんど同じ話をイニャツィオ・シローネから聞いた。しかしあの夏の朝（聖体の祝日だったと思う）に感じた絶望は、ある意味で、まったく正しいものだった。私は自分でも、この先どうなるか、そして永遠にどうなるか、わかっていた。そうした感情抜きの自己認識はおぞましいものである。その後に私が人生で経験した心の葛藤はすべて、最初の聖体拝領をめぐるこの格闘とちょうど同じパターンだった。体面を保ち、他の人々の私に対する期待を裏切りたくはないという欲求に押し流されながらも、悪いとわかっていることをしたいという誘惑と戦って、たいていはその甲斐なく負けてしまうのである。私の作品で、妊娠したとわかり、おそらくは不倫の結果で、赤ん坊を産んで夫になにも言わないままでいようとする女主人公が出てくる長篇小説がある。彼女が置かれた立場は、あの飲み水を体内に抱え、そのことを知っているのは自分だけという、八歳のときの私と実質的には同じ窮地なのだ。これで地獄に堕ちると思ったとき、私は正しかった――つまり、刺激された良心の咎（とが）めと、無気力な意志とのあの葛藤を反復するというか、無限に再現するという地獄に堕ちるのだ。

　私はかつてカトリックだったことの遺産を幾分でもまだ持っているのか、たずねられることがしばしばある。それに答えることが難しいのは、一つには、カトリックとしての遺産が二つの異なる特徴を持っていることが理由として挙げられる。まず、母や、ミネアポリスの単純な教区司祭と尼僧から学んだカトリシズムで、これは概して、どれほど不完全に実現されていようが、美と善の信仰である。それから、祖母マッカーシーの客間と、通りを下った私たちの家で実践されていたカトリシズム――こちらは腐った、有害な教義で、古くからの憎しみや恨みが何世代にもわたって煮えくり返り、無知が大きな顔をしてその鍋をかき回していた。両者の違いは、一九二九年に、私が新入生としてヴァッサー大学に向から途中、ミネアポリスに立ち寄ったときに起こった出来事が例証になるだろう。その機会を祝って、祖母マッカーシーは教区司祭を家に招いた。祖母は司祭に、ヴァッサーが「悪の巣窟」であるという自説を支持してほしかったのだ。老司祭のカレン神父は、祖母の望みどおりにすることを良しとせず、教会で指定席を持つ祖母が怒って静止しようとするのを無視して、ヴァッサーに行けば貴重な知的機会が待っていると私に話してくれたのだ。

おそらくカレン神父は、教区民である祖母よりも、単に気を使ってくれただけなのかもしれないが、それでも彼に対する感謝の気持ちは忘れられない。神父は祖母の鼻をへし折ったというだけではない。彼は心の広さを見せたのだ――少なくとも私の経験の範囲では、カトリックには稀な特質である。ただし、偽りの度量の広さというのは、神父の商売道具なのだが。ときどき思うのは、カトリシズムが平信徒には向いていない宗教だということだ。というか、ともかくアメリカの平信徒には向いていないということで、どうも人間の本性のいちばん悪い特質を引き出して、清められたと思ってしまうようだ。この回想記を雑誌に発表していく途中で、私は平信徒から、さらには神父や尼僧から、多数の手紙を頂戴した。平信徒――主に女性――からの手紙はみな似ている。同一人物が筆を執ったとしてもおかしくないほどだ。これはまとめて「書簡、中傷」として綴じてある。書き手たちは教養人だと自称するが、往々にして綴り間違いだらけ。それにみな、例外なく、脅迫的である。「虚偽」「不当な記述」「嘘つき」「偏見」「憎悪」「毒」「汚らわしい」「屑」「安っぽい」「歪曲」――これが彼ら全員に共通する語彙である。彼らはこの回想記を出版した雑誌の定期購読をやめるぞと脅してくる。「あなたがご存知のはずの、大勢の方々も、わたくしと同じように思っているはずです」と彼らは言う。つまり、圧力団体を作ってやる、というわけだ。回答を要求する者もいる。ある女性はこう書いている。「この種のことは律法で禁じられているような気がします」

対照的に、同じ回想記について書いてきた神父や尼僧は、ほとんど異端的と聞こえるような調子になる。その多くが言うには、私の「正直さ」に心動かされたとか。私のために祈っていると書いてくる尼僧もいれば、ミサを捧げていると書く神父もいる。ある若いイエズス会の神父は、シアトルのフォレスト・リッジ修道院を訪れて、何列にも並んだ女生徒たちを見渡したとき、私のことを考えたと言う。「ほっそりした孤児の女の子は、驚くべき才能の持ち主ではあっても、それとよく釣り合うだけの、ぎらぎらした決意と猪突猛進ぶりだったと思います。当時は彼女にとって生きにくい時代だったのでしょう。あなたは実質的には背教者のようなもので、ちゃんとした信者ではなく、門外漢だと私は考えざるをえません……」私は救われているのであり、それを知っていようが知らなかろうが関係はない、とある老神父は書いている。「あなたがどこで心の家を見つけるか、わたしにはお教えできません――でも、きっとお見つけになるでしょう――それはたしかです――聖霊があなたをそこに導いてくれます。それどころか、わたしに言わせればあなたはすでに見つけていらっしゃるのですが、それでもまだあなたはそれを探さなくてはならないのです」メリノールの尼僧は、ぜひ自らの修道会を訪れるようにと招待してくれている。そうした手紙の主は、どうしても私を改宗させなければとは思っていない。その心配をするのは神に任せているらしい。なかには自分もそういう懐疑の時期を経験したという人もいて、その話を書いていて、理解と同情を示そうとしている。そうした手紙の一通一通には個性がある。ただ一つだけ同じなのは、書き出しが「親愛なるメアリー」で始まっている点だ。

　私はそうした神父や尼僧に感謝したい。そういう人々が存在していることに感謝したいのである。本人はおそらく否定するだろうが、彼らは聖職者の中でも少数派に違いない。宗教は善人になることを教えてくれるものだという考え方は、子供が持っている考え方でもあるが、甘美な高音のように、彼らの手紙の中に漂っている。これをまだ信じている人はごく少数らしく、今どきの非プロテスタントの中ではまったく時代遅れで、平均的なカトリックだと宗教と道徳の間になんの関連も見出さない。例外は他人の道徳の問題、つまり、書物、映画、思想が他人の品行に及ぼすとかいう害毒の問題である。

　これまで見てきたことから言えば、宗教は善人にとってのみ善いものだという結論を出さざるをえない。べつにこれは逆説ではなく、単に観察可能な事実として言っているのである。善人のみが宗教に手を出してもかまわない。他の人間にとっては、宗教はあまりにも強い誘惑である——主に傲慢と怒りという大罪の誘惑だが、そこに怠惰を加えてもいいかもしれない。祖母マッカーシーは、無神論者か不可知論者だったら、もっと善い女性にきっとなっていただろう。カトリックという宗教は、道徳的に言って最も危険なものであり（イスラム教については知らない）、それはなぜかと言えば、唯一の真の宗教を標榜して、すでに述べた特権意識を育むからである——誰もが運良くカトリックになれるとは限らないという考え方だ。

　私はカトリックだったことを後悔していないが、それはまず実際的な理由からである。カトリックだったおかげで、ラテン語や聖人や、誰もが運良く持っているとは限らない、聖人の物語について、多少の知識が得られた。ラテン語を勉強しはじめたとき、簡単だし魅力的で、まるで旧友に会ったみたいだった。聖人について言えば、イタリア絵画を見るときに、聖人の話やその殉教ぶりを知っておくのはきわめて役に立つことである。たとえば、歯は、歯科医術の守護聖人である聖アポロニアの象徴だとか、聖アグネスは必ず仔羊と一緒に描かれるとか、アレクサンドリアの聖カタリナは必ず車輪と一緒といった知識だ。ダンテやチョーサー、あるいは英国形而上詩人を読んだり、T・S・エリオットを読む場合ですら、カトリック教育は助け以上のものになる。ダンやクラショーの詩を理解するために、大人になってから神学をちょっとかじるのは、偉大なる文学作品として聖書を大学の人文コースで学ぶようなものである。つまり、腹持ちがしないのだ。しかしアメリカのたいていの学生は、文化的欠乏を補うために、そういうビタミン注射を受けるしか他にたよりようがないのだ。

もし生まれも育ちもカトリックなら、十二歳になるまでに世界史や思想史についてたくさん吸収している。外国語の早期学習みたいなもので、効果はいつまでも消えない。アメリカでは他の誰も、他のどのグループも、これほど運のいい立場にはない。カトリックの歴史が偏っているのは認めるにしても、それは無味乾燥で死滅したものではない。学習者にとってその美点は、それに火をつける激しい党派性によってそれが生き返ってきたということだ。この党派性は、おまけに、普通アメリカの学校では教えないような、雑多な情報を引き寄せる磁石になる。公立学校に通う児童がアメリカ史を勉強するのに対して、修道院で八年生だった私たちは、英国史をパーマストン卿のところまで習っていた。その理由は、ヘンリー八世までの英国史が、カトリックの歴史だからだ。そしてその後は、一、二度の幕間はあるものの、反カトリックの歴史になった。当然ながら、私たちはブラッディ・メアリー（修道院では決してそう呼ばれなかった）、スコットランド女王メアリー、スペイン国王フェリペ、イエズス会の殉教者たち、チャールズ一世（カトリックの王女と結婚）、ジェイムズ二世（最初はプロテスタントと、それからメアリー・オブ・モデナと結婚）、大僭称者、愛しのチャールズ王子に共感するよう教わった。興味はピール卿とカトリック解放で先細りになっていく。私にとって、この歴史が一方的だったのは問題ではない（それは後でいくらでも修正が利く）。大切なことは、戦いや君主、その配偶者、愛人、首相を学び、外国の過去をくわしく知ると、それが自分のものになる点だ。修道院にとどまっていたら、私たちはフランス史まで進んでいただろうし、今頃はフランス国王やその妻や大臣たちのリストを知っていただろう。革命に至るまでのフランス史はカトリックの歴史であり、シャルルマーニュ、ジャンヌ・ダルク、そしてナポレオンはみな傑出したカトリックだからである。

そしてまた、それは早期に多くを学んで、自分の一部にしてしまうというだけの問題ではない。それは感性の問題でもある。過去の議論に耳を傾けること、現代世界の誕生とともに、政治的に言って滅びゆく大義となってしまったような大義に、情熱を注いで一体化すること。それこそは、いわば現実に対する抵抗を経験することであり、子供たちが住んでいる現体制の美点ばかりを教え込まれ、あたかも公民科では歴史がハッピーエンディングを迎えたかのようにふるまう、ここアメリカではまたしても稀な、反抗的非同調を経験することとなのだ。

実際的な側面についてはここまでにしておこう。しかし、アメリカの教育者にとって、私が受けたカトリック教育はまったく実用性を持たないように映るだろう、ということは指摘しておいてもいいかもしれない。彼に言わせれば、死滅した言語を毎日うんざりするほど聞かされることや、ブリトン人の王女だった聖ウルスラが、一万人の処女たちもろとも、コローニュで殉死したと教わることに、いったいどんな良いところがあるのか、ということになるだろう。そういうことが後になって役に立つことはすでに示した——その有用性は、しかしながら、そのときには意図されたものではなかった。というのも、イタリア絵画を鑑賞するために聖人の一生を学んだわけでもなければ、ジョン・ダンを読むために教理問答を暗唱したわけでもないからである。そういう考え方はひどい冒瀆だ。私たちがそうしたことを学んだのは神の栄光のためであり、残りはいわば添え物である。もし、今勉強していることが、人生で後になってきっと役に立つからと言われたところで、もっと勉強する気になるわけでもなかっただろう。それは算数を学んでいる子供が、これは将来に商売で助けになるよと言われたところで、もっと算数を勉強するようになるわけでもないのと同じである。実用性という原則ほど子供を退屈させるものはない。私が受けたカトリック教育が、結局どう役に立ったかと言えば、実際的だとわかった多くのことも含めて、実用性以前にある何か、実用性を超えたところにある何かを教えてくれたという点に尽きる(「野の花がどうして育っているか、考えてみるがよい。働きもせず、紡ぎもしない」)。まったくの無用性という概念は、非カトリックの人間にとってはつねに衝撃的で、たとえば、金持ちの教会と南ヨーロッパの貧しい人々との対比に耐えられない。そういう教会は、おっしゃるとおり、愚の骨頂である。そして汚らしい世捨て人の生活も、修道院に閉じこもり、何も教えていない尼僧の生活も、やはりそうだ——社会にとってはなんの得にもならないし、当該の人物にとっては悪いことである。それでも私は、彼らのことを投資であり、将来の救済を当て込んで買った株だと想像するよりは、そんなふうに考えたい。私は免償という教義を好きになったためしはない――聖母マリアの祈りを五回唱えれば煉獄での一年をチャラにしてもらえるという考え方である。これは祖母マッカーシー流のカトリシズムに属することのように思える。私が教会で好きだったものは、そして今でも感謝の気持ちで思い出すものは、謎と驚きの感覚であり、灰の水曜日に額につけてもらう灰、聖ブレーズの日に蠟燭で喉を祝福する儀式、受難の主日の後で彫像に掛けられる紫の聖体布、それはキリストがこれから磔(はりつけ)にされるので哀悼を表して顔を隠すという意味、サンクトゥスで鳴る鈴の音、復活祭で咲き乱れる百合の花――こうした儀式のすべてが、一見すると少し奇妙で、大昔に亡くなったある御方を記念すること以外に、なんの目的も持たないように見える(喉の祝福を別にすれば)。こうした利他主義の高揚した瞬間にこそ、魂は畏敬の念で燃え上がるのだ。

それ故に、教えに背いたカトリックとして、私は神が結局存在するのかもしれないという可能性に頭を悩ませたりはしない。もし神が存在するとしたなら(私にとってそれは疑わしい以上のものがある)、私はきっと来世で厄介な時を過ごすことになろうが、自分の魂を救うために神を信じるという取り引きをするつもりはない。パスカルの賭けは――自分自身と賭けをして、たとえそれが理性で証明できなかったとしても、神が存在するという方に賭けたもの――慎重に過ぎるように思える。神が存在するかのようにふるまうことで、パスカルにどんな失うものがあったというのだろう? まったくなにもない。というのも、神が存在しなかった場合、彼を地獄行きにするなんの反原則もないからである。私自身は、そんな安全策を取りたくないし、いまわの際に神父を呼びにやったり、痛悔の祈りを唱えるつもりはまったくない。永遠に魂を失ったところでべつにかまわない。取り引きをしなかったことで私を地獄行きにするような神が存在したとすれば、それは運が悪いだけの話。そういう奴と一緒に永遠を過ごすなんて願い下げだ。

1　彼方の農夫は何人ぞ

祖母の家に泊めてもらうときはいつでも、私たち子供は裁縫室に寝かされたものだ。閑散として、みすぼらしい、何にでも使える矩形（くけい）の部屋で、寝室というよりは執務室、執務室というよりは屋根裏部屋という体であり、部屋の序列に合わせて貧しい親戚の役を演じていた。他の誰もめったに入ってくることはなく、女中がめったに掃除をすることもないという、自慢できない部屋だった。古いミシン、廃棄処分になった椅子、笠の取れたランプ、包装紙、いつか役に立つかもしれないダンボール箱の山、針セットといったものや他の雑貨が、私たちのために置かれた鉄製の折りたたみベッドや剝き出しの床板と合わさって、一時しのぎの感を強烈に容赦なく漂わせていた。薄い白の布団は、病院や慈善施設で使われているたぐいのものだし、窓にはブラインドが取り付けてあるだけで、私たちが孤児であること、そして私たちの滞在が束の間のものであることを想わせた。ここが私たちの家だと思わせるようなものはなにもなかった。

　かわいそうなロイの子供たち、と私たちはお悔やみの言葉で湿っぽくそう呼ばれたものだが、一族の意見では、その私たちに幻想を抱かせるわけにはいかなかった。父は流感で突然亡くなってしまい、母も道連れになっていて、私たちは取り残された。このことを口にするとき、人々はショックと悲しみが入り混じった口調で語るので、まるで母が美人秘書か何かで、父はその秘書を口説き落として来世という気儘な楽園に駆け落ちしたみたいだった。私たちの評判はこの不運な出来事で曇らされた。一家の中だけでなく、店主や、下男、電車の車掌といった私たちを取り巻く人々の中にも感じられたのは、金持ちである祖父が、私たちの生活の面倒を見るために金を出し、自分の家から二ブロック離れた薄汚い家で無愛想な中年の親戚たちと一緒に暮らさせたのは、とんでもなく気前のいい行為だという見方だった。他にどんな方法があったのかは、口に出されることがなかった。おそらく、祖父は私たちを孤児院に入れたところで、誰からも悪く言われなかっただろう。ともかく、同情してくれる人間でも、私たちが恵まれた生活をしていると思っていることは感じられた。恵まれているというのは、私たちになんの権利もないからで、叔父の家で毎年行われるハロウィーンやクリスマスのパーティで、薔薇色の頬をして健康そのもののいとこたちに比べれば、私たちがいかにもみすぼらしく、服装もぱっとせず、不健康そうに見えるという事実そのものが、私たちの評判を裏書きしていた――明らかに、私たちがそもそもこの一家と一緒にいられるのは、寛大でありたいという衝動のおかげだったのである。かくして、環境が粗末なものになればなるほど、祖父の恩義は目立つようになり、それはこっそりと恥ずかしそうにこの老人を眺める私たちにも染み込んでいた――リューマチの気があり、血色のいい顔に白髪で、愛車ピアス・アローやボタン穴に薔薇の蕾を挿しているのでいっそう引き立って見える――まさしく善意と博愛のあふれる泉であり、日曜日になるとときどき献金皿に入れるようにと小銭（二セントが私たちのいつもの献金額だった）を渡してもらっても、妬ましく思うわけではなく、なんと祖父には力があるんだとただ感心するばかりだった。これが立派なふるまい、これこそが施しのやり方だと。私たちの生活ぶりに格差があるからといって、それで祖父を判断するなんて思いもよらなかった。どんな恨みを感じていようと、それは実際に後見人役を引き受けてくれている大叔父たちに向けられた。私たちの頭の中では、私たちのために取っておかれた養育費を、大叔父たちが横取りしているのに違いなかった。というのも、祖父の家の快適さ——電気式の暖房、ガス式の暖炉、膝掛け、老人の膝に優しく巻かれたショール、白身の鶏肉に赤身の牛肉、銀器、白いテーブルクロス、女中、そして慇懃なお抱え運転手——からすると、プルーンにライスプディング、剝げかけた塗装に継ぎ当てだらけの衣服など言語道断であり、従って、祖父母の望んだものではないと思い込んだからだ。富とは、私たちの頭の中では、博愛と同義語であり、貧乏とは心のけちくささの表れにすぎなかった。

とはいえ、たとえ後見人が誠実な人だと納得したところで、私たちはそれでもまだ、一族の神話に由来する、寛大な祖父というイメージにしがみついていたことだろう。私たちは精神的に貧しすぎて、祖父の寛大さに疑問を持つこともなかったし、目と鼻の先とはいかないところで寒くて惨めな陰鬱たる生活を送っているのにどうしてほったらかしなのか、私たちが困っているその証拠がすぐそこに現れても、優しい青い目を百万長者風の突き出た白い眉毛でどうして覆ってしまうのか、たずねてみることもなかった。公式の答えは知っていた。祖父母は歳を取りすぎていて、やんちゃ盛りの幼い子供たちの養育には堪えないのだ。祖父は事業とリューマチのことで頭がいっぱいで、ことリューマチとなると信仰に近いほど熱を入れ、サンタンヌ・ド・ボープレやマイアミへ巡礼に出かけては、北の聖母の奇跡にも南の太陽にも偏りのない崇拝を捧げるのだった。このリューマチのせいで、祖父には特殊な使命を帯びた人間であるかのような印象があった。芸術家のように、あるいは白髪のガラハッドのように、祖父はリューマチと向き合って生きていた。そのせいで私たちから離れ、祖母からも離れた存在だった。祖母の方は、そんな病気にかかっていないので、祖父に比べれば正当化されない生活をしていて、私たち子供との関係では、とげとげしく好戦的な態度を見せた。祖母は、これだけいろいろとしてやっているのに、非難を浴びていると感じ、そうした感情を慣れた手つきで移し替えて、私たちの人となりに恩を感じていない兆候があるかどうかといつものぞき込んでいるのだった。

実のところ、私たちは卑屈なまでに感謝の気持ちでいっぱいだった。なんの要求もしなかったし、なんの希望も持たなかった。あの太陽のごとき栄華ぶりの屈折光線を享受できればそれで満足だったし、ときどき夏の午後にやってきて日陰になったポーチに腰を下ろし、サンルームの籐椅子に寝そべって冬の朝をのんびり過ごし、音楽室の自動ピアノに目を見張り、書斎に置かれたマホガニー製のキャビネットに入っているウィスキーの匂いを嗅ぎ、暗がりの居間に忍び込んでは、大きな金メッキの額縁を付けガラスを嵌めた絵の数々をじっくり見ることさえできればそれでよかった。絵はヨーロッパ旅行の成果で、夕べの祈禱に集うイタリア人たち、葡萄のようにどっしりしてつやつやした、市場に籠を運んでいくナポリの女、ヴェネチアの運河の景色、トスカナ地方の刈り入れ時の風景――そういった世俗的な画題は、アイルランド系アメリカ人の目には、ヨーロッパの土地柄、ローマ教皇からの吹き込みで、カトリック的な感情に染まっているように見えた。そしてそれが幸運だったのは、私たちはこの家から、そこに関係しているという誇り以上のものを求めなかった。祖母は慈善ということにかけては「庇(ひさし)を貸して母屋を取られる」という説の大の信奉者であり、記憶しているかぎりでは、決して来客にお茶一杯出したことはなく、自分の話を聞かせるだけで充分な接待だと思っていた。不細工で、口うるさく、巨大なバルコニーのような胸をした祖母は、場を仕切って、まるで司祭がミサの祈禱文を唱えるような、抑揚のない調子でお決まりの話題を口にするのだが、それが繰り返されると、その話題も無意味に厳粛なものになってしまっていた。教皇に謁見を許されたときのこと、私の父が家族の伝統を破って民主党候補者に投票したこと、ルルドを訪れたときのこと、最初の聖金曜日以来、キリストの血痕が残っていると言われるローマの聖なる階段を、跪きながら昇っていったときのこと。私の小指が曲がっているのは嘘つきのしるしだという話、規則正しい排便がどれほど大切かという話、プロテスタントはいかに邪悪な連中かという話。私の母がカトリックに改宗したときの話。そしてもう片方の祖母は絶対髪を染めているに違いないという話。どんなにつまらない思い出話でも（たとえば、叔母が干し草の中でヒステリーを起こしたとか）、祖母の話しぶりと、敬虔な文脈で語られると、強い訓戒の味わいが加わった。それを聞くと恐怖と罪悪感の念が引き起こされ、暗くて謎めいた寓話を聞かされたように、そこに何か教訓はないかと落ちつかない気持ちで探すことになるのだった。

幸いなことに、今書いているのは回想記であり、小説ではないので、祖母の不愉快な性格を説明しようとして、エディプス期の固着や、今日では人物像を描くのに望ましい臨床的な真実味を与えるトラウマ的体験を探す必要はない。祖母がどうしてあんな人間になったのかは知らない。たぶん、家族写真や習慣の変わらなさから想像するに、ずっと同じだったのだろうし、祖母の子供時代を探ってみるのは、イヤーゴはどんな病気にかかっていたのかと問うてみたり、マクベス夫人があああなった原因を探ろうとして下のしつけが間違っていたのではと考えるようなもので、無駄なことである。祖母のセックス歴は、当時よく見られた子供が乳児期に死亡するケースに満ちつつも、頑健かつ決定的なものだった。長身でハンサムな息子が三人、気配りのできる娘が一人育った。夫は優しく接してくれた。金と、大勢の孫、それと信仰心が支えになった。白髪、眼鏡、柔らかな肌、皺、針仕事――母であるための道具立てがすべて揃っていた。それでも、一日中サンルームに座って型紙からタペストリーを作り、宗教雑誌に目を通し、流儀に反するものがあれば断固として噛みつくのは、冷たくて、恨みがましく、文句の多い老女なのだった。

喧嘩好きなのは、思うに、祖母の気性の中で主な特質だった。頻繁に教会に行っていたにもかかわらず、祖母はキリスト教的な感情をまったく欠いていた。主イエスの慈悲心というものは、心の中に入ったことが決してなかった。祖母の信仰とは、プロテスタントの勢力拡大に対する戦争行為だった。テーブルに置かれた宗教雑誌がもたらしたものは、思索のための糧ではなく、怒りのための新たな口実だった。産児制限、離婚、異なる宗教間での結婚、ダーウィン、普通教育といったものを非難する記事がお気に入りだった。教会の教えには、他人の非難を除けば、関心がなかった。「汝の父と母を敬え」という戒律は、もう実践する必要がなくなったのに、いちばんよく口にのぼるものだった。祖母が祈る神の賜物は、心の平和よりもむしろプロテスタントの撲滅だった。頭の中は改宗のことばかりで、神様のために魂をつかまえるという考えが気を紛らわせた——それで世の中のプロテスタントが一人減るのだ。外国での伝道というのは、善意や社会奉仕という含みがあるだけに、関心を強く惹かなかった。祖母が考えていたのは魂の収穫ということではなかったのである。

祖母の好戦性は、宗派にうるさいことに限られるわけではなかった。来客による仮想的な侵略から家具や家を守るということもあった。祖母の場合、これは老婦人によく見られる、優しくて臆病な防衛意識ではなかった。そういう老婦人なら、はたからみて感動的なまでの不安を覚えながら、持ち物の安全を守ろうとし、自分の骨のもろさから万物のはかなさを引き出し、ティーカップの危なっかしくカチンというかすかな音に生者必滅の大音響を聞き取るものである。ところが祖母の感性はもっと専制的だった。自分の椅子に座られるのも、自分の芝生に足を踏み入れられるのも、自分の洗面所で蛇口をひねられるのも大嫌いで、それはただ迷惑としか言いようがない。自分の歩道を郵便屋が毎日まわってくるのでも疎ましく思っていたくらいだ。祖母にとって家は権力の中心であり、それを気安く民主的に使われることで権威が失墜することは許されなかった。祖母の妬み深い視線の下で、家の社会的性質は萎縮し、それはただ家庭構造の中で政治的中枢部として機能した。家族会議はそこで開かれ、医師や神父との相談が行われるのもそこだった。手に負えない子供はそこに連れていかれてお説教されるか、しばらく黙想させられることになる。遺言が読み上げられるのも、貸付の交渉が行われるのも、国家的行事でプロテスタント側の派閥からの使者が謁見を許されるのもそこだ。一家には友人がなく、もてなしというのは血縁どうしの間柄に似てばからしく不必要な礼儀だと考えられていた。祝日の夕食会は、義務として、組織の下部構成員に降りかかった。娘や義理の娘たち（誤った宗派から改宗した者たち）は、洗礼者ヨハネの首みたいな、ベイクド・アラスカを皿に盛って出される。一方で老人たちは食卓に鎮座し、その日が祝日であることを知らせるのは、謎めいた破裂音を伴う、彼らの消化具合しかなかった。

しかし、祖母がただ一度だけ、来客を歓迎したことがある。それは恐ろしい出来事があったときだった。流感が猛威をふるったあの数週間、病院のベッドはどこも満杯で、人々はマスクを着けて外出するか家に閉じこもってじっとしているしかなく、感染するかもしれないという恐怖であらゆるサービスが麻痺し、誰もが隣人の敵になるという、そんなときに祖母は私たち全員を泊めてくれたのである。一人ずつ私たちは、遠くのピュージェット湾からミネアポリスの新居に移ろうとして乗ってきた列車から運び出された。シアトル駅でさようならと手を振っていたときには、プレゼントや花束と一緒に流感を応接間に運んできたとは気がついていなかったが、列車が東に向かうにつれて、一人また一人と私たちは倒れていった。歯がガチガチ鳴るのも、ママが寝台でぐったりして横になっているのも、旅の一部のようなものなのか、子供の私たちにはわかっていなかったし（それまでは、重い病気というのは、私たちの頭の中では、刷新とつながっていた——いつも新しい赤ちゃんを家に連れてくるのである)、ノースダコタの大平原のまっただなかにある、木造の小さな駅で、私たちを列車から降ろそうとした車掌に向かって、父がリボルバーを抜くのを見たとき、これはきっと大冒険なんだと私たちは思いはじめた。ミネアポリス駅のプラットホームには、担架、車椅子、赤帽、取り乱した駅員が待っていて、そのむこうの群衆の中には、祖父の薔薇色の顔、葉巻にステッキ、祖母の羽根飾りが付いた帽子が見え、この奇妙で混乱した図柄に祝祭的な雰囲気を与えていたので、子供の私たちは、この病気がきっと楽しい休日の始まりになると思ったものだ。

数週間後、現実に目覚めたのは、裁縫室の中で、ひまし油に、肛門体温計、赤十字の看護婦、そして手際の良さという雰囲気だった。身辺で何が起こったのかということについては知らされず、耳の届かないところで話されていた——深刻極まりない醜聞、司祭や葬儀屋や棺桶の出入り(ママとパパは病院で、きっと良くなるわよ、という話だった)——私たちは熱が引いてからやっと、私たちも含めて、何もかも変わったことに気づきはじめた。私たちはいわば縮んで、着ていたフランネルのパジャマみたいに、色落ちしてしまった。パジャマはその数週間のうちに、間違いなく消毒液で洗ったせいで、惨めなほどにぺらぺらでみすぼらしくなっていたのだ。周囲の人々のふるまいは、無愛想で、気遣いがなく、心ここにあらずといったふうで、私たちの地位が下がったということをなんの遠慮もなく知らせてくれた。私たちの値打ちは下がり、私たち自身の新しいイメージ——それは、もし想像できたとしたら、孤児のイメージだ——はすでに心の中で形作られはじめていた。私たちは甘やかされていることをそれまで知らなかったが、初めて語彙に入ってきたその言葉は、今や変化を言い当て、新しい秩序の先触れとなる役に立った。病気になる前、私たちは甘やかされていた。それが今では問題で、わからないこと、見慣れなくて不愉快なことはどれも、この新しい考え方と関係すると、ある種のもっともらしさを帯びた。ベッドにトレイがまとめてどさっと置かれたり、待っていられないからお薬は一気に呑み込むようにと言われたり、シリアルに砂糖とクリームがなかったり、袖にぐっと腕を通させられたり、髪に櫛をごしごしと入れられたり、ひっきりなしに風呂に入れられたり、早く起き上がりなさいとか、早く寝なさいふざけてないでとか言われたり、質問しても答えてくれなかったり、お願い事をしても無視されたり、一人きりで何時間も横になったまま医者が診察にくるのを待たされたりするのはどういうことか、それまではまったく知らなかったのだ。しかしこれは、どうやら、私たちのしつけに見落としがあったということらしく、祖母とその一家全員はその欠陥を矯正しようと懸命になった。

彼らの動機は、疑いなく、良いものだった。たしかに、この世はもう思いのままではないことを、そろそろ私たちが学んでもいい時期だった。これまでの幸せな生活——メイ・バスケットにヴァレンタインの贈り物、中庭でのピクニックに、手の込んだ雪だるま——は、実を言えば、今私たちに開けた未来への哀れな準備だったのだ。両親にはまったく先見の明がなかったのを、新しい教育者がなじったところで、それはとても非難できる筋合いのものではなかった。誰のためにも、間違いなく、過去は忘れなければいけなかった——早ければ早いほどいい——そして私たちの習慣をしょっちゅうけなし（「お茶にチョコレート、それにお砂糖をまぶしたケーキだなんて、ほんとにまあ——かわいそうなテスがいつも医者通いをしていたのも不思議じゃないわ」）、褒めるときには決まって昔と今を比べていると（「この子たちは本当に見違えるほどよくなったわね」）、しゃべっている人間は気分が良くなり、私たちはどうしたところで取り返しのつかない喪失を受け入れざるをえなくなった。いかにも子供らしく、私たちは順応したかったし、以前の暮らしがどういうわけか馬鹿げていて不適切なものだったと思うと、その記憶が多少たどたどしくなるのは、子供が見知らぬ人たちの前で暗唱させられるようなものだった。私たちは当然与えられるべきものをもう要求しなかったし、両親に会いたいという願いは徐々に弱まった。やがてそのことを口にしなくなり、こうして、涙を流すことも癇癪を起こすこともなく、両親が亡くなったことを知るようになった。

この話題は祖母にとって実に相性がいいはずなのに、その祖母をはじめとして、なぜ誰一人このことをわざわざ教えてくれなかったのか、今となってはわからない。私たちのうち相応の年齢になっている者が、あの正式の面談で耳を傾けてくれるときに、祖母が知らせを「打ち明ける」ところは容易に想像できる。そういう場で祖母の本性は重々しく膨れあがったようになった。それはまるで祖母の堂々とした胸や、祖母の大好きな花であるシャクヤクや、服飾店のマネキンみたいで、マネキンは祖母を誇張したイメージだと言ってもよく、品位のためにシーツを半分纏っていて、それが裁縫室に博物館めいた厳かさを与え、私たちの初めての性的好奇心をかきたてたものだった。今、頭の中には祖母が口にした文章が聞こえてくるが、実際には祖母はしゃべらなかった。それが衛生上の動機からなのか(頭と腸はからっぽにしておくこと)、それとも一人勝手に親切と思ってのことなのか、推測するのは難しい。おそらく実際のところは、非難のように降り注ぎそうな涙を流されるのが怖かったのだろう。というのも、当時の家庭内の方針は、私たちが物同然だという公理に基づいていたからで、その上に立って彼らは私たちを家具みたいに扱っても平気だったのだ。なんの説明も愛想もなく、ベッドから起き上がれるようになるとすぐに、三人の弟たちは別の家に連れていかれた。弟たちはほんの幼い子供だからそれを「感じる」ことはないし、「もしマイヤーズとマーガレットが気を使ったら」決して違いがわからないはずだ、と大人たちが小声で言っているのを私は聞いた。しかしながら、私の場合だと、どうかわからないときっと思われたのだろう。私は六歳だった――「憶えて」いてもおかしくない年頃だ――そしてそのおかげで、一家の目には、その記憶力が法廷で私の代理人を務める弁護士であるかのように、いっそうの配慮を必要とすると映ったのだろう。私の年齢と、持っていそうな批評眼と比較力に敬意を表して、私はしばらくそのままにしておかれ、祖母の居間を青白い顔でうろつきまわってもかまわなかった。ぶらぶらしている、一時的な生き物、蛙になりかけのオタマジャクシで、一方哀れなポリプにすぎない弟たちは、新生活の構造にもうしっかりと嵌っていたのである。弟たちは死んだものだと思っていたはずだが、彼らの運命はそんなに気にならなかった。私の心はすっかり無感覚になっていたのだ。私は自分のことを、両親についての真実を推理できたくらいに賢いと思っていた。サンタクロースなんていないということを見つけて得意がっている子供のようなものだ。しかしそのことは決して口にしなかったし、個人的に反応することさえしなかった。というのは、それに一切関わりたくないと願っていたからだ。この喪失に手を貸すのはごめんだ。祖母の家で過ごしたあの数週間の記憶は漠然としていて、喪中葉書のように、まわりが黒く縁取られている。暗く吹き抜けになった階段。そこで私は、病院から帰ってくるママに会おうと待ちながら、いつまでたってもうろついていたように憶えているが、それからなんの目的もなくただうろつくようになった。冬のほの暗い、私が送られた見慣れない学校の一年次の教室。くすんだ茶色をした、医院の診察室。毎週土曜日になると、私は診察台の上で、体内に電気ショックが走るたびにお願いと泣き叫んだが、その治療がどういう目的だったのかは推測できない。しかしこの特別扱いは永遠に続くはずがなかった。私は自分の小さな居場所を見つけてもいい頃だった。「お客さんが面会に来ていますよ」――女中はある日の午後、私に会いにきてこう告げ、半分不思議そうで、半分わかったそぶりの笑みを浮かべた。私は心臓が飛び出しそうになった。ほとんど気分が悪くなるほどで（結局、他の誰だというのか？）、女中は私を前に押し出してやらねばならなかった。しかしサンルームで祖母と一緒にいて、私をじろじろと見た男の人と女の人は、見たことがなく、あまり好きになれそうにない中年の二人だった――どうやらそれが、大叔母とその夫らしかった――その二人に対して、私は命じられるままに手を差し出し、微笑んだ。祖母が言ったとおり、マイヤーズとマーガレットはその午後に私を家に連れて帰ってそこで一緒に生活するためにやってきたのだし、私は悪印象を与えてはいけなかったのだ。

いったん新しい家での生活が始まってしまうと、両親の死は正式に事実として認められ、その気持ちを表に出してもかまわなくなった。亡くなった者の美しさ、陽気さ、そして礼儀正しさについて具体的に触れるのは、当然のことながら、私たちの後見人には歓迎されなかった。二人ともそういう特質を持っていなかったからだ。しかし、両親の思い出を大切にすることは立派なことだとされた。夕べの祈りも、両親の魂のために祈る文句の分だけ長くなったし、私たち四人がパジャマの恰好でずらりと並び、跪き、両手を合わせて、死者のための祈りを唱える姿は美しい絵になると思われていた。「主よ、永遠の安息を彼らに与え、絶えざる光を彼らの上に照らしたまえ」私たちはか細い声でこう唱えたが、後見人にとって実に心地よいこの追悼は、私たちにとってただの雑用でしかなかった。それとつなげて考えていたのは、消灯に、洗顔、就寝時に強制されるもろもろのこと、とりわけ絆創膏で、口で息をするのを防ぐために、お祈りが終わった瞬間にこれを唇にぺたっと貼られ、それでもう夜には言葉を封じられて、朝になるとエーテルの助けを借りて剝がすのだが、それがひどく痛かった。恥ずかしい思いをしたのは、親代わりになった人々から両親のことを聞かされるときで、彼らは両親の亡霊を呼び出すのにほとんど自分のもののような口ぶりで話し、あたかもすべての人々を平等にする死というものが、両親を自分たちの領域に連れてきたみたいだった。それと同じ気分で、私たちは両親のお墓がある墓地に連れていかれた。これは、実際のところ、夕ダであり、日曜日にはお決まりの暇つぶしになっていた。私たちはそれがだんだん嫌いになりだした。後見人が押しつけてくるレクリエーションというのはみなそうだった。デパートでの実演販売、楽団のコンサート、パレード、廃兵院や、植物園、ミネハハ公園（そこで他の子供たちが仔馬に乗っているのを眺めていた）、動物園、給水塔へのお出かけといったもので、こういう気晴らしは金が一切かからず、路面電車に長いあいだ乗ったり、どこまでも歩いたり待ったりして、いかにもアメリカの都会の娯楽らしく、くたびれるし、埃だらけになるし、プロレタリア化したような特徴があった。盛り土になった両親の二つの墓は、私たちの心の中では、南北戦争で使われた砲弾や、第一次大戦で戦死した歩兵の慰霊碑と結びついた。ぼんやりと墓を眺め、何か感情が湧きあがってくるのを待っていても、草でできたツインのベッドと高級とまではいかない墓石からはまったく何も引き出せなかった。ずっと見つめているのに疲れ果てて、私たちは横に並んだ霊廟で遊んでもいいかとおねだりした。そこでは死者たちがともかくも引き出しに入れられて葬られているので、多少は空想を刺激してくれるのだった。

　祖母にとって、死者の思い出を語ることは一種の礼儀になり、どういう理由であれ、私たちのうちの一人が祖母の家に泊まりに来たときはいつでも、そうすることが適切だと考えていた。理由はほとんどいつでも同じだった。私たち（つまり、弟のケヴィンと私）が家出をしたからだ。まったく別個に、長男と私は同じ計画を練っていた――孤児院（アサイラム）に入れてもらうことである。両親がいないことを口にすると、見知らぬ人たちはいつも並々ならぬ関心を示すことに私たちは気づいていて、それで「アサイラム」という言葉を古いギリシャ語の意味で解釈するようになり、あるとき路面電車からミシシッピ川の近くで見かけた、赤煉瓦の建物を避難所として見るようになった。そこでときどき、生活があまりにも苦痛に満ちたものになると、私たちのうちどちらかが出かけていって、なんとしても赤煉瓦の建物を探し出し、そこで保護される法的な権利だと思っていたものを主張するつもりだった。だが私たちはときどき道に迷うか、ときどき元気がなくなって、一日中通りをうろつきまわって見知らぬ中庭をのぞき込み、その持ち主がどれほど親切かを測ろうとしたり（というのは、養子という手も考えたからだ）、寒い夜に教会の告解部屋の中か美術館の彫像のうしろに隠れたりした後で、警察か、善意ある管理者かによって、あるいはただ恐怖と空腹で、祖母の家の玄関に連れ戻されるのだった。そこで無言のまま迎えられ、家族会議が召集される。私たちは裁縫室で寝かされるが、一晩のこともあればときには気分が収まるまで何日もかかることもあり、それから送り返される。どんな処罰もなしで、逃げ出した家の生活は「何事もなかったかのように」続くという約束をもらって、とにかくも感謝の気持ちを抱きながら。

家出をするときにはたいてい何か予想されるお仕置きから逃れようとしていたので、こうした逃走は少なくとも何らかの得にはなったが、後見人が苦々しそうに私たちの「賢さ」を褒めてからかったにもかかわらず、私たちは勝利した気分で帰宅したわけではなかった。なにしろ、家に帰ってきてしまったのだから。あの長い夜に体験した足の痙攣や恐怖は悲惨な印象を残した。家出が失敗したことで、後見人の慈悲にすがるしかなくなってしまった、と私たちは思った。最後の武器は取り上げられた。というのも、いつでも連れ戻されてしまうことは明白で、彼らはこの状況を利用して、私たちをほとんど死にそうになるまで（よく使っていた言葉）、打ちのめすこともできたはずなのに、そうしなかったのはなぜなのか、いくら考えてもわからなかった。いったい何が割って入って私たちを救ってくれたのか、想像できなかった――おそらくは奇跡だったのだろう。全能の神を思いとどまらせるような人間の動機というものを知らなかったのだ。こうした家出が、まさか身内に打撃を与えていたとは、夢にも思わなかった。身内の方は、よかれと思ってふるまっていたつもりなのに、それが今やいわれのない非難を受けそうになっていたのだ。これよりもまだ恐ろしいことが起こるとしたら、いったいプロテスタント側の反応はどうなるだろうか。子供が自殺するケースはまったく知られていないわけでもなかったし、物静かで喘息持ちのケヴィンは縁の下にマッチを持って入ったのをつかまったことがあった。一族は誤りを認めなかったが、マイヤーズとマーガレットに管理上の不行き届きがあったことは認めざるをえなかった。家出した後で帰ってくるときに、寛大な気持ちで迎え入れられなかったら、私たちはまったく扱いにくい子供になっていたかもしれない、ということははっきりしている。そういうわけで、祖母は私たちを一種の中立収容所に留め置いた。私たちが悲しんでいるのに知らんぷりをして、慰めの言葉を一切かけなかった。とはいえ、母親の手が自然に子供の頭を撫でるように、祖母の家の居心地よさが私たちにとって慰めになった。私たちは満足行くまで食べて飲んだ。いくら厳しいものの見方をしてはいても、祖母は現実的な女性で、私たちの育成に適切だと考えた状態に近づけるために、スケジュールをぜんぶご破算にして、トウモロコシ粥や水っぽく茹でたジャガイモの作り方を料理人に教え、カブラやパースニップなど、私たちが大嫌いな野菜を市場に買いにやらせるのは、わりに合わないと考えたのだろう。安物のパイが高くつくこともある。特に、注文して作らせるとなるとそうだ。

ひとたびお仕置きの恐怖が軽減してしまうと、祖母の家を訪れるのがどれほど楽しいことか、祖母には見当がつかなかったのは間違いない。私たちがどんな暮らしをしているか、祖母は贅沢なことにほんの少ししか知らなかったのである。私たちの家庭を訪れたこともなければ、そこでの暮らしぶりをたずねてみることもなかったし、やぶにらみや歯並びの悪さには人並み外れて敏感だったが（というのも、祖母は眼鏡や歯列矯正器といった、容貌を変えてしまう器具にはまったく平気で、それが私たちがブルジョワの生まれだという唯一のしるしとなり、どこかの未開部族が使うカーストの標識みたいに、教区学校に通う同級生から私たちを区別してくれた）、着ている服の繕いや継ぎ当てにも、ひび割れた手や案山子のような腕にも、黙っていることや大人びた顔をしていることにも気づいていない様子だった。祖母の想像の中では、私たちはかつて祖母が買い与えた遊び道具に囲まれて暮らしているはずだった——砂場、木製のブランコ、ワゴン、救急車、おもちゃの消防車。祖母の意識の中では、こうした物はずっと新品同様のままだった。砂がこぼれ、屋根が腐れ落ちてしまってから何年も経った後でも、祖母はまだ相変わらず素敵な砂場について優しくたずね、私たちが称賛に加わらないと不機嫌な顔をした。自己中心的な人間の常で（私にもその性格があることは承知している）、祖母は気前よく金を払える人間だったが、そうすることが強力な作用を及ぼし、実際的な効果がとうの昔に消え去っても、まだその気前よさが記憶の中で活き活きと残っているのだった。私が着けているのを祖母が四年間目にした、茶色のビーバー帽の場合、もつれた毛羽（けば）や、形崩れした縁、ぼろぼろになったリボンといったものには明らかに目もくれず、その代わりに思い浮かべているのは、新品だったときに付いていた値札だった。とは言え、私たちの生活という無地のタペストリーに祖母は頭の中で刺繡を施していたとしても、祖母の家に滞在した短いあいだに私たちがどう感じていたかを、二つの家には多少の違いがあることを、見逃しはしなかった。そして私たちの驚きと喜びを、彼女自身に対する謝辞として受け取っていたに違いなかった。

食事や、敷物に電気暖房器が備わった素敵で暖かなバスルームを見て、私たちが歓声をあげると、祖母はとても優しく微笑んだ。結局のところ、快適な生活を送るための普通の設備にすぎないものに、こんなに感心するなんて、なんておかしな子供たちだったのだろう！　私たちが家の中ですっかり満足しているのを見て、対抗心が強い祖母はだんだん打ち解けて、私たちを温かい目で眺めるようになってきた。自分を私たちの後見人と比べ、便宜的理由から悪く言うわけにはいかないものの（「マイヤーズとマーガレットがあれほど尽くしてくれたのに、あなたたちは何の恩義も感じてこなかったんだから」）、自分の方がもっと寛大だと思っているだけに、微妙に私たちのことを良く思うようになったのだ。こうした感情のほとばしりで、私たちの間に愛情が生まれた。あずかっていた子供といざ別れるとなると、まるで純粋な良心の呵責を経験しているみたいに、半ば不承不承だったように見えた。「いい子にしてなさいね」と別れの瞬間がやってくると祖母は忠告した。「おじさんとおばさんを怒らせちゃだめよ。あなたたちが四人じゃなくて一人だけだったら、考え方も変わって、また違う取り決めをしていたかもしれないわねえ」こうして懸念を表明し、私たちが置かれている本当の状況を無言のうちに認めたところで、私たちは一般に思われそうな祖父母に対する悪感情を持ちはしなかった。祖父母は事実を知らないのだから仕方がない、という言い方もできる。むしろその反対で、私たちは愛情でいっぱいになり、さらには一種の同情心のようなものまで覚えた――私たちの苦しみは、もし誰かがその存在を知ってくれていたら、もし誰かが私たちの代わりに苦しんでくれたとしたら、それほど耐え難いものではなくなる。私たちが今度はその人の代わりに苦しみ、それで罪悪感を免れるからだ。

こうした一時預かりの期間に、両親の思い出話をすることが私たちと祖母との間の絆を生み、それでお互いの好意が深まった。後見人や、私たちがどう感じているか、正確なところをくわしく知りたいというポルノグラフィー的な好奇心に駆り立てられ、ときどき訪れてひそひそ話をする婦人たち（「あの子たち、両親のことを憶えていると思う？」「あの子たち、何か言わないの？」）とは違って、祖母は私たちに悲しみの感情をかきたてることにはまったく興味がなかった。「あの子はなんとも思っていませんよ」と祖母は内緒話で、来客に向かって、私のことをそう言っているのをよく耳にしたものだが、まるで私が不妊手術をした猫みたいなもので、祖母は鋭い先見の明でその「面倒を見ている」ような、非難しているのではなく満足そうな口ぶりだった。祖母にとって、私の両親の死は、振り返ってみると、喜びとある種の自己満足を覚えながら眺められる重大な出来事だった。祖母の家に泊まったときはいつでも、私たちは特別待遇として、両親がそこで亡くなった部屋を探検することが許された。それというのも、祖母の言葉によれば「二人は別々の部屋で亡くなった」という事実は、祖母にとって、ロマンチックでいささか自己賛美的な意味合いがあった。それはまるで、生きていたときに愛し合っていた二人が死ぬときは別れ別れになったということが、それじたい美しくもあり、緊急事態に主寝室を二部屋も用意できた女主人の手柄でもあるかのようだった。この悲劇にあたって家をいかにやりくりしたかという細かな話が、実のところ、祖母にとっては最大の関心事だった。「わたしは家を病院に変えたのよ」と祖母はよく言ったものだが、来客がいるときには特にそうだ。「看護婦がほんとに人手不足だったしねえ、それに高いし――時給でいくら取るか、想像もつかないくらい」トレイに特別料理、洗濯に消毒液は、いかにも愛おしげに思い出された。それはまるで、祖母が自分だけのものにしておきたい強烈なノスタルジアを覚えながら思い出す、遠い昔の舞踏会のときに出た、夕食のメニューの品々みたいだった。

両親は、どうやら、祖母の家で亡くなることによって、生々しい意味で祖母の所有物となったらしく、それを少しずつ、本当の賜物のつもりで、祖母は私たちに分け与えていた。それはちょうど、後に私が成人して若い女性となって祖母の家に戻ったとき、あたかもそのアクセサリーという遺産に祖母が優先権を持っているかのように、母が着けていたダイヤモンドのペンダントをしぶしぶ譲ってくれたのと似ている。しかし祖母が思い出話を気前よく語ってくれるのは、私たち子供にとって、最大に甘やかす行為のように思えた。私たちはもっとキャンディがほしいとおねだりするように、両親が亡くなったときの思い出をもっと話してほしいとおねだりした。いつもだとキャンディももらえなければ、友達を作ることも、映画に行くことも許されないし、先生が宿題にしたもの以外はほとんど読書もだめだったし、まるで社会に病気をばらまく伝染病患者みたいに、ルバーブが荒れ放題になった家の中庭に隔離されていたようなものなので、祖母が分け与えてくれるそうした思い出は秘密の宝物になった。私たちは決してその宝物のことをお互いには話さずに、各々が他の三人をむこうにまわして、心といううけちくさい砦の中に貯め込んだ。それ故に、祖母の家から戻ってきたときには、すっかり五感が満たされていた。富豪の食卓ではパン屑にすぎないものが、私たちにとってはもちろん盛大なご馳走だったのだ。後見人の家に戻ることさえ気にならなかった。もう私たちは後見人よりも上だと感じていたし、そのうえ、他には手がないこともよくよく承知していたからだ。私たちの状況を正当で変えようのない取り決めだと受け入れることで、初めてその状況を超越し、何の実際的な結果も生まないことでいっそう奇跡的な愛によって、祖父母と一致団結しているのを感じることができたのだった。

こうして、私たちの家はばらばらになることがなく、祖母もその件に関して何か新しい決定を下す必要から免れた。当然ながら、ときどき新しい醜聞が持ち上がることがよくあったが（後見人は家出されることに対する反応で以前より優しくなることがなかったからだ）、それでも私たちは、心の奥では、環境を本当に変えることに絶望するようになり、ただお仕置きを先延ばしにするために、希望もなく家出をしていた。そして五年経ってから、プロテスタントの祖父がようやく事実を知らされ、私たちを救おうと割って入ったとき、その行為とほとんど同じくらいに、祖父が一家に対して激怒したことにびっくりしたものだ。祖父母が知っていてもなにもできないのはごく自然なことだと私たちは思っていた。なぜなら、天にましますわれらの神は、人間の苦しみを高みから見て、事の成り行きを見守るばかりではなかったのか？

＊

この回想には怪しげなところがいくつかある。

「……流感を応接間に運んできたとは気がついていなかった」流感にかかったのは正確にはいつだったかについては、議論の余地がありそうだ。新聞記事によれば、私たちは旅行中にかかったことになっている。これはハリー叔父とズーラ叔母が流感を持ってきていたという話と整合しない。私の現在の記憶では、出発する前に誰かが病気だったという説を支持したい。しかしそれが流感だとは、たぶん「気がついて」いなかったのだろう。

「車掌に向かって、父がリボルバーを抜くのを見た」ハリー叔父の話が正しければ、これは誤り。いずれにせよ、「見た」わけではなかった。すでに書いたとおり、別の祖母からこの話を聞いたのだ。その話をしてくれたとき、私はそれをほとんど記憶しているような気分になった。つまり、頭の中でその写真が浮かんできたのだ。ちょうど、父が両手いっぱいに赤い薔薇の花束を抱えて居間で立っている姿を、頭の中で写真に撮ったように。実際のところ、私たちを列車から降ろそうとした車掌といざこざがあったことは、ぼんやりと憶えている。

「数週間後、現実に目覚めたのは、裁縫室の中」そんなに長く治らなかったはずはない。両親の死亡を伝える新聞記事には「子供たちは回復中」と書いてある。ミネアポリスに到着したのは十一月の二日か三日だった。両親が亡くなったのはたぶん十一月の六日か七日だったと思う。「たぶん」と書いたのは、二社の新聞記事が矛盾していて、弟たちも私も自信が持てないからだ。ドイツ降伏の誤報が入った日には私はまだ具合が悪かったことは間違いない。ベルが鳴り、警笛や汽笛が吹き鳴らされ、看護婦が私のベッドをのぞき込んで、これは戦争が終わるということですよ、と言っていたのを憶えているからだ。私は見たこともない部屋にいて、どうやってそこにたどり着いたのかわからなかった。わかっていたのは、騒音が聞こえてくる外の世界はミネアポリスだということだけだった。振り返って、二と二を足し算してみると、突然はっと気がつくのは、それが両親の葬儀の日に違いなかったということだ。弟のケヴィンも同意見。それがたしかだ、あるいはほぼたしかだ、ということになると、まるでずっとそれを知っていたみたいに、私にはそれを「憶えている」という感じがある。いずれにせよ、流感と肺炎にかかった後で、私は数日ベッドに寝ていた。ケヴィンが言うには、クリスマスのときにもまだ祖母の家にいたという。その日に「悪さ」をしたから間違いないそうだ。書斎にあった蓄音機のクロスグリルを太鼓のばちで突き破ってしまったとか。

「『お客さんが面会に来ていますよ』――女中はある日の午後、私に会いにきてこう告げ」これはまったくの作り話だと思う。現実には、それ以前のいつだったか、回復期間中に、将来の後見人になる人に会ったことがある。ある日の午後、私たちはパジャマ姿で祖母のサンルームに連れて行かれ、そこで二人の見知らぬ人に会った。男の人と女の人で、一家の残りの人たちと一緒に、まるで歓迎委員会みたいにそこに座っていた。それがちょっと重大な場面だと感じたのを憶えている。たぶん、ママとパパがいないあいだ、この人たちが面倒を見てくれることになる、と誰かに教わったせいか、それともただ「いい子にしていなさい」と念を押されただけなのか。それとも、みんなが喪服を着ていたというだけのことなのか。男の人は父親然としたた上機嫌ぶりを発揮して、弟たちを一人ずつ膝の上に乗せて可愛がりながら、祖父母としゃべっていた。彼は私のことにはまったくおかまいなしで、私はのけ者にされることに気づいたときに奇妙にも感情が潮のように引いていくのを感じた。この人は私のことが好きじゃないんだ。それに気づいたのが、とてつもない驚きで、悲しみでもあった。妬ましく思ったというよりは、困惑した。彼が弟たちを一人ずつ可愛がってから、私たちはおねんねの時間で上階に連れ戻された。憶えているかぎりでは、彼にもその妻にも、それ以降、数週間か数ヶ月は会っていない。新しい家に引っ越したときの状況は思い出せない。しかしある日、私はそこにいて、次に気がついたときには、部屋の壁紙を汚したといって、マーガレット大叔母が私にお仕置きをしていた。

どうしてこの物語を、文学的観点からしてもはっきりと劣ったものに変えたのか、と読者はきっと不思議に思うだろう――センチメンタルすぎるし、ありえない話のようにも聞こえてしまう。今では忘れてしまったが、たぶんその理由は、ここでは後見人を個人として「精査」したくはなかったからに違いない。それは別の物語になり、次の章で語られることになる。「彼方の農夫」は、続く何章かと違って、個人を実際に扱ってはいない。本章は、主に、恵まれた者が恵まれない者を扱う、そのやり方に対する怒りに満ちた告発であり、人間の非情さについて一気に述べた雄弁な語りである。孤児の私たちは孤児であることに責任はないが、あたかもその責任があるかのように、そして孤児であることが私たちが犯した犯罪であるかのように扱われた。全篇にわたって「孤児」を「貧者」と読み替えてやれば、貧富というテーマについての寓話あるいは広範な社会風刺となる。怒りは一般化された怒りであり、祖父母を非情なふるまいの「見本」として挙げている。

ハリー叔父の意見では、祖母に対する私の評価が低いという。もし祖母がその気にさえなれば、彼の父親の遺言から私をはずすこともできた、と彼は言うのだ。そのことをよく頭に入れて、祖母に感謝してもらいたいという。(祖父が亡くなったとき、私は十四歳か十五歳だった。)読者もきっとおわかりになるとおり、これは典型的なマッカーシー筋の物の考え方なのだ。「……明らかに、私たちがそもそもこの家族と一緒にいられるのは、寛大でありたいという衝動のおかげだったのである」

とはいえ、ある意味で、私はここで祖母に対してたしかに公平ではなかった。祖母の描き方は、いわば回顧的で、過去を振り返り、大人としての観点から祖母を判断している。しかし子供のときには、私は祖母が好きだったのだ。凄い人だと思っていた。祖母には欠点がたくさんあったが——たとえば、血も凍るようなカトリシズム——それは欠点として目についていなかった。祖母が「プロテスタントの連中」やク・クラックス・クランの暴虐について延々と語るのを聞くと、わくわくしたものである。またいとこの呼び方を借りれば「リジーおばさん」は、それなりに、聴衆を魅了する語り手だった。祖母はフロリダで冬を過ごすが、夏には午後によく私を呼んだもので、私は日陰になった玄関ポーチに腰をかけ、祖母が縫い物をしているのを見たり、祖母の話に耳を傾けたりした。それがすむと自由になって、私は大きな車庫の転車台に乗って遊んだ——一種のメリーゴーラウンドで、車がバックで入ったり出たりする必要がないように、運転手がその上で車の向きを変える装置である。冬に使うピアス・アローの他に、祖母は夏用に幌付きのロコモビルを持っていて、それで祖母はときどきミネトンカやグレートベア湖やウィノーナまでドライブに連れて行ってくれた。ウルスラ会修道院を訪れたこともあるし、セント・ベネディクト校を見学するためにセント・ジョーゼフまで出かけたこともある。

そういったとき、祖母はドライブ用の服装をして、ヴェールを着け山高の麦藁帽をかぶっていると、堂々とした女傑だった。

その気にさえなれば、祖母は「大物」になれたのではないかという気がしていた。「うちの母は旧式だったからな」とハリー叔父は言う。祖母には世俗的な面もあり、自分自身のことを上流階級の婦人であり、社交の幅が広い人間だと思っていた。ある年の夏、祖母と祖父は私を連れてミネソタ北部のブリージー・ポイントという洒落たリゾート地に行った。そこを経営しているのは「キャプテン・ビリーズ・フィズ・バング」という雑誌の編集長で、ビリー・フォーセットという男だった。女性が煙草を吸っているのを初めて見たのはそこである。帰り道、ダルースを出たすぐのところにある、祖父の弟である、ジョン大叔父の家に立ち寄った。そこは穀物倉庫会社の本社があるところだった。ジョン大叔父は幾何学的な庭園や散歩道が付いた大きな邸宅を深い森の中にかまえていた。そこで燐光を放つ木や蛍を見せてもらった。聞けば、そこの庭園には妖精がいるとか。寝る前に、私は妖精に宛てて書いた手紙を薔薇の花に入れて、返事がもらえるものとすっかり思い込んでいた。しかし翌朝、薔薇には露しかなく、それだと妖精が存在しないという証拠になってしまうので、ひどく困惑した。

祖母の個性には、一緒にいると思わずたじろぐようなところがあっても、心地よく感じるような、包容力があった。祖母がよくしてくれた話では、祖母が縫ったタペストリー張りの椅子を、マーシャル・フィールドの店が千ドルで買い取りたいと申し出ていたそうな。しかしその椅子はルイス叔父にやると約束していたので、当然ながら、申し出を断ることになった。この話に私はすっかり感心したものだ。ただ、もしマーシャル・フィールドの店に売りたいんだったら、もう一つ作ればいいのに、と不思議に思ったが。祖母と一緒に買い物に出かけると、祖母がもうじきプレゼントをくれそうな気がいつもしたが、祖母のそぶり以外には、そんな気を起こさせるようなものはなにもなかった。ヴァッサー入学で東に向けて旅立つときに、祖母は部屋に置く電気式のドーナツ製造機を買ってやろうと申し出た。幸いなことに、私はその申し出を断った。後になってからわかったことだが、弟たちにプレゼントをやるとき、彼らに残されていた信託資金からその代金を引いておくのがいつもの癖だった。こうして祖母の豊かな性格には奇妙にもケチなところがあったのである。

私たちに関するかぎり、一家がいかにケチであったか、いかに両家で二重の規範が厳格に守られていたかを強調してきた。それでも祖父は、ハリー叔父によれば、養育費として、一九一八年から一九二三年まで、四万一千七百ドルを支出したという。その間、プレストン家が出した額は三百ドルだった。この極端な違いについては後ほど触れる。今ここで興味があるのは、その金がどこに行ったかだ。年額およそ八千二百ドルというのは当時では、無税で貯蓄や生命保険のためにとっておく必要がなかったことも考えると、小さな額ではない。子供の私たちがよく思ったように、その金のいくらかが本当に横領されたことはなかったのだろうか。

その額を目の前にすると、祖父母の気持ちが昔よりも多少はわかるような気がする。小切手の控えを目にすれば、祖父は私たちのために買った家で私たちがまともな暮らしをしていると想定してもまったくおかしくはなかった。日曜日に献金皿に入れるお金としてたったの二セントしかもらっていないことを知って、祖父がびっくりしたことはたしかに憶えている。しかし祖父はそんなにしょっちゅう私たちに会っていたわけでもなく、会ったときには、私たちは愚痴をこぼさなかった。これは妙に聞こえるかもしれないが、事実なのである。憂さを祖父母にぶちまけたことがあったとは思わない。とうとうその話をしたのは、ほとんど知らない、別の祖父に対してだった。たぶん、お仕置きが怖かったのだろう。一家に見える形で不満を表したのは、黙って家出することだった。教会の告解部屋の中で一晩過ごしたり、美術館のラオコーンの彫像のうしろで一日中隠れたりしたのは私である。私が行けたのはそこまでで、赤煉瓦の孤児院まで行くための車代を持っていなかったからだ。ケヴィンの方は我慢強かった。なんとか手に入れた乗り換え切符で旅をして、彼はシュライナーズが経営している「シェルタリング・アームズ」という黄色い煉瓦造りの孤児院にたどり着いた。救いの手という名前にもかかわらず、彼は赤煉瓦の孤児院同様にそこも気に入らず、長いあいだ壁のむこうをのぞき込んでいたが、結局入っていく勇気がなかった。彼が泣いているのをある一家の主が見つけ、やがて彼を連れ戻しにピアス・アローに乗ったルイス叔父がやってきた。それで一家の主はケヴィンをとんでもない嘘つきだと思ったそうな。

今になって思えば、私たちが家出したことで、一家はひどく動揺したに違いない。それはつまり、私たちが不幸であるか、手の施しようがないほどぐれているかのどちらかだからだ。私が安物雑貨店から指輪を盗んで、大叔母はその品物を返させに私を支配人の事務室まで引っ立てていったことがある。ケヴィンは最高点を取った生徒に十セント貨一枚（いや、五セント貨一枚だった）のご褒美が出るというので、通信簿を書き換えたことがあり、私は悪い成績を家で見せるのが嫌で通信簿を破いてぐちゃぐちゃにしたことがある。家では、感化院に入れられそうな恐れが漂っていた。それでも学校では、私たち、あるいは少なくとも私は（ケヴィンのことは憶えていない）、素行をきちんとしていた。そして週に一度の告解に行ったときには、ごく軽い罪の償いしかめったにもらわなかった――ただ、主の祈りやアヴェ・マリアの祈りを唱えるのは、ほとんど残念に思えるほどだったが。祖母もわかっていたはずだと思うが、私は教区の神父たちにとっては模範生なのだった。

現在の印象では、私たちの暮らしぶりが本当はどんな状況かを祖父母は徐々に悟るようになり、いざ行動に移そうというときになって、別の祖父が割って入ったのではないか。振り返ってみると、祖母は訪れたことがあるウルスラ会修道院に私を入れようと計画していたはずだと思う。たしかに、あの訪問時の祖母のふるまいからして、そういう希望を抱いたはずだ。疑いなく、祖父母はできるかぎり見て見ぬふりをしていた。というのも、真実を認めれば、子供の私たちを離れ離れにして、寄宿学校に入れるか（そのためには実のところ私たちは幼すぎた）、一族に分散させるか（それだと叔母や叔父たちはおそらく反対しただろう）、プロテスタントに譲り渡すかという問題に直面せざるをえないからだ。次の章で読者もおわかりになるとおり、話はいつもそこに戻ることになった。

2　ブリキの蝶

マイヤーズおじさんと呼ぶように教わった男の人は、なんの親戚でもなかった。それは私たち孤児四人が絶対に譲らなかった点である。彼は私たちの両親が亡くなってからほどなくマーガレット大叔母と結婚し、まだ新婚間もないのに私たちの後見人になった――小金を持ったオールドミスと結婚したばかりの、四十二歳の太った男性にしてみれば、一晩にしてインディアナの家から呼び出され、みな七歳以下の子供四人の雇われ親になるというのは、あまり喜ばしい事の成り行きではなかっただろう。

マイヤーズとマーガレットが私たちを引き取ったとき、三人の弟と私は扱いに困るものだった。この点については、一族のマッカーシー筋では異論がなかった。一九一八年の流感大流行が、シアトルからミネアポリスに移ろうとしていた私たちのささやかな家族を襲い、両親をわずか一日違いであの世送りにしてしまったが、神のご意志というものの常で、そこにはうまくできたところもあり、それをまもなく祖母のマッカーシーが見つけることになった。つまり、日本人の下男、砂糖を載せたケーキ、ピクニック、胸焼け、ダイヤモンドの指輪（想像してみてほしい！）、アーミン毛皮のマフ、襟巻、毛皮の帽子にコートといった、甘やかして可愛がる現行制度は幸いにも廃止されたのである。祖母は、その妹のマーガレットとマイヤーズが急場しのぎの役に立ってくれるという、幸運の星の下に生まれたことを感謝した。そうでなければ、私たちは離れ離れにさせられていたかもしれないし（そう思うだけで、祖母の半分閉じた灰色の目は涙で曇った）、「プロテスタント」に譲り渡していたかもしれないのだ――これが母方の祖父プレストンを呼ぶときに祖母がにこりともせずに言う呼び方で、この人はニューイングランドに祖先を持つ立派なシアトルの弁護士であり、祖母がひどく強調して言い放ったことが何度もあったのだが、カトリックの神父が家を訪問するのを断ったことがあるというのだ！　しかしシアトルの祖父母は、葬儀に参列するためミネアポリスにやってきたとき、祖母が見るところ、私たちの若い母の死にすっかり打ちひしがれていて、マッカーシー側が取り決めた段取りに反論することができなかった。亡くなった娘に似て、まだ美貌を保っているユダヤ系の祖母（プレストン、旧姓モーガンスターン）は、泣きながら、私の母が信奉していた宗派でみな一緒に育てることが賢明だと、不本意ながら認めることになった。祖母マッカーシーのミネアポリスの家で、流感から回復しつつあった、長女で一人娘の私は、病床で起き上がり、もう片方の祖母が涙を流し、瀟洒な黒のヴェールを濡らしているのを見守った。両親が亡くなったことも知らなかったし、泣いている祖母が――シアトルの家にあった緑の段丘を日曜に転がるのが楽しかったことを憶えている――たった今、階下にある祖母マッカーシーの暖かいサンルームで、彼女の娘の愚行を正すためにインディアナからやってきた中年夫婦と会ったばかりなのも知らなかった。私はまだ六歳で、あの運命の十一月の東に戻る旅行の前、シアトルにある葉の茂った大通りに面している、聖心会修道院の学校にちょうど通いだしたところだったが、それでも祖母プレストンがこの陰気な病室には場違いなのを察知するくらいの知恵はあり、何かまずいことがあったという結論を導いて悦に入っているほど自惚れだった。

私たち子供四人と後見人はやがて、祖父マッカーシーが私たちのために買った、ブレイズデル通り二四二七番地にある黄色い家に入れられた。そこは祖父の裕福な住まいから二ブロック離れた場所にあり、古時計、タペストリー、イタリアの絵画がある家で、そのブロックはしばらく前から「くたびれ」だした地域だった。両脇を二世帯用の家にはさまれ、そこはただ、倉庫みたいに、家具や人間を収容するだけの粗末な箱型の建物だった。部屋は狭く、褐色がかって、どういうわけか知らないが、べつに飾りで植物を植えてあるわけでもないのに暗かった。片側にはセメントの車道がまっすぐ付いている。裏手には路地がある。一階には居間と、「私室」、食事室、台所、お手洗い。二階には寝室が四部屋と、バスルーム。私たち子供の寝室になった部屋の薄汚れた壁紙は、すぐに私たちの手でぐしゃぐしゃになった。いつものおもちゃがないので退屈して、濡らした舌で壁に人の姿を描いて遊んでいたのだ。それが私たちの最初の犯罪で、そのことを憶えているのは、ひどくひっぱたかれてびっくりしたからだ。悪いことをしているとは思っていなかったのである。壁の染みは何年も残って、初めてのお仕置きと悪いことの記憶が消えずにいた。夜になってその染みが私たちをじっと見つめるなかで、まだ退屈してはいるが押し黙っておとなしくなった私たちは、時間を潰すために、壁に影絵をこしらえることを覚えた――白鳥や、耳をぴくぴくさせている兎を。

おそらく、お仕置きをするタイプにマイヤーズを嵌めてしまったのは、あの最初の犯罪だったのだろう。彼は楽な仕事にありついたわけではまったくないことがわかっていた。子供がいない中年男の彼は、自分の未経験ぶりを妻の大言壮語好きな姉につけ込まれたのではないかと、鈍い頭で考えていたかもしれない。面倒が余得に勝るのではないか、要するに、一杯食わされたのではないかと。彼が座っている場所では、これが実際に見えた景色だったに違いない――私室に置かれた褐色の革製の肘掛け椅子に座り、着ている青の作業シャツには汗の染みができていて、開いた襟元から下着のシャツと、金獅子のような色のきらきらした胸毛がのぞいていた。その下は茶色っぽいグレーの生地でできた作業ズボンで、ボタンが窮屈そうに見え、いつもベルトの真下のところがちょっと開いていて、そこからまた、黄色っぽい白の下着がのぞいていた。ブロンズ色の巻き毛の冠をいただいた大頭には、鉱石ラジオのイヤホンがよくつけられていて、ときどき、ごく短いあいだだが、気前のいい気分になっているときには、それを私の弟たちの一人の耳にあてがって喜ばせてやるのだった。

マイヤーズのふるまいについて第二の弁明は、この記述に表れている。彼が戦わねばならなかった相手は、アイルランド系独特の社会的な俗物根性で、それが四組の緑色の瞳から彼を冷ややかに見つめ、「紳士じゃない」となじっているのだ。「私のお父さんは紳士だったけど、あなたは紳士じゃないわ」――そういう断言的な言葉で私がいったい何を言いたかったのか、父がロマンチックな気質であり、浪費家だったということを除いては、今ではもはっきりとはわからない。しかし、おそらくそこには、品位という考え方も多少は含まれていたと思う。私たちの一族は、アイルランド系カトリックの成金一族の多くがそうであったように、貴族的な妄想に満ちていた。私たち子供はアイルランド王族の子孫だとか、大叔母の憧れの的、「フィル」・シェリダン将軍は親戚だとかいう話をいつも聞かされていた。もっと正確に言えば、こちら側の曾祖父はシカゴで路面電車の車掌をしていた。

しかしとにかくも、マイヤーズ〔Myers〕（またはMeyers）・シュライヴァー〔Shriver〕（またはSchreiber）――この名前は明らかにアメリカナイズされたもの――は社会的に私たちより下だと感じていた。私たち子供にとって彼のもう一つのマイナス面はドイツ人、というかドイツ系であることで、そのせいで一九一八年、休戦の直後には、私たちは彼のことを恐る恐る眺めたものだ。当時のミネアポリスでは、アイルランド系のカトリックは、プロテスタントのドイツ人のみならず、北方の血を引くあらゆる民族やその憎らしいルター派の異端信仰に対して、大きな偏見を抱いていた。私たち子供にとってルター主義とは、まず何よりも、下女向きの宗教であり、第二には、原罪や、神罰を受けてマルティン・ルターの舌が口の中で腐ったという話に結びついた、一種の黄禍なのだった。他方、バイエルンのカトリックはある特別な点で選り抜かれていた。私たちの目には、黒髪で長い巻き毛をしているところが、初期キリスト教の使徒のように見えたのである。これはオーバーアマーガウと受難劇が有名だったこともあるし、私たちの教区の神父の多くがバイエルン人だったこともある。この期間中ずっと、私は不従順の罪を、ハンサムで、黒髪で、若いエルダーブッシュ神父に告白していた。ところが、マイヤーズ大叔父はプロテスタントで、無精なので教会に行かなかった。彼は私たちと同類ではなかったのである。そして、学校にいれば尼僧と一緒、教会にいれば秘跡があって、彼から逃れられると知ったことは、彼が破門されているという事実を証明しているように思えた。つまり、彼は神の恩寵を受けていないのだ。私たちの宗教はいわば論理的な感染であり、聖なる書物と模範的な例によって広がるものだという考えにすっかり魅了されていた私は、いくら悪い人間だといっても、マイヤーズ大叔父がそれに感染しなかったのはどうしてなのか、さっぱりわからなかった。そして彼が日曜には、まるで穴倉で惰眠を貪っている獣のように、頑固にも私室に閉じこもっているのは、自然に反するふるまいのように思えた。

　もちろん、この何から何までには、どこか不自然で説明のつかないものが漂っていた。そもそも、彼がマーガレットと結婚したのもそうだ。彼は妻より三歳下で、その歳の差は彼の裕福な義姉である私の祖母マッカーシーがよくからかった。ちょっと卑猥な意味で、それだとすべての説明がつくみたいだった。マーガレット大叔母（旧姓シェリダン）は、薹が立ったマルメロのような四十五歳の女性で、髪は黒くなりかけた鉄灰色、身のこなしはぎこちなく、ハイネックのドレスを着て、時代遅れの帽子をかぶり、いつも「アワ・サンデー・ヴィジター」紙を小脇に抱え——まるで殻竿みたいに折りたたんで——かさかさの固い皮膚には、まるで埃のような、やわらかい無色の毛が生えて、私たちが毎日朝食で食べるプルーンみたいな筋や溝が付いていた。マーガレット大叔母につい て言えるのは、悪気のない人だということで、とりわけ体重二百五ポンド、まんなかのへこんだ二重顎をしていて、小さくてきらきら光っている、粗野な青い目をしたあのマイヤーズには好意を持っていた。大叔母は彼のことを「ハニー」と呼び、後を追っかけまわしては世話を焼き、特別な食事を作り、キスを浴びせ、それに対して彼の方はしょうがないなというそぶりで応じていた。まるで大げさなものぐさぶりには、男らしさの肝要か主張があるみたいに。彼がマーガレット大叔母のことを嫌いでもなく、義姉の言い方を借りれば、かわいそうなマーガレットが彼にぞっこんなのも明白だった。私たち子供にとって、この新婚夫婦の品のなさはまったく理解できないし、どちら側から見てもわからなかった。というのも、他のことは別にして、二人ともひどく歳を取っているように見えたし、また実際に、どちらも若くて美形だった両親と比べればそうだった。彼がマーガレット大叔母の金目当てで結婚したのではないかという想像は必然的に起こったが、そうではなかったのかもしれない。おそらく、彼が気に入ったのは、彼女に対して権力をふるえるということだったのだろうし、彼女に私たちをお仕置きさせる権力というものが、彼にとっては彼女の最大の魅力だったのだろう。二人が寝るのは剥き出しになった、見栄えの悪い寝室で、安い松材でできた背の高い洋簞笥の上には、マイヤーズが家にいるときには、彼の黒の財布と小銭が広げて置いてあった——これは私たちの欲望をかきたてるつもりだったのか、それとも彼の男らしさを表すこの砦は、私たちの弱々しい欲望などにびくともしないと思っていたのか？　それでも、弟のケヴィンと私は、実のところ、小銭を盗んだことがある——そうする正当な権利がある、と私たちが思っていたのは、お小遣いをもらっていなかったからだし（日曜日になるともらう二セントは、献金皿に入れるためだった）、祖父がここの家計のために支払っていた金はマイヤーズの懐に入っていたと想像したからだ。

マイヤーズには不思議なところがもう一つあった。生計を立てるために何一つしていないだけでなく、経歴もまったくないように見えたのだ。出身はインディアナ州エルクハートだが、その事実以上には、誰も彼のことについて何も知らないようだった――どうやってマーガレット大叔母に会ったのかも謎だ。彼の話から再構築してみて、浮かび上がるエルクハートの景色というのは、主に野球場、玉突き場、それに金物屋から成る平らな土地だった。マーガレット大叔母はシカゴ出身で、こちらは環状線、マーシャル・フィールド百貨店、さまざまな聖職者にモンシニョール、それに黒人・白人問題の街だ。この二つの世界がどうやって接触できたのか？　うちの一族では現実または架空の親戚のことを自由に話していたが、マイヤーズは親戚のことをまったく口にせず、両親の話ですらしなかった。積み出されることになった父の古いツーリングカーが、まだガレージにあった、そのそのっけから、マイヤーズはみすぼらしいなりをした友人たちをそこに乗せてドライブに出かけたし、その友人たちがまるで錨を下ろしたヨットの中に住んでいるみたいに、車の中に座って車道でじっとしていることもあった。しかし車が出ると、彼らも出ていくか追い払われるのだった。マイヤーズ大叔父とマーガレット大叔母には友達もなければ、お互いに家を訪問しあうような夫婦もいなかった――いたのは中年で、髪が黒く、小柄で、やつれ果てた、ドイツ名の肌が黄ばんだ女性だけで、癌で死にかけだからというので、私たちはある日の午後に会いに連れていかれた。この延々と長引く死には公開処刑のような面があり、マイヤーズが私たちを連れていったのは間違いなくそのせいだった。つまり、見世物だしタダだというわけで、不安感と憂鬱感をかきたてるものだった。マイヤーズは宣伝ビラや産業文明の余剰に喜びを見出すような、根無し草が都会化した人間の完璧なタイプだった。歩道の縁石に立ってパレードを眺めるのが好きで、ありふれたパレードであるほどよく、いちばん好きなのは労働者の日のパレード、その次は軍隊パレードで、山車や衣裳を着飾った女の子が出てくる宣伝パレードという順だ。乳母車に人形を乗せたパレードや子供たちのインディアン仮装大会を見物するためなら、カルフーン湖やハリエット湖まで出かけていくほどだった。野外音楽堂に、楽団の演奏会、草地のない公園が好きで、飛行機が空中に文字を描くのにも惹きつけられた。デパートで実演があるというとすぐ聞きつけて、とろけるようなソプラノが歌う「アイム・フォーエヴァー・グローイング・バブルズ」の曲に合わせて、色とりどりのシャボン玉を吹く、石鹸の宣伝を見物するのだった。クーポンや銀紙、屑屋に売るための新聞束（それで私たちの学校でやっていた古新聞回収運動のひどい邪魔になった）、ドナルドソンの店でもらったチーズの試供品、近所の映画館でもらった連続物第一回のタダ券、といったものを集める癖があった――彼と一緒に住んでいた時期のあいだじゅうずっと、私たちは映画をまるごと一本観たことがなく、観たのはそういうちょん切れた最初の回だけ。彼は路面電車に乗るのも好きで（その路線は市営だったか?）、戦没者記念碑、墓地、市の庭師が花壇に植えているカンナやケイトウといった、でかくて品のない花も好きだった。博物館には関心がなかったが、私たちはある晩、大群衆と一緒に、美術館の石段の上に立つフォッシュ司令官を見に行ったことがある。マイヤーズはいつもコイン投入式の体重計で体重を測っていた。そういう目的のない用事か、一人で野球を観に行く以外には、めったに家の外に出なかった。冬になると、日中は家の私室で過ごすか、台所にいて、キャンディを作っていた。よく大きなブリキ製のトレイにケーキ飾り用のフォンダンを入れて地下室で冷やしていたので、弟のケヴィンが現在考えるところでは、マイヤーズは一時期ペイストリー職人か菓子職人をしていたはずだという。ちょうどその当時にましな菓子屋でおみやげとして使われるようになった、パイプクリーナーで作った小さな人形をこしらえるのも得意だったが、ただマイヤーズが使ったのは使い古しのパイプクリーナーで、黄色や茶色の染みがついていた。彼がきっちり列に並べて作る、ピーカンナッツやアーモンドをトッピングしたボンボンは、自分用だった。私たちは彼がボンボンを並べていくところを見物するのを許されたが、一個も――これは弟のケヴィンも証言してくれている――味見させてもらったことがなかった。

マイヤーズと一緒に過ごした五年の間で、私が手に入れた唯一のキャンディは盗んだ金で買い、紙人形セットのいちばん底に隠しておいたものだった。キャンディを買うために盗みを働くというアイデアと、その隠し場所は、どちらもケヴィンから拝借した。ある日、紙人形の箱を開けてみると、その中にはピンクや白色をしたグラニュー糖のキャンディがいっぱい詰まっていた。これは神様か妖精が私の願掛けや祈りに応えて送ってくれたのかと思ったが、後で気がついたのは、ケヴィンも盗みを働いていて、私の紙人形の箱を隠し場所に使っているということだった。私たちには自分の物がほんのちょっとしかなく、ケヴィンには物を隠す場所がなにもなかったのだ。マットレスの下に隠すのは危なっかしい。これはカトリック小説の雑誌をそこに隠そうとしてわかったことである。大叔母はいつもベッドをひっかきまわして、マットレスを裏返し、私たちがおもらしをしてその犯罪を隠そうとマットレスを裏向きにしてはいないかと、目を光らせていることがわかっていたのだ。読書は禁止で、例外は教科書と、どういうわけか、ハーストが出している日曜紙の、漫画と雑誌の別冊だった。そこには癩病のことや、ボニー・ド・カステラーヌ伯爵の事件のこと、足から徐々に上へと人間を石に変えてしまう奇病のことが書いてあった。

この読書禁止令は、教区学校で私を教えた尼僧たちにとって醜聞の種になり、おそらく彼女たちが祖母に談判したおかげで、ようやく、終わりになって、私は「キャンプ・ファイアー・ガールズ」のシリーズや、『ファビオラ』、それからもう題名を忘れてしまった他の本をおおっぴらに読めるようになった。マイヤーズは本を読まなかった。鉱石ラジオがはやる以前のこと、彼は居間で蓄音機に耳を傾けて夜を過ごした。カルーソ、ハリー・ローダー、「家の火を絶やすことなく」、「素敵な巣ありき」、「物真似鳥に耳傾けて」である。私たちを一列に並ばせて蓄音機で聴いたばかりの曲を歌わせるとご機嫌だったが、その一方で、私がソプラノのスタッカートで区切る歌い方を真似ようとして、とても大きな声で音を外して歌うと、馬鹿にしたように笑うのだった。長い言葉というか、彼が長いと思った言葉も嫌いだった。夏のある日、台所で、蠅を叩き落とせと命令されていたとき、私が「蠅、妙なぐあいに消えてしまうの」と言ったら、それから何年も彼は私に恥をかかせたいときにその言い方の真似をしたが、その拷問でいちばん痛かったのは、その文章のどこが変なのかわからないところで、私には平易な普通の英語だと思えたし、わからないというのは、いつでもまた餌食になる危険があるということなのだった。

私たちが知っているかぎりでは、彼はこれまで軍隊経験がまったくないくせに、きっちりした軍隊式の規律を守るのが好きだった。私たちはしょっちゅう整列させられ、彼の方を向いて、質問に対して声を合わせて大声で返答させられた。「全体、進め！」彼は命令を下すたびに吠えた。彼の気前が良くなる唯一の祝日は七月四日。彼にとって気取りや「お高くとまった」感じがあるものは最も厳しい批判の対象になり、いちばん年長で、両親や昔の生活のことをいちばんよく憶えている私は、罪人の親玉で、それは故意の場合もあれば、意図しない場合もあった。

八歳のとき、私は学校で詩を書きはじめた。「ゴーガン神父は私たちの教区の神父様です／神父様は東西のみんなから愛されています」それから、「ああ、ベネディクト教皇がお亡くなりになった／と悲しんでいる人々が言った」。当時ベネディクト教皇はまだ存命で、私が知っているかぎりでは健康だった。この二行連句は、脚韻と悲しい話題のために作ったものだったが、とても都合のいいことに、一年後に教皇は亡くなり、神父の解く力とつなぐ力よりも強力な、恐ろしい力が私にあるような気持ちになった。その詩を提出したら、先生が綺麗に清書して、教皇の追悼ミサのときにその学校の哀歌として使われた。実は机にずっとしまってあったものだとは言い出す勇気はなかった。それからあまり経たない頃、十歳のときに、「アメリカ史におけるアイルランド人」という題の子供向け作文コンクールに応募して、最初は市の優秀賞、それから州の優秀賞を取ったことがある。使った事実のほとんどは、「アワ・サンデー・ヴィジター」紙に連載されていた、アメリカ史におけるカトリックに関する記事から取った。私はカトリック教徒は誰でもアイルランド系だという仮定を基にして、そこから、おまけに、独立宣言の署名者を検討し、私の耳にはアイルランド系に聞こえる名前をみな付け加えた。このすべては、「フランスの百合」を想起させるレトリックで飾り付けられた――なぜかは神のみぞ知るだが、ただ私はフランスに恋していて、どういうわけか、マクマオン司令官を経由して、ラファイエットをアイルランド人に仕立て上げていたのである。コシチュシュコですら、心はアイルランド人というかたちで描いていたはずだ。ともかく、学校で表彰式があり、私はそこで市の優秀賞を渡された（二十五ドルだったと思うが、もしかするとそれは州の優秀賞だったかもしれない）。大叔母も式に出席していて、マガモの羽根飾りが付いた帽子をかぶり、あんなに誇らしげで嬉しそうな顔をしていたのは初めて見た。一緒に家に帰る途中、大叔母は優しい言葉をかけてくれたが、見栄えの悪い家に帰ってくると、大叔父が黙ったまま椅子から立ち上がり、いつも髭剃りクリームの臭いがする階下の暗い便所に私を連れて行き、剃刀用の革（かわ）砥（と）でこっぴどく折檻された――彼が言うには、「お高くとまる」ことがないように、懲らしめてやるのだという。マーガレット大叔母は止めに入らなかった。うろたえた表情を見せた後で、大叔母の顔はたるんだ是認へと落ちついた。大叔母は優しい態度を取りすぎたのだ。これが、マイヤーズの優れた洞察力に対して大叔母が払う、いつもの称賛の念だった――弱みを見せることで愛情を失うのが怖かったのだ。賞金は、「この子のために取っておく」ということで取り上げられ、言うまでもなく、それでおしまいになった。それは「あの子には上等すぎる」と考えられたものすべての運命であり、その分類に匹敵するのは、その付属物である、「充分すぎるほど充分」だった。

私たちはのべつまくなしに、当たり前のように殴られ、普通の場合には素足をヘアブラシで、賞金獲得のような特別の場合には剝き出しになったお尻を剃刀用の革砥で殴られた。それはまるでこの無知な夫婦が、四人の怯えている子供たちと船出して、ディケンズの小説――おそらく『オリヴァー・ツイスト』か、それとも『ニコラス・ニックルビー』――を海図に選んだようなものだった。お仕置きは悪いことをしたせいの場合もあれば、そうではない場合もあった。なんのいわれもないのに、予防薬として処置されることもしばしばだった。ただ歳が上だからというので、私は弟たちよりも頻繁に折檻された。つまり、弟たちのうち誰かが折檻されると、良い模範を示さないからというので、私も折檻され、これは私たち四人のみなにとっても順々に当てはまっていた。プレストンかシェリダンの不品行のせいでケヴィンが折檻され、シェリダンの不品行のせいでプレストンが折檻されたが、まだ赤ん坊で大叔父のお気に入りであるシェリダンは、自分が不品行をしでかしたときしか折檻されなかった。それで当然ながら私たちはお互いに恐怖と不信の念を持つようになり、居心地の悪い仲間意識のようなものがあったのは私とケヴィンの仲だけだった。ケヴィンがあの有名になった場合のように家出したときには、私は嬉しさと反抗心を抱いたが、そこには自分がお仕置きされるのではないかという恐れや、もっと悪いもの、彼がきっと折檻されるだろうからざまをみろという気持ちも混じっていた。私が二度家出したとき、彼の気持ちもだいたい同じだったと思う——嫉妬、畏怖、恐怖、称賛、そして大叔父とグルになり、その先に待っている革砥を思って味わう邪悪なスリルだ。それでも、不思議なことに、あの歴史に残りそうな日々には誰も殴られなかった。犯人は、見つかったときには、祖母の家に匿われていて、家出をした子の途方もない大胆さと狡猾さに思いを馳せ、ブレイズデル通りに面した家には恐ろしい静けさが訪れた。きっとマイヤーズ大叔父は、マッカーシー家の家族会議で釈明をすることになると知って、恐怖で震えていたに違いない。家に残された三人はその日二階にじっとして、絶対口を利いてはならぬという刑を申し渡されていた。ところが、大叔父の分け隔てないお仕置きで私たちがお互いに敵どうしになることがしばしばあったとしても、規律が身に染み込む役にはまったく立たなかった。してもいないことや、普通の基準では良いことと考えられていることで、いつ何時お仕置きを受けるかわからないのだから、いい子になろうという励みがなにもなかったのだ。相手がいつ怒るかわからないし、それから私が学んだのは、主に、嘘をつくことと隠すことという作戦だった。私たちがようやく解放されてから、まだ数年間、私は嘘つきの常習犯だった。

マイヤーズが読書や教育といった知的活動を毛嫌いしていたのももったくもっともだが（そのとおり——それはたしかに彼からの逃避だった）、大叔父には、独裁者の常で、好きな本が一冊だけあった。それは赤い表紙の『リーマスおじさん』で——私の大嫌いな本——夜になるとそれを私室で私たちに何度も読んで聞かせた。どうやら、人間をしゃべる動物のレベルにまで貶め、言語を方言に堕落させている点が、大叔父にしかわからないおもしろさだったのだろう。大叔父は私がその本を大嫌いなのを知っていて、くどくどと読んで聞かせ、私の弟シェリダンを膝の上に乗せてピョンピョン飛び上がらせながら、「キツネどん」の物語を長々と語り、何度もクックックッと笑っては同じ言葉を繰り返すのだった。『リーマスおじさん』を読んでいるときが大叔父の絶頂で、今日に至るまで、私は方言で書かれたものや寓話を読むと、いささかなりとも反感を覚えずにはいられない。

大叔父が気まぐれにふるった暴力と区別しておかねばならないのは、大叔母のお仕置きや弾圧で、これは大叔母が良心に命じられてのことだったようだ。大叔母は決して悪い人ではなかった。ただ、方法というものを信じていただけなのだ。私たちが甘やかされてきたというのが一家の一致した見方だったので、大叔母はそれを偽科学的な方法で矯正すべく力を注いだ。私たちがやることはすべてスケジュールに則り、全体計画に沿ったものになった。大叔母は、もちろん、下のしつけにうるさく、私たちの生活すべては朝食後に行われる「便座」についての指導に向けられていた。日々の食事も――「血色が悪い」からというちょっとした口実で朝に出される、ひまし油入りのオレンジジュースは言うまでもなく――この接見を中心にして行われていた。毎日朝食にはプルーンと、どろどろしたコーンミールが出たし、それから小麦粉あるいは片栗粉をそのまま食べなければならなかったのは、何かの医学的な気まぐれで、私には牛乳が良くないと決められたからだ。他の食事のメニューは、パースニップ、カブラ、ルタバガ、ニンジン、茹でたジャガイモ、茹でたキャベツ、タマネギ、スイスチャード、ケールなど。たいていの緑野菜は、どうやら、私たちにはもったいないと思われたらしい。ただそれ以上に、一家には根菜に対する一種の親近感があり、それはおそらく、アイルランド小作農が蓄える、繊維質で、歯ごたえがあって、水分が多く、ごつごつしたものすべてから由来していると思う。デザートはライスプディング、ファリーナプディング、小さな空気穴を開けてある煮詰めすぎたカスタード、プルーン、煮込んだ赤いプラム、ルバーブ、煮込んだ洋梨、煮込んだ干し桃。肉も食べたはずだが、かろうじてかすかに憶えているのは、白くたっぷりした肉や骨や軟骨の数よりもニンジンの方が多い、ラムシチューもどきだけである。ステーキや焼肉や七面鳥やフライドチキンが出なかったことは間違いないが、たぶん茹でた鳥肉が野菜を添えてときどき出されたことはあると思うし（私に取り分けられた部分が、皮に皺が寄った頸のところだったのを憶えているし、そこに吸いつくと、食べられる白い筋が出てきたという事実も憶えているからだ）、ミートローフやビーフシチューがあったのも間違いない。アイスクリームや、ケーキ、パイ、それにバターはなかったが、朝に珍しくジョニーケーキか、カロのシロップをかけた、大きなもわもわっとしたホットケーキが出たことはあった。

一欠片も残さず食べ終わるまで、私たちは食卓を離れてはいけなかった。それで私はよく、暗い冬の午後、皿の上にある冷たいニンジンをじっと見つめたまま長いあいだ座っていたことがあり、しまいには、雪が降った短い期間のあるとき、裏窓をすばやく開ければそこから投げ捨てられることに気づいた。（不運なことに、裏口の隣にある物置のような場所の、タール塗りした屋根に落ちてしまい、雪がようやく溶けたときになって、ひどいお仕置きをくらった。）ときどき女中がいることもあったが、食事がひどすぎて「女の子」を雇いつづけることができず、大叔母が嫌々ながら料理人の役を肩代わりすることになった。手助けをしたのは、関節炎を患っていて、白髪で、病弱な、敬虔深い老嬢のメアリー大伯母で、彼女は無言のうちに一家に加わり、裁縫や掃除の手伝いをすることで生計を立て、マイヤーズの方針には逆らわないようにしていた。彼女の優しい手助けがあって、マーガレット大叔母はなんとか、小規模ながらも、私たち子供四人がいつも入れてもらうことを夢見ていた孤児院の生活状態に近いものを作り出せたのである。

マイヤーズは私たちのつつましい食事を共にしなかった。食卓の上座に座り、首のまわりにナプキンを着け、マーガレットがわざわざこしらえた特別の料理を食べながら、ときどき、隣の子供用椅子に座っているいちばん小さい私の弟の皿に、スプーンいっぱいにすくったものを載せてやっていた。朝食だと、コーンフレークかシュレッデッド・フィートにバナナか薄切りにした新鮮な桃が添えてあり、贅沢なご馳走に思えたものだ。夕食では、豚足とか、今では思い出せない他の珍味。憶えているのは、それをシェリダンにも与えていたことだけで、シェリダンはハーディと呼ばれ、まんなかの弟はポンプスかポンプジーと呼ばれていた――亡くなった両親から引き継いだ子供っぽい愛称で、それがマーガレット大叔母のもぐもぐとした、冬に喉風邪にかからないようにとアサフェティダに漬けた安っぽい敷物を思わせるような声にかかると、墓場の土のように湿っぽく聞こえるのだった。

そういう湿布や、カラシ軟膏剤や、鉄剤といった、それだけでも恐ろしい食事を強化するためのものに加えて、私たちはその当時や大叔母が若い頃に流行った健康法の犠牲になった。これはどこかですでに書いたことだが、私たちは就寝時に口で呼吸するのを防ぐために唇に絆創膏を貼られた。朝にその絆創膏を剝がすのには、気分が悪くなりそうなエーテルが使われた。それでも、重苦しい上着や、長い下着、黒の靴下に編み上げ靴という恰好で学校に行くときには、たいてい上唇や尖った顎のへこんだ部分に、汚くて灰色のゴムのようなカスが残っていた。枕は取り上げられていた。春の強壮剤として硫黄添加物入りの糖蜜を飲まされ、冬の土曜や日曜には、気温がどうであれ、朝に三時間、午後にも三時間、戸外で過ごすように命じられていた。故郷のシアトルは温暖な気候だったので、零下十五度とか二十度とか二十四度になると、たとえ遊び道具があったとしても遊べず、たいていは雪の中で突っ立ったまま泣き、ときには凍えた手袋で窓を叩いていると、しまいには大叔母が怒った顔で現れて、あっちにお行きという仕草をするのだった。

冬であれ夏であれ、誰も私たちにスポーツを教えようとはしなかった。近所のフェアオークス公園で滑り遊びをするのも禁止だった。そこでは冬になると私たちより貧しい子供たちが丘を下る氷の滑り道を作っていて、そこで座ったまか立ったままで颯爽と滑り降りていた。私はこの大胆な遊びが好きで、学校の帰り道に、禁止されているのにもかまわずそれで遊んだ。そしてとうとうある日、みすぼらしいコートを氷で破いてしまい、怖くて家に帰れなくなった。学校の向かい、近所でお菓子屋を営んでいる、ミセス・コーカリーという親切な女性がとても上手にそれを繕ってくれて、そのおかげで大叔母には気づかれなかった。それでも、また破くわけにはいかないので、滑り遊びはすっかり魅力を失ってしまった。

近所の人々はこっそりと親切にしてくれることがしばしばあり、教区学校のシスターに「話をして」くれることもときどきあったが、日曜にセント・スティーヴンス教会の会衆席に入ってくるときには富と虚飾をぷんぷん匂わせている祖父母を怒らせるのが、誰でも怖かったのだと思う。事実、ミセス・コーカリーはそれで面倒を背負い込むことになったのだ。彼女の娘クラジータが私の同級生で、朝一緒に登校しようと誘いに行くと、お菓子屋の二階にある彼女の家の台所で何度も食事を出してくれた。私はミセス・コーカリーによく嘘をついていて、朝食を食べさせてもらっていないと言っていた（本当のところは、単にお腹が空いていただけだ）。そこで彼女は憤慨して、ついにシスターたちに事の次第を話しに行ったのである。それが本当かどうか、大叔母がたずねられることになり、私は嘘をついたこと、実際には食事を与えられていることを認めざるをえなくなり、それでミセス・コーカリーは両親を亡くした子供の哀れさというものに対してきっと永遠に幻滅したに違いない。私がほしかったのは、彼女の同情心と、激怒しやすい心だったということを、そのとき彼女に対して説明することは無理だった。もう一人の隣人で、ハリスン氏という、角の家に住んでいた裕福な一人暮らしの老人がいて、ときどきよく水浴びに連れていってくれた。私が水泳を覚えたのは、彼に教えてもらったおかげである——妙な古式泳法の平泳ぎで、首のところまである水着を着けて髭を生やした老人の真似をしたものだ。一般的に言って、私たちは近所の人々や他の子供たちと交わってはいけなかった。よその子供がうちの庭に入ってきてはいけないし、私たちがよその子供の家の庭に入るのもいけないし、他の男の子や女の子と一緒に登校するのもいけないというのが決まりだった。しかし週に五日、私たちは一日の大半を学校で過ごしていたので、いくら反対しても後見人は私たちが友達を作るのを阻止できなかった。他の子供たちは、実のところ、私たちにとても惹きつけられ、私たちの悲しい状況を憐れみ、私たちを金持ちだと思っていたので、一目置いてくれていた。冬にはピアス・アロー、夏にはロコモビルに乗っている、祖母のお抱え運転手フランクは、近所ではよく知られていて、日曜には教会の外で待ち、ミサが終わると祖母を家まで送った。ときには私たちも乗せてもらうことがあり、みすぼらしい服と栄養不良の身体が高い経済的地位とつながって、クラスメートの目には怪しげな特権に映ったのである。

私たちは人からうらやましがられるような物を持っていたとも言えるし、持っていなかったとも言える。私の寝室のクローゼットの、いちばん高い棚には、椅子に乗っても手の届かないところに、厚紙でできた人形の箱が積んであり、その中にはシアトルの祖母の手によって着付けられた、絹やレースやサテンを着て、クレープデシン地の下着をつけ、ハイヒールの靴を履いている、素敵なフランス人形が入っていた。こうしたものや他のものは毎年クリスマスに送られてきていたが、大叔母に言わせれば私たちにはもったいないというので、箱や包装紙に入ったままで開封厳禁となり、取り出されるのは稀に午後、おそらく十二ヶ月かそこらに一度、親戚か一家の友人が西部からやってきて立ち寄ったときで、そうすると人形が下ろされ、野球のグラブ、キャッチャーマスク、腕時計、ぴかぴかの車、人形の家が取り出され、私たちが居間の床の上でそうしたおもちゃで遊ぶのを、来客があたたかく見守るという図になるのである。来客が私たちの一家に関する好意的な報告書を携えて去っていくと、人形や腕時計や車はさっと取り上げられ、それがふたたび姿を現すのは次の非常事態ということになる。もし私たちが賢かったら、餌をはねつけて惨めさを見せびらかすこともできただろうが、私たちは単純すぎて、その瞬間に飛びつき、一年間分の遊び時間をこの一時間半の祭典で遊び抜いてしまうことしかできなかった。こうした手法は、もちろん、人間の本性というものを同じように正確に計算している、強制収容所や刑務所に共通するものである。囚人たちは祝日に飛びついてしまう。視察にやってきた見知らぬ人間よりも、看守や「この日をつかめ」というモットーの方を信頼しているのである。ひどい扱いを受けてきた人間の常で、私たちは騙されまいと警戒していた。こうした来客たち――シアトルからやってきたプロテスタントたち――に対して、私たちは落ちつかなさを感じていた。もしかすると、大叔父や大叔母よりもっと悪いかもしれないと。後者の欠点は、いずれにせよ、よくわかっていた。そのうえ、私たちはプロパガンダにさらされていた。ときおり、大叔父はよくからかって「みっちりしごかれるぞ」と言っていたもので、そのせいで私たちはシアトル一派を怖がっていたのだ。

大叔母のしつけ方の基本は、思うに、実際のところ全体主義的だった。私たちのプライバシーを破壊しようという理想に燃えていたのだ。大叔母は自分のことを私たちの両親に比べて啓蒙されていると思い込み、健康や清潔さ、規律といった超理想が、大叔母の目の中では、それを達成するために取る方法をやわらげてしまっていた。親切でなくもない本性は官僚的な熱意と夫に対する隷属で歪められ、大叔父は私たちのたわごとを独裁者の達者な手つきでばっさりと切り落としていた。私たちの生活が孤児院での生活に似ていたという事実は、単なる偶然ではない。マーガレット大叔母は断固として、団体の目標に向かって邁進していたのである。施設の長の常で、大叔母はアルゴスの目を持ちたいと望んでいた。能力を最大に発揮して、何事も見逃すまいとしていた。健康管理ですら、この目的に適うものだった。しょっちゅう飲まされる緩下剤は、日々の体調が大叔母の監視下にさらされることを保証し、毎月の健康検査が、聴診器や懐中電灯や舌圧子という手段によって、体内で起こっている何事も大叔母にとって秘密でないものはないことを請け合った。シアトルに手紙を書くのも大叔母の監視下で、算数も綴りも文法もまったくいい加減なくせに、宿題も厳しく点検された。お祈りをするときも、監督の下で、名簿が与えられている人々のために祈った。友達や、お菓子や、たいていのおもちゃや、お小遣いや、スポーツや、読書や、娯楽が禁じられていたとしても、その目的は私たちを苦しめるためではなく、効率を達成するためだった。私たちが遊びたがりそうな子供をみな調べ上げるよりも、他の子供を一律禁止にする方が簡単なのである。効率の観点から、私たちの生活は、あけっぴろげであるために、からっぽでなくてはならなかった。おそらく読みそうな本、遊びそうなおもちゃは、大叔母の頭の中では、疑いなく、主婦が「埃寄せ」と呼ぶものだった――こういった気晴らしのまわりに、埃がたまるかもしれないのだ。意識の内奥の襞（ひだ）は、おへそのように、大叔母にとっては不衛生なものだと見なされた。かくして、精神面で言えば、大叔母は初期の機能主義者だった。

　システムというものの常で、大叔母のシステムは、言うまでもなく、完全無欠ではなかった。読書を禁じられると、私たちはお話ごっこをしたし、一緒にならないようにされると、ベッドの中でお話をひとりごとでつぶやいた。教科書から空想物語をこしらえ、ときには辞書から作ることすらあり、学校にあった『知識の百科』で小説のあらすじを読んだ。私のいちばん歳下の弟に対する大叔父の可愛がりようは、大叔父にとって弱味だったが、メアリー大伯母の私に対する可愛がりようも同じだった。大伯母は自分の部屋に私をずっといさせておくのが役目ということになっていて、安い木綿の四角い布で縫い物をして、大きくて下手で、不恰好なかがり縫いをしたハンカチを作り、それをほどいてはまた最初からやり直すのだったが、芸術や視覚美にはまったく感性がなかったものの（大伯母は、一つの芸術である、ほころびのかがり方すら教えてくれなかったし、後に修道院でシスターたちが教えてくれたような、刺繡の仕方も教えてくれなかった）、シカゴに住んでいたときの昔話をしたり、「イクステンション」という雑誌に載っている扇情的な宗教小説を読むのが好きで、ときにはその雑誌を部屋に持っていってもいいと言ってくれた。ただし、見つからないようにという警告付きだったが。そして大叔父が先頭に立っていった日曜の散歩の際には、延々と路面電車に乗り、そのあいだじゅうずっと、年長の弟たちは六歳以下に見られるように縮こまっていなければならなかったのだが、それが終わると、ミシシッピ川をはるかに見下ろす、木で囲まれた小道に連れていってくれることがときどきあり、そこで晩春のイトシャジンや、あるときには、珊瑚色をした蛇を見たことがある。大好きな場所のミネハハ公園で、私たちはブランコで遊んだり、仔馬や小さな観光列車に乗っている他の子供たちを眺めたりすることを許された。マイヤーズ大叔父はいつもクラッカージャックを一箱買い、私たちは大叔父がそれを食べ、箱の底にある小さなおまけを見つけようと手を突っ込むところを見守った——それはとてもうらやましい儀式だった。というのも、家でポップコーンを食べることはあり（マイヤーズはポップコーンを作るのが好きだった）、一度か二度、糖蜜を塗った自家製のポップコーンを食べたことさえあるが、世間で売っている、ピーナッツ入りのクラッカージャックはほんのちょっと味見をしただけで、それが家のポップコーンに比べて価値があるように思えたのは、大叔父がそう考えているからだし、よく野球を観に行って一箱食べながら帰ってくるからだった。しかしある日曜のこと、マイヤーズ大叔父は、すっかり真夏の気分になって、新しい歩数計を着け、私の弟シェリダンにそっくり一箱買ってやった。

当然ながら、私たちはシェリダンをうらやんだ——私たちのなかではただ一人金髪で、赤みがかった金色の巻き毛をしていて、一方他の三人はと言えば、みな歴然たる黒髪で、眉毛も睫毛も太くて黒いのだ——そして私たちが見守るなか、運のいいこの子は、ねちゃねちゃしたお菓子を頬張りながら、小さなピンが付いている、彩色を施したブリキの蝶を箱の底から取り出した。弟たちは大騒ぎでまわりを取り囲んだが、自尊心が強い私は感情を表に出さなかった。シェリダンは当時六歳くらいで、この蝶はただちに彼の持ち物のなかでいちばん大切なものになった——もちろん、持ち物といっても数えるほどしかなかったが。次の週ずっと、彼は家の中でどこへ行くにもそれを持っていき、手に握っているかシャツにピンで留めているかして、その後を歳上の弟二人がついてまわり、それで遊ばせてくれとたのんでいたが、私はちょっとうんざりした。十歳になっていた私は、ブリキの蝶に夢中になるには知恵がつきすぎているのがわかっていたし、この一件が大叔父のたくらみだと感じていたからだ。大叔父は私の弟たちのふるまいを満喫していて、シェリダンが蝶の所有権にしがみつき、他の誰にも触らせないように、厳しく目を光らせていた。この彩色を施されたブリキの蝶の核心は、その本質的な価値にあるのではない。それが家の中にあるおもちゃで、いわば国有化されず、一個人のひそかな所有物になっている、ほとんどたった一つのものだという事実にあるのだ。他の遊び道具——屋根裏部屋にある、壊れた木のブランコや、古いワゴン、汚い砂場、それからたぶん一、二台の消防車に、汚くなった積み木、曲がった中古の線路——は、どれも私たちが共通して使うもので、シアトルから持ってきて、とうの昔に壊れてしまった三輪車、縄跳びの縄、機関車、おはじき数個、それから貰い物の錆びたローラースケートも、みんなで使いなさいと言われていた。そういうわけで、一週間にわたってこの蝶は興奮をかきたてたが、私は頑固なまでに超然として、知らないふりまでしていたところ、ある日の午後、四時頃に、毎週の仕事になっている木工品の埃払いをしていたら、白髪のメアリー大伯母がそわそわしながら物音もたてずに私の部屋に入ってきて、ドアを閉めると、シェリダンの蝶を見かけなかったかとたずねた。

その話題にはひどくうんざりしていたので、私はほとんど頭も上げずに、ううんと短く答えて、そのまま埃払いを続けた。しかしメアリー大伯母は優しい口調で食い下がった。シェリダンが蝶をなくしたことは知ってるの？　探すのを手伝ってくれない？　そう言われても乗り気にはなれなかったが、大伯母のふるまいにはかすかな動揺と、ほとんど懇願するようなところがあったので、それに応えて私は雑巾を置き、大伯母の手伝いをした。家探しして、絨毯を持ち上げ、カーテンの後ろ、台所の戸棚、蓄音機と調べたが、ドアが閉まっている私室や、大叔母と大叔父の寝室だけは入らなかった。どういうわけか――なぜかは今でもわからない――蝶が見つかるとは思っていなかった。理由を想像すると、無関心だったことが一つ、どんな子供でもなくした物に対して抱く諦観で、もう取り返しがつかず、物の流れの中に消えてしまったと考えることがもう一つ。とにかく、私が思ったとおりだった。結局見つからずに、私は自説の正しさが証明され、埃払いに戻った。どうしてこの私がシェリダンのくだらない蝶なんか探さなければならないのか？　あの子がなくさないように気をつけていればよかったのに。「マイヤーズが怒ってるのよ」とメアリー大伯母は言って、まだ不安そうにおずおずして、戸口でためらっていた。私がしかめ面をすると、大伯母は悲しそうで、抗議をするような表情をして、淡い色で、ハイネックの、ボタンをきつく締めたドレス姿でためいきをつきながら出ていった。

五分後、マーガレット大叔母が部屋に飛び込んできて、シェリダンの蝶を探しに来なさいと命令したときですら、このおもちゃを盗んだと自分が疑われているとは思いもしなかった。私はもう探したと抗議したが、大叔母はその反対を歯牙にもかけず、腕を荒々しくつかんだ。「それじゃもう一度探しなさい、いいこと、必ず見つけるのよ」大叔母の声はかすれていて、額に皺が寄り、髪は鉄灰色で、その面持ちにはどこか緊張して取り乱している様子があったが、それでも私に対して怒っているのではなく、外的現実の何かに対して怒っているような印象を持った——現在なら、運命あるいは不慮の事態と呼べそうなものだ。嫌々ながらもう一度探してみて、やはり何も見つからなかったとき、大叔母も加わって熱心に探し、あちらこちらをひっくり返した。マイヤーズが座っている私室にまで入っていって、彼のまわりもぜんぶ探し、そのあいだ大叔父は皮肉な表情で見守り、ブル・ダーハムの袋からパイプに煙草を詰めていた。何も見つからず、マーガレット大叔母は私を二階にある私の部屋に連れて行き、そこで私があちこちを引っかきまわしているあいだ、立ったまましっと見つめていた。机の引き出しにクローゼットの中を探し終わると、突然、大叔母はあきらめたように見えた。そしてためいきをついて唇を噛んだ。ドアがそろそろと開いて、メアリー大伯母が入ってきた。姉妹はお互いを見つめ合ってから、私を見た。マーガレットは肩をすくめた。

「この子は持ってないわ、間違いない」と彼女は言った。

それからマーガレット大叔母は深い皺を多少ゆるめて私を眺め、結婚指輪を嵌めた皮膚の厚い手を私の肩の上に置いた。「マイヤーズおじさんはあなたが取ったと思ってるのよ」と彼女は、まるでスパイか偵察兵みたいに、かすれた小声で言った。自分は無実だという意識が、姉妹の同盟に入れてもらったという気持ちと合わさって、私はすっかり興奮し、えらい人間になったような気がした。「でも取ってないわ、マーガレットおばさん」と私は切り出し、舞台の中央に立ったこの瞬間を思う存分に楽しもうとした。「あの子のつまらない蝶なんか、ほしいわけがないじゃない」姉妹は目配せを交わした。「言ったとおりでしょ、マーガレット！」とメアリー大伯母が説教がましく言った。マーガレット大叔母は眉間に皺を寄せた。そしてあまり似合わない髪型の、くるくる巻いた輪の中に挿してある、骨のヘアピンを直した。「メアリー・テレーズ」と彼女は厳粛な面持ちで私に言った。「もしあなたが蝶のことをなんでもいいから知っていたら、もしあなたの弟たちの誰かが取ったのなら、今すぐに言ってちょうだい。もし見つからなかったら、すまないけど、マイヤーズおじさんはあなたにお仕置きをしなくてはならなくなるからね」「お仕置きなんて、できるはずがないわ、マーガレットおばさん」と私は正義感に燃えて言い張った。「私はやってないし、私がやったとはおばさんたちは思ってなかったら」私は彼女を見つめ、信頼しているという芝居がかったそぶりをして、私たちの間に突然現れた連帯感にそっと身を委ねた。メアリー大伯母の淡い色をして年老いた目が涙ぐんだ。「マイヤーズにお仕置きさせてはいけないわ、マーガレット、もしこの子が悪いことをしたと思ってないんだったら」二人とも、汚れた壁に掛けてある、ムリーリョの聖母子像を見上げた。二人の間に理解が交わされ、聖母マリアのおかげで、マーガレット大叔母が助けてくれるんだと私は確信した。「行きなさい、メアリー・テレーズ」彼女はかすれた声で言った。「夕食の支度をしなさい。それから、降りていくときに、このことはおじさんに決して言っちゃだめよ」

夕食に降りていくときに、私は気分が高揚していたが、それを隠そうとした。食事のあいだじゅう、みんなは控えめだった。ハーディは蝶のことでふさぎ込んでいたし、プレストンとケヴィンは黙ったまま、こっそり私の方に視線を送っていた。弟たちは、どうやら、私が最年長として、たとえ他の理由からではなくても、どうやってお仕置きを免れたのかと不思議に思っているらしい。マーガレット大叔母は顔を紅潮させていて、それで容貌が少しましになっていた。マイヤーズ大叔父は、きっとおれの思ったとおりになるとでも言いたそうな、狡猾な表情をしていた。そしてときどきシェリダンの金髪の頭を軽く叩き、食べるようにとうながした。夕食が終わってから、男の子たちは一列に並んでマイヤーズ大叔父の後から私室に入っていき、私はマーガレット大叔母が食卓の片付けをするのを手伝った。皿洗いの必要がなかったのは、このときに台所係の「女の子」がいたからだ。白いテーブルクロスとテーブルマットをどけようとしたときに、私たちは蝶を見つけた――私が座っていた場所のすぐそば、テーブルマットにピンで留めてあった。

私の災難はそのときに確定した。ただ、そうだとはわかっていなかったが。それが私の座る場所で見つかったということの意味を呑み込めていなかったのだ。しかしながら、マーガレットにとっては、これは動かぬ決定的証拠だった。「気を許し」すぎたと表情には書いてあった。またしてもマイヤーズの言うことが正しかったのだ。マイヤーズは男の子たちを順に取り調べるという形式だけの手順をこなし（「いいえ」「いいえ」「いいえ」）、私が言い張るものだから、台所からスウェーデン人の女の子を呼び入れることとさえした。どうして蝶がそんなところにあったのか、誰にもわからなかった。夕食前、女の子が食卓の準備をしたときには、そこにはなかった。それ故に裁判官たちは、私がそれを隠して身に着けていて、夕食時の、誰も見ていないときに、テーブルクロスの下にすべり込ませたのだと結論した。この満場一致の判決で私は頭にきた。最初は、単に馬鹿さ加減のしるしとしか思えなかったのだ――自分が座る場所に隠したと想像するなんて、どこまで頭が鈍いんだろう、見つかるに決まってるじゃないか。そんな馬鹿げた証拠でお仕置きをされるなんて本当に信じられなかったが、それでも私ですら、どうして蝶がそんなところにあったのか、まったく説明がつかなかった。女中を責めようという最初の卑しい衝動は、理性によって頭から追い払われた。六歳の子供のくだらないおもちゃを大人がどうしようというのだ？　そして私にかけられた非難の不公平さのせいで、それを弟たちの誰かに転嫁する気にもなれなかった。どういう形であれ、真相はきっと明らかになると私は思いつづけたが、尋問は突然終わり、みんなの目が私の目を避けていた。

メアリー大伯母が足をひきずりながら階段を上り、男の子たちは寝るようにと命じられ、それから、便所で、鞭打ちが始まった。マイヤーズは怠惰な腕がくたびれるまで私を革砥で打った。鞭打ちは、太っていて、体調の良くない者にとっては大仕事で、おまけに泣き叫び、足をばたつかせ、身体をよじる十歳の子供をなんとかつかまえていなければならない。大叔父はその場を離れ、大きくはあはあと息をつきながら、お気に入りの椅子に座り込んだので、鞭打ちが終わったのかと思った。しかしマーガレット大叔母が後を引き継いで、ヘアブラシで大叔父よりもきつく殴り、仕事をこなしているような、喜びのない様子で、こう繰り返した。「やったと言いなさい、メアリー・テレーズ、やったと言いなさい」いくらヘアブラシが打ち下ろされても屈服しないので、その文句はとりなしのような口調を帯び、まるで祈りのようだった。降参してくれ、そうすればマイヤーズも得心が行くし、おまえのためなんだよ、それで鞭打ちも終わるんだから、と大叔母がたのんでいるのがはっきりとわかった。とうとう私が「わかったわ！」と叫ぶと、大叔母はヘアブラシを手から放してためいきをついた。この子はやはり有罪ではないかという新たな疑念が訪れたことは間違いなく、私の告白ですべてがご破算になったのだ。大叔母は私を大叔父のところへ連れていき、大叔母も私も大叔父と向かい合うと、マーガレット大叔母は強くはあっても優しさがなくもない手を私の肩に置いて、こうささやいた。「さあ言いなさい、『マイヤーズおじさん、わたしがやりました』って、そうしたらベッドに行ってもいいわよ」しかし革張りの椅子に大の字になって、この機会を待ち構えてほくそ笑んでいる大叔父の姿を見ると、私はたまらなくなった。舌の先まで出かかっている言葉がそこで止まってしまった。この男だけにはどうしてもそれが言えないのだ。マーガレット大叔母は私にせっついた。まるで私が盟約を破ったかのように、責めるようなそぶりだったが、私はまっすぐ大叔父を見つめ、大叔父の醜い性格を測り、とっさに叫びだした。「やってないわ！やってない！」叫ぶ途中で息がつまった。まるで私と大叔母が共謀しているのはよくよく知っていると言わんばかりに、マイヤーズ大叔父は仕返しをしてやるぞという視線を妻に投げかけた。そして暗い便所に戻るようにと命令して、象徴的に袖をまくりあげた。大叔父は思い切り革砥を打ち据えたが、今回は私が気でも狂ったようになり、マーガレット大叔母があわててやってきて私を説得しようとしても、私はただ絶叫で答えるばかりで、こちらも息を切らしていたマイヤーズ大叔父は革砥を元の鉤に戻した。「おまえがやれ」と大叔父はなんとか口に出したが、今回のマーガレット大叔母のヘアブラシは、言うことを聞かなかった罰で怒ったように数回殴った後は、おざなりなものだった。マイヤーズがふたたび革砥を手に取ることはなかった。折檻が終わったのは、近所に知られることを恐れてなのか、二階にかよわいメアリー大伯母がいるのを恐れてなのか、それとも不意に罪悪感に怯えたせいなのかはわからない。たぶん、ただ単に、私の就寝時刻を過ぎていたからというだけなのだろう。

私はようやくよろよろとベッドまでたどり着いた。内心では、正気とは思えないような、勝ったという気持ちが湧いていて、まるで聖人になったような気分だった。それというのも、あんなことをされても、たとえ何をされようとも、頑として自説を曲げなかったからだ。マーガレット大叔母が本心と良心から訴えているのに耳を貸さなかったのが、キリスト教徒にあるまじき行為だとは思いもしなかった。それどころか、無実なのを大叔母がわかったはずの、その後になってもまだずっと、殴りつづけるように仕向けたことに、私は喜びを覚えていた。これはマイヤーズの罪を容赦したことに対する、大叔母へのお仕置きなのだ。翌朝、目を覚ましたらそこにムリーリョのマドンナと赤子スチュアートが見えて、勝利の気持ちも薄らいでしまった。自分のやったことが怖くなったのだ。しかし、その日も次の日も、大叔父と大叔母は私に手を出さなかった。私は浮き浮きしていた。これは信じられないことだし、また、きっと、伝説の中に出てくる人物になったような気で、多少は気取ったところもあったのだろう。私の力はまさしく十歳の力、私の心は清いのだから！その後、いつもの普通のやり方で折檻されることはあったが、蝶の一件はあの家ではもう永遠に持ち出されることはなかった。

私の頭の中では、蝶の一件と、翌年の秋か冬の初めに起こった、プロテスタントの祖父による私たちの救出のあいだには、つながりがあったし、今もそう思っている。彼らの観点からすればすでに敗北したのか、それとも私たちがどうなろうと気にしなくなったのか、私たちの家と祖父マッカーシーの家のあいだの二ブロックを歩いたとき、弟ケヴィンと私だけでこの几帳面で親切な弁護士と一緒にいることを後見人たちは初めて許可してくれたのだ。両側に壁のように並んだ早雪の通りを歩いていくあいだに、私たちはプレストンおじいちゃんにすべてを話し、恐怖を乗り越えて、ひたすら人形や、野球のグラブや、腕時計のことを思い浮かべた。しかし、奇妙なことに、なるほどと思うところはあるものの、祖父が弁護士らしい正確な目で私たちの物語を追っていたときに、彼にとって最も印象深かったのは、蝶の話や他の残虐行為の話ではなく、私が眼鏡を掛けていないという事実の方だった。私は秋に学校の運動場で眼鏡を壊してしまい、そのお仕置きとして、眼鏡を掛けずにいるという罰を受けていたのである。そして私は、どうしてその話がそんなに顔を真っ赤にするほど祖父を怒らせたのかわからなかった――あんな不恰好なものを厄介払いできてとてもほっとしていたのだ。しかし祖父は長い顎を突き出して、私たちの手を取り、祖父マッカーシーの家の進入路にまっすぐ向かっていった。それ故に、この善良なアメリカ人の懸念が最終的にどこに行き当たるかと言えば、それは健康の問題なのだ。私たちが打ち明けた他の話は、信じなかったか、悪という問題に直面しないように、考えたくなかったのか。

というわけで、健康上の理由で、私たちはマイヤーズ大叔父から離され、大叔父は妻やメアリー大伯母と一緒にエルクハートへと消えていった。弟たちはカトリックの寄宿学校のシスターのもとに送られたが、シェリダンだけは別で、マイヤーズがまるで黄金のトロフィーのように持って帰るのを許されたのだった。すぐにメアリー大伯母が亡くなり、そしてマーガレット大叔母が、さらにはマイヤーズ大叔父がその後を追った。わずか五年のうちに、まだ壮年期なのに、一人、二人、三人と、まるで九柱戯のようにみんな倒れてしまったのだ。私にとっては、より幸せな星の下で、新しい生活が始まった。プロテスタントの祖父がやってきてから数週間のうちに、私は祖父と一緒に列車の車室に座り、ミズーリ川がその源流の西へと続いていくのを眺めていた。白と金の腕時計に、派手な新調の赤い帽子という恰好をした、ひどく神経質な子供で、プロテスタントを狂信的に毛嫌いして、あんな人たちはみんな磔にして火炙りにすればいいんだわ、と私はプレストンおじいちゃんに説明していた。食堂車で、私は欲張りにもラムチョップ、ホットケーキ、ソーセージを注文し、それを食べられずにじっと座っていた。「この子は」と給仕が言った。「胃袋よりも大きい目をしていますね」

六、七年後、東部の大学に行く旅の途中、ミネアポリスで下車して弟たちに会いにいったことがある。弟たちは、今ではみな一つ屋根の下で暮らしていて、マッカーシー筋の叔父ではいちばんハンサムで若い、ルイス叔父というもっと寛容な後見人に代わっていた。老人たちはみな死んでしまっていた。つい最近亡くなったばかりの祖母マッカーシーは、なんのつながりもないはずのテキサス州に、彼女の名前を冠した礼拝堂を建てるための基金を遺していた。黄昏時、ルイス叔父の網戸のあるポーチで座りながら、私たちは再会にふさわしい共通の話題を探していて、見つけたのがマイヤーズ大叔父のことだった。そのとき初めて弟のプレストンが、蝶の事件があったあの夜、マイヤーズ大叔父が私室からこっそりと食事室に忍び込み、テーブルクロスを持ち上げるところを見たという話をしてくれた。大叔父の手にはブリキの蝶が握られていたという。

*

ハリー叔父の話では、私の父の日記に二回、一九一六年の二月二十八日と十一月二日に、「蝶」という単語が一ページいっぱいに書かれているという。ハリー叔父からの情報の常で、これにはぎくりとさせられた。不可解だと私は思ったが、思い出してみると、父は少年時代に蝶を集めていたのだ。祖母は父が集めた標本のケースを持っていた。日記の記述の件について、私が提供できる手がかりはそれくらいしかない。

マイヤーズ大叔父に関して言うと、ハリー叔父が書いているところでは、あの「贅肉の塊」が言うにはインディアナ州のテレホートあたりでピクルスの買い付け人をやっていたという。ピクルスの買い付け人だったというのは聞いたことがないが、間違いなく彼にはちょうど合っている。その一方で、あのお菓子の皿にはたしかに職人らしさがあった。大叔母と結婚する前にはなにも仕事をしていなかったような気がする。ハリー叔父によれば、一族はマイヤーズに仕事を与えた。地方を回って穀物出荷の注文を取る仕事で、月給二百五十ドル、走行距離記録帳、必要経費付きである。この職は、安く生活できるサウスダコタ州の西部、ノースダコタ州、モンタナ州の東部に彼をとどめておくためだった。彼の必要経費――大陸横断鉄道で使う三、四ドルの昼食券――は、この半ば不毛な地帯に彼を送るという案を思いついたハリー叔父にとっては驚きだった。

彼が地方を回っていたとしたら、いつでも家にいられたのはどういうわけだろうか？　私にはこれに折り合いをつけることができないし、ひょっとしたら彼は二人いたのかもしれない、というハリー叔父の意見もなんの足しにもならない。彼がいつも家にいたことは間違いない。これは弟のケヴィンも同意してくれている。唯一の例外は、陪審員の任務がまわった短い期間だ。そのときはいつも黒い山高帽をかぶり、朝に家を出ていった。マイヤーズ大叔父が陪審員というのはちょうどいい気がする。彼が一度短い旅で家を離れていたことがあるかもしれない、というのはケヴィンの意見――行き先はエルクハート、と思ってもおかしくないところだ。しかしこれはキャピタル・エレベーター会社に勤めていた時期だったのかもしれない。その会社が彼を長期にわたって雇っていたとは思えないからだ。

ケヴィンはマイヤーズと野球の試合について但し書きを寄せてくれている。私の弟たちと一緒に、マイヤーズ大叔父はよく七回裏に入るまで球場の外に立っていた。そのときになると、外野席が開放されて、誰でも無料で入場できるのである。それで観戦できたのは、私たちが映画の最初しか観られなかったのと同じで、野球の終盤だけだった。私たちの生活には、まるで芸術作品のような、みごとな一貫性があった。私ですら信じられないとときどき思うことがあるのはそのためである。そうは言っても、小さな訂正が必要だ。映画をまるごと一本観たことが、たしかに一度ある。場所は教会の地下か学校の講堂で、映画の題名は『告解の守秘』だった。そこで神をものともしない無神論者が雷に打たれて死ぬという場面があったことを憶えている。もちろん、入場料は無料だった。

ブリキの蝶のエピソードについては、もっと重大な訂正を行うか、疑念を表明しなくてはならない。先日、これを読み返していたとき、恐ろしい疑惑が浮かんできた。そのときに突然思い出したのは、大学時代に、この話について劇を書きかけたことだ。私が座る場所にマイヤーズ大叔父が蝶を置いたというアイデアは、もしかすると教官に示唆されたのではないか？「あなたのおじさんがやったのに決まってるわよ！」という彼女の声が聞こえそうな気がする。（この教官はミセス・ハリー・フラナガンで、後に連邦劇場の主任になった。）そしてマイヤーズ大叔父が抜き足差し足で入ってきて、テーブルマットに蝶をピンで留める、そんな舞台の場面が目に浮かんでくる。良心の声と戦った後で（初めての聖体拝領とまた同じ体験）、私はケヴィンを呼び寄せて、疑念について相談してみた。ケヴィンは蝶のエピソードじたいも恐ろしい折檻も憶えている。私たち四人が再会して、マイヤーズ大叔父のことを語り合った、ルイス叔父の網戸のあるポーチでの場面も憶えている。しかしマイヤーズ大叔父がそこに蝶を置いたとプレストンが言ったというのは、憶えていないというのだ。長距離電話でたずねてみたら、プレストンも、そんなことを言ったことも見たことも憶えていないという。（事件が起こったとき彼はせいぜい七歳だったので、そんなに鮮明で劇的な記憶を保持していたとはあまり思えない。）ルイス叔父のポーチで蝶の事件を少なくとも話し合ったことは、今でもたしかに思えるし、私はミセス・フラナガンの説を披露したかもしれないし、それに対してプレストンが激しく同意したかもしれない。ケヴィンの話では、いったんその説を聞いてしまうと、プレストンは一瞬、憶えていると思い込んでしまった、ということすらありうるという。しかしすべては憶測にすぎない。劇作の授業を取ったのがルイス叔父のポーチでの夜の前だったのか後だったのかさえ、正直なところわからない。最もありそうなのは、私が二つの記憶を融合させてしまったのではないかということだ。申し訳ない。ところで、その劇は完成することがなかった。第一幕は祖母のサンルームに設定されていて、私たちが初めて後見人とそこで出会う。その出会いのことを考えていたのが、明らかに頭の中にひっかかっていて、ミセス・フラナガンと劇のことを思い出させたのだ。しかしそれにしても、私の席のそばに蝶を置いたのは誰だったのだろう？　結局のところ、マイヤーズ大叔父だったのかもしれない。目撃者が誰もいなくても、彼は容疑者であり続ける。彼には動機と機会があったのだ。「きっとあなたのおじさんがやったのよ！」――それがミセス・フラナガンの言葉だったのか？

祖父プレストンがシアトルからやってきて私たちの物語を聞いたのは、秋か冬の初めだと私は書いた。ケヴィンは春だという。私たちのどちらも雪のことは憶えている。たぶん彼の方が正しいのだろう。というのも、彼は私が去って一家がばらばらになった後の、夏に起こった後日譚を憶えているからである。彼と弟のプレストンは、一時的に、祖母マッカーシーの家に泊めてもらっていた。初めて、弟たちは外の道路の自由を味わった。それまで、私たちは鉄柵のむこうに閉じ込められていたのである。彼とプレストンはナンシーという近所の女の子から手押し車を借りて、ブレイズデル通りを行ったり来たりして、以前に住んでいた家の前を通り過ぎた。二人が驚いたことに、マイヤーズ大叔父はまだそこにいて、シェリダンを膝に乗せ、玄関のポーチに腰を下ろしていたという。二人の少年は借りた手押し車を押して反対側の歩道を進み、自分たちは自由だし、大叔父はもう無力で危害を加えられないことに、小さな悪魔のようにはしゃぎながら、マイヤーズ大叔父に悪口を言ってからかった。「やーい、やーい、やーい！」マイヤーズ大叔父は何の反応もしなかった。ただそこに座り、シェリダンを膝に乗せたまま、じっと標的になっていた。きっと近所のみんなが見ていたのだろう。ケヴィンに言わせれば、マイヤーズ大叔父の無力さがこの凱旋からゆっくりと喜びを奪い取った。彼は動かずにじっとしているこの太った男に困惑し、手押し車を押してそこを去っていったという。

数日後、二人はまたその家の前を通り過ぎた。そこは空き家になっていた。どういうわけか、忍び込んでみようという気になり、二人は開いていた地下室の窓によじのぼって入った。家の中はとても奇妙だった。家具がぜんぶ取り除かれていたのだ。突然、二人は激しい怒りに取り憑かれて、壁紙を破りはじめた――汚くしたというのでお仕置きをされた、あの壁紙だ。それをずたずたにちぎってから、薬棚を思いっきり開けた。誰かが空にするのを忘れたらしく、家庭用医薬品がぜんぶそこにあり、メアリー大伯母用のビーフティーの空瓶まであった。二人は薬瓶を壁に投げつけ、粉々にした。不気味なオレンジ色――薬によくある色調――があちらこちらに飛び散った。二人は家に仕返しをしていた。力の限りに家をめちゃくちゃにしてしまうと、二人は地下室の窓によじのぼって外に出た。

二人の仕業が見つかると、祖母はケヴィンにお仕置きをしようとした。祖母はバスルームで、ケヴィンをしっかりと膝の上に乗せ、ヘアブラシでお尻をぶった。祖母のお仕置きが痛くないのを彼はおもしろく思った。仕方なく叫び声をあげたが、内心では祖母の努力ににんまりしていた。そしてマーガレット大叔母のヘアブラシやマイヤーズ大叔父の革砥を思い浮かべると、祖母の愛情を感じた――無垢な者に対する経験豊かな者の愛情だ。その秋、彼とプレストンは、キャプテン・ビリー・フォーセットのブリージー・ポイントにある避暑地で夏を過ごした後、セント・ベネディクト校へと送られた。

マーガレット大叔母の健康管理法についての、最後の覚書。私は現在、消化の具合も良いし、健康そのものだ。おそらくそれはマーガレット大叔母のおかげではないかと思う。大叔母のもとにあずけられる前、私たち子供四人がよく病気にかかっていたのは本当である。そして疑いもなく、プルーンやパースニップ、枕なしに、五マイルの徒歩で、私たちを丈夫にしてくれたのは大叔母なのだ。ケヴィンは以前、スナップ写真を二枚持っていた。一枚はマーガレット大叔母が撮ったもの、そしてもう一枚はマイヤーズ大叔父が撮ったものだ。そこには「五マイル徒歩の前」「五マイル徒歩の後」と書かれていた。帽子をかぶっているマイヤーズ大叔父が写っていた一枚は、昨年かそこらのうちに不思議なことに消え失せてしまった。弟のプレストンは大叔父の写真を持っていた気がすると言っていたが、それもなくなっている。まるでマイヤーズ大叔父自身が、肉体的に存在していた証拠を巧みにくすねてしまったようだ。

最近出てきた家族写真の一枚には、プレストンとシェリダンが腰掛けている仔馬と一緒に、私たち子供四人が写っていて、みなとても幸せそうだ。私たちはみな正装している。私は眼鏡を掛けていないし、髪もやわらかくカールしている。仔馬は舞台用の小道具。あちこちをまわって注文を取る写真屋が、私たちの通りの前でよく引いて、行ったり来たりしていたものだ。その写真は、もちろん、西に住むプレストン家に送られた。そちらの方では、私たちが仔馬に近づいたことはこのときしかないということなど、まったく知る由もなかった。それは祖母プレストンの遺品の中から見つかったものである。

マイヤーズ大叔父とマーガレット大叔母は珍しい、特異と言ってもさしつかえない人々だと、私は思っていたはずだ。ところがシカゴに住む読者からいただいた手紙では、マイヤーズは自分の父親にあまりにもよく似ていて、思わず輪廻転生を信じそうになったほどだという。そしてマーガレット大叔母の養生法も、この読者の家庭で十五年後に起こったこととほとんど同じだったらしい。メニューは同じで、タラで作った団子が加わるだけ、「便座」についての長々しい説教も同じ、おねしょをしていないか確かめるためにマットレスをひっくり返すのも同じ、「上等すぎる」という理由で贈り物を取り上げるのも同じ。革砥もあれば、孤児院に入れてもらうという夢もあり、一族の誰か他の一員（たぶんプロテスタント）だと「みっちりしごかれる」という脅しもあった。この男性と妹は母親を亡くしていただけだった。近所の人がよく食事を与えていた、というのも同じである。

さらに奇妙なのは、オーストラリアにいる六十歳の女性からの手紙だった。そこには、「彼方の農夫」を読んだのが彼女の人生で「おそらく最も不思議な体験」だったと書かれていた。この女性と四人の兄弟は両親を失い、彼らの子供時代は、私のとほとんどそっくり一緒だったそうだ。「貴女のような書く才能がもしわたくしにあったら……とうの昔に書いていたはずですし、書いた話は誰も信じてくれなかったでしょう。なにしろ、あまりにも信じられない話ですから――それでも、その一言一句は純然たる真実なのです。わたくしが貴女の記事を何度も読み返したのは、そういう訳なのです……あまりにもわたくしたちの経験によく似ていて……貴女ではなく、わたくしが書いたと思えるほどでした」

この女性は、シカゴの男性と同じで、カトリックの家に生まれた。父親が結婚した相手はプロテスタントだったという。

3　ごろつき

プロテスタントの祖父は、まだ生きていたら、聖心会のシスターたちにとって彼の魂の行方がかつて神学的な激しい不安をかきたてるきっかけになったことを聞いて、機嫌を悪くしたに違いない。彼の肉体の方は、まったく何も知らずに、ゴルフの十八ホールをこなし、夕食前にはクラブでブリッジを楽しんでいるのに、永遠不滅な魂の方は、シアトルが北に向かって広がっているという思い込みで彼が買った一文にもならない土地のすぐそばにある、厳格な修道院附属学校のシスターや生徒たちと一緒になって、危険にさらされていたのだから。その危険を私たちに開陳したのはイエズス会の熱心な神父で、修道院で説教をしているときのことだった。それまでは、祖父と私の宗派が違うことは、私にとってたいした心配事ではなかった。両親の死は、法的な点も含めて（というのも、私は祖父の被後見人になったからだ）、多くの点で私たちの絆を深めたが、それと同時に、私たちのあいだに世代間の大きな溝を残すことになり、祖父のプロテスタント信仰は、向こう側の壮大な、花崗岩の景色の中で、自然な一部として広がっていた。しかしイエズス会神父の説教が、この整然とした景色を、教義という雷鳴の一撃で破壊してしまったのだ。

神父の物言いを借りれば、修道院長の大のお気に入りでもあるこの謹厳実直な男性は、たまたま洗礼を受けたからというせいで、永劫の苦しみを味わう定めになった。もしイスラム教徒か、ユダヤ人か、異教徒か、教養ある不信者の息子だったら、地獄の辺土での場所が約束されていただろう。キケローやアリストテレスやペルシャのキュロスが彼のお仲間で、洗礼を受けなかった子供たちの無邪気な魂が彼の足元にじゃれつく、ということになったかもしれない。しかし、もしイエズス会の神父が正しければ、洗礼を受けたプロテスタントはみな地獄へまっしぐらということになる。人生を全うしたからといって、それで大目に見てもらえるわけではない。洗礼の儀式は、神の恩寵を与えることによって、神の組織に不快感をもたらすことにもなる。つまり、好むと好まざるとにかかわらず、洗礼は人をカトリックにしてしまい、いまだにプロテスタントの儀式にしがみついているのは、背教を明言しているようなものだ。かくして哀れな祖父は、復活祭での告解の義務を果たさないこと六十年、長老派教会に参列するたびに救済の見込みを実際には減らしていたのである。

説教があってから一時間後、すっかり動揺した私が、院長室の戸口で膝を曲げ身体をかがめてお辞儀をしたとき、額に皺を寄せた院長先生の柔和な顔は、やはりあなたですかと言っていた。明らかに、私が来ることを予期していたのだ。有能な管理者であるマダム・マキルヴラは、朝の礼拝が終わりに近づく時間のあいだ、プロテスタントの生徒や親の名前をやむをえずチェックしていたに違いない。私とのやりとりが始まったとき、院長先生は説教には賛成できないというような、困った様子をかすかに漂わせていた。教義的にはおそらく正しいが、それにしてもデリカシーに欠けていたのではないかと。あの熱意あふれるイエズス会の神父は、伝道者として高名で、エスキモーとの暮らしが長すぎたのだ。こういう立場にこだわらない院長先生の態度を見て、私は希望を持ってもいいのかもしれないと思った。私が知っているなかでいちばん高い位にいるこの女性が、きっと祖父のために逃げ道を見つけてくれると。祖父は特例であり、神父が示した大ざっぱな物差しでは測れないことを、院長先生ならわかってくれる。結局のところ、この修道院で、すべての免除の源となり、自由裁量で休日を決める（これは修道会のフランス式の伝統によってコンジェと呼ばれていた）のは、院長先生なのだ。禁帯出になっている本を司書から受け取ってもよいとしたのも、修道院の検閲を受けずにときどき手紙を受け取ってもよいとしたのも、院長先生なのだ。（通常、俗語表現、文法違反、綴り間違いは、不適切な感傷と同様、友達からくる手紙ではすべて黒塗りされていた。というわけで、つきあっている仲間がアディソンやバークを若くしたような人間ばかりでないかぎり、待ち望んでいた手紙は、手元に届いたときには、原文は推測するしかないといった断片になっていたのである。）まだ十二歳だった私は、もしかしたら院長先生のマダム・マキルヴラが祖父にコンジェを授けてくれる力を持っているかもしれないと思い、同情にすがろうとした。

私が知っているなかでいちばん高潔な人であり、友人や同僚のあいだでは謹厳かつ途方もない実直さの代名詞として通っている祖父なのに、どうしてこの人の魂がさまよわなくてはいけないのだろう？　それに対して、祖父の訓戒の対象となり、さじを投げられてしまうようなこの私、どんな衝動にもすぐ屈してしまい、嘘をつき、自慢して、裏切るようなこの私が、聖体拝領にはいつもきっちり出て、楽な告解を習慣的にしているというそれだけのおかげで、魂が救われなくてはいけないのだろう？

マダム・マキルヴラがたっぷりとした白い額に皺を寄せた。子供のように青い目が曇った。女校長の常で、彼女はさめざめと泣くのが好きで、豊かな、震えている、中年の胸に私を抱きしめた。院長先生はわかっていた。私の祖父と、その不当さのために涙を流していたのだ。院長先生と祖父は、実のところ、とても良好な関係を築いていて、それはお互いにとって喜びだった。祖父の男らしい顔立ちとしっかりした性格は院長先生にとって美的な魅力があり、院長のふわりとしたやわらかさと深さを祖父は好意的に受け取った。しかし、とりわけ二人の会話をぴりっとしたものにしていたのは、信仰の違いだった。きちんと整頓された、白と黒の狭い院長室で会うときにはいつも、心が広くなり、啓発され、けちな偏見など超越しているのだという思いを二人は味わった。祖父はいつもクリスマスになると彼の事務所を訪れる慈善婦人会の二人に小切手を書いてやっていたことを思い出しただろう。マダム・マキルヴラの方は、おそらく院生時代に勉強したことやヒュームを思い出しただろう。二人の長くて自由闊達なおしゃべりには、演技の色彩があった。どちらの側も、度量の広い名演技を発揮した。後になって、二人は相手のことをほぼ同じ言葉で語った。「実に立派な女性」、「実に立派な男性」だと。

そういったことすべてのせいで（そしておそらくは、彼女の判決が家に帰って伝えられるかもしれないと思ってのことか）、マダム・マキルヴラの答えがゆっくりとしたものになった。「もしかすると神様は」と院長先生はようやくつぶやいた。「限りなく慈悲深いお方でいらっしゃいますから……」しかしこの言い方では私たちのどちらも満足が行かなかった。なるほど、神の限りない慈悲というものを私たちは信じているが、その顕現は問題含みである。聖書に記された歴史を繙(ひもと)けば、それは祖父のように日常的な美徳と規則正しい習慣を持った人間よりも、「右盗」や「姦淫の女」に訪れるものらしい。私たちカトリック教徒どうしの思考が旅をした後に出会い、はっと気づいて驚いたような視線をお互いに交わした。マダム・マキルヴラは考え込んだ。もちろん、他の抜け道もありますけれども、と院長先生はとうとう言った。もしお祖父(じい)様の洗礼が不適切だったら……牧師がいい加減な人で……。私はこの提案を考えてみて、首を横に振った。祖父は、幼児のときですら、いい加減な洗礼式を受けたといって責められるような人ではない。

祖父の魂が、いわば嘆願するように、私たちの間で宙吊りになっていたあのときですら、院長先生がごく自明で、正統的な解決策を提示しなかったのは、知性と世間智を示す物差しだった。私が祖父を改宗させようとしたところで、それは馬鹿げたことだっただろう。それどころか、後になってわかったように、私は何も知らずに罠を仕掛けて、祖父を地獄の底に突き落としてしまいかねないところだったのだ（祖父のシガーカッターのそばに宗教書を開いたままで置いておいたり、「おじいちゃん、今度の日曜に、ミサに連れていってくれない？　一人で行くの退屈だから」と言ったり）。「お祖父様のために祈りなさい」とマダム・マキルヴラは、ためいきをつきながら言った。「マダム・バークレーに話してみます。その点は解釈のしようがあるかもしれませんからね。バークレー先生だったら、教父の著述に書いてあったことを憶えているかも……」

数日後、マダム・マキルヴラは院長室に私を呼び寄せた。学識豊かな教学監のマダム・バークレーのみならず、司書や礼拝堂付き司祭まで召集されていた。ベネディクト会の見解は、どうやらドミニコ会の見解と大きく異なっているらしいが、聖アタナシオスの重要な一節が祖父の魂の安全を指し示しているようだった。不信者は、この寛大な典拠によれば、充分な知識と意志の全面的同意をもって真の教会を否定しているのではないかぎり、地獄に堕ちるわけではない。マダム・マキルヴラがその本を渡してくれたので、そこの一節を読んでみた。たしかに、祖父は救われる。充分な知識は持っていない。真の教会とは無縁だ。それをぼんやりとしか知らず、世評でしか聞いたことがない。黒い服を着て十字架を掛けた、白人宣教師の奇妙な話を聞いたことがある、異教徒ハイアワサのようなものだ。私は思わずマダム・マキルヴラに抱きついて、祖父の性格の狭量さに初めて感謝した。自分の性格には合わない物の考えや習慣に対しては、あの長い顎をした顔で無視を決めこんでしまうことに。私は家に帰ったら、自分の寝室にある小さな祭壇をすぐにばらばらにして、食事の前のお祈りや、手のこんだ断食や、見栄だけのありとあらゆる信仰実践をやめ、私のお手本の光があまりにも強く祖父を照らしすぎて、それで祖父が充分な知識で黒焦げになってしまわないようにしようと決心した。

私は週五日の寄宿生だったので、この企ての決意が鈍る暇はなく、次の日曜、家で、私が変わったことを祖父が口にした。芝居がかったことが好きなせいで、その変化は目立たないものだとはとても言えなかったのだ。「いくらこの家の雰囲気が非宗教的だからといって」と、祖父はいささか厳しく皮肉のこもった声で言った。「それを堕落の言い訳にしてもらいたくないものだな。おまえが大きくなったら、もしその気になれば、信仰を変える時間はいくらでもあるんだから」この不当な非難に私は喜んだ。これで聖人や殉教者の列にしっかりと並んだのだ。我らが神にもこんなことがあったし、ピアノを弾いていたエルシー・ディンスモアもそうだった。それでも、私はひどく腹を立てて、自分の部屋に入っていくときドアをバタンと閉めて、ふくれっ面をしていた。祖父が今すぐ死んでしまえばいいのに、そうしたら私のふるまいの理由を神様が説明してくれる、ともう少しで思いそうになった——間違いなく、そうなるまでに祖父は来世まで待たなくてはならない。現世だと、祖父にはそれが個人的自由の侵害だとしか思えないだろう。

まるで黙っていたことへのご褒美のように、次の水曜には人生でいちばん幸福な瞬間が訪れた。他人にはつむじまがりだと思われそうなその幸福感を理解しようと思えば、読者は修道院の精神的な雰囲気に浸らなくてはならない。その壁のむこうの生活が何もなくて、貧弱で、冷淡で、厳格で、狭量だと想像する人がいたら、その見方をぜひ訂正してもらいたい。私たちの生活は激しい感情の日々だったのである。第一に、私たちが食事をとり、学習して、睡眠をとっていた環境とは、策略、ライバル関係、スキャンダル、えこ贔屓（ひいき）、独裁、反逆という、どこの寄宿制女学校にも見られるようなもので、そこを卒業してしまった後は「実」人生が長くてありえない休戦のように思えてくる。悩みに悩んだ末の行動が停止したような感じなのだ。しかし、変化する友達関係という鈴の音を伴奏にして、こっそり入手した手紙、机から机へとまわされるメモ、秘密といったプロットを持つ、この女学生らしいオペレッタの軽やかな響きにもまして聞こえてくるのは、聖心会修道院の重厚で、厳粛な旋律であり、崇高な宗教劇のメロディである。その宗教劇はまた、まさしく情熱と奇想でもあり、そこでは救済こそが問題で、スルタンにも似た神のつかみどころのない愛顧というものが懇願され、拒絶され、断念され、ひそかに求められ、ねだられる。このドラマにサスペンスを与えるのはカトリックの教義のこうした逆説的な要素である。私たちが求愛する天上の主は、商品のように買うことができない。祈禱台でいくら長時間をかけても、勤勉に聖体拝領に参列しても、目上の者に従順で敬意を払ってもだめなのである。こうした懇願は役には立つが、学校でいちばんの札付きで、可愛い高慢な顔にはルージュが塗られ、落ちつき払って人を寄せつけない表情をした、私たち下級生でもわかるほど、男性に関する秘かな知識を公言しているような娘が、実は心の奥底ではエジプトのマリアの再来であり、私たちのまっただなかにいる神聖娼婦であってもおかしくはない。こうした考えは戒律に対して奇妙な補完物になった。たしかに院長先生は、生徒を退学処分にするときには決まって、いささか困惑の色を見せつつ、聖アウグスティヌスや聖イグナチオ・デ・ロヨラは若い頃放蕩者だったことを思い起こすのだった。

世俗的な知恵と謎めいた魅力を持つ、この穴馬とも言うべき救済の教義は、修道院での言葉遣いにも深く根ざしていた。ほんの助修女でも、罪を通した清めについての会話の終わりに、心のバランスを保って、オーデンやカフカ、あるいはドストエフスキーを持ち出すことだってできたはずだ。そしてマダム・マキルヴラだって、心の中に殺意を抱いているドミートリイ・カラマーゾフの前に、ゾシマ師のように跪くのは悪趣味だとは思っても、きっと喜んで彼を院長室に招き、長くて興味深いやりとりを何度も交わすだろう。

真に知的な女性の常で、彼女たちは心の中ではロマンチックな無法者だった。ルターやカルヴィンと同種の、組織上の異端者を軽蔑したが、偉大なる無神論者や罪人は、彼女たちが歴史という科目として教えているコスチューム映画に出てくる英雄なのだった。マーロウ、ボードレール——そしてとりわけ、バイロン——がまるで恐ろしい星のように、文学の授業で頭上からにらみつけていた。十歳の幼い女生徒たちは「シロンの囚人」を暗唱し、クレア・クレアモントやキャロライン・ラム、セガッティ家、そしてヘーレスポントスを泳いで渡ったという話を聞いた。ヴォルテールですら怪しい人気を博していた。尼僧たちが彼のことを語るときには嫌悪と賛美が入り混じっていた。「偉大なる頭脳と、何物にも屈しない精神——それがなんという恐ろしい目的のために使われたのでしょうか」屈託のない、中流階級の人物ルソーには、彼女たちはまったく関心を示さなかった。

生徒たちにも共有された、こうした心酔は、さまざまな戦略によってカトリックの公式見解と整合させられていた。高等教育を積んだ尼僧は、こうした悪魔的な魂の持ち主が地獄に堕ちることを納得できた。その一方で、六年生や七年生と野球をして算数を教える、若いただの尼僧は、バイロン卿がいまわの際になってきっと痛悔の祈りを捧げたに違いない、と個人的に信じていることをよく生徒たちに言っていたものだ。

従って、あの水曜の朝、八年生の私たちが列に並んで修辞学の授業を受ける教室に入っていったとき、黒板で私たちを待ち受けていたのが、この放蕩者の詩人の作品から取った一行だったのは、なにも異例のことではなかった。そのときのことは、今でもよく憶えている。*“Zoe mou, sas agapo”*

バイロンがアテネの乙女に寄せた最後の誓いの言葉が、マダム・バークレーのフランス語のように見える書体でそこに書かれ、情熱のはかなさを語りかけていた。私にとって、それはたまたま、言い古された物語だった。その詩は以前、祖父の書斎で一人きりだったときに読んだことがあったのだ。それどころか、すっかり暗唱していて、その詩は自分のものだと思っていたのに、それを侵害されたことにも、これから今にも起こりそうな詩の民主化にも憤慨していた。やがて、マダム・バークレーの指示棒が、一語一語を軽く叩きながら指した。「私の……命……私は……愛しています……あなたを」先生はかっきりと訳した。指示棒が元に戻って二度目の旅を始めようとしたとき、私は尊大な態度へと退却して、隣に座っている女の子の似顔絵を描きはじめた。すると突然、指示棒がビシリと私の書き板に下ろされた。

「あなたはバイロン卿そっくりね、才気ばしっていても不健全で」

私は、指示棒が下ろされ、描いた絵が二回ちぎられる音を聞いたが、顔を上げなかった。これほど舞い上がるような気分になったことは、これまでになかったのだ。その後、授業中ずっと、私は動かずにじっとして、内気なふりをしていたが、クラスメートたちは驚きと、畏敬と、祝福の視線を送ってきた。まるで私が突然例を見ない病に襲われたか、聖者の列に加えられたか、それとも変容を遂げたかしたようだった。私が声をひそめて何度も復唱していたマダム・バークレーの宣託は、私たち女生徒にとって、いわば決定的で威厳のある確言だった。彼女は教師のなかで最も厳しく、最も口数の少ない人だった。まんなかでくっつきそうな黒い眉毛。澄んだオリーブ色の肌。かすかに髭の生えた上唇。彼女こそは修道院で強固な鉄であり権威だった。どんな違反も許さず、なにごとも見逃さず、徹底的かつ頑固なまでに公平で、えこ贔屓を一切しなかった。しかし尖った顔には苦痛のしるしがあり、まるで彼女の有名な自制心がその顔に対して私たちの答案並みに厳しく採点しているかのようだった。彼女は痛烈で皮肉っぽい機知の持ち主で、ソルボンヌで学んだという噂もあった。その日まで、私はマダム・バークレーが自分のことを好いてくれている、と大胆にも自分に言い聞かせたことが一、二度あった。彼女の唇が何か警句かチクリとする皮肉の言葉を口にしようとかまえたそのときに、黒くてとても素敵な目がときどき私の方を向く。しかし私がその視線を査定し、測定して、報われた愛情の備忘帳にしまい込むやいなや、痛烈な処罰で夢から引き戻され、それが現実だったかどうかはあやふやになってしまうのだった。しかしながら、もう疑いない。叱責は、目の前でかすかに揺らめいている、黒板に書かれたあの文章と同じで、明々白々な愛の宣言なのだ。幸福感は混乱した高揚感で、私がバイロン卿だという事実と、私は修道院で最も不思議な尼僧であるマダム・バークレーに愛されているという事実が、ドン・ファンさながらの勝利感のうちに混じり合っていた。

その日の昼の食堂で、人の噂になって、さらにこの瞬間が味わい深いものになった。週末になれば、マダム・バークレーの言葉をまるで賞のように家に持って帰れる、そのときが待ち遠しくてならなかった。富める者の寛大さで、この幸せを、この名誉を、祖父と分かち合おうと私は自分に話しかけた。きっとこれなら、私が祖父にもたらした悩みや難題を埋め合わせしてくれるだろう。それと同時に、私のことを少しばかり祖父に説明できるという、実際的な効果がそこにはありそうだった。私の原型とも言うべき詩人について言われた言葉が、頭の中で鳴り響いていた。「あの不運な天才」「あの荒れ狂う魂」「あの才能に恵まれた奇矯な天性」

知らせを聞いたとき、祖父の顔は深紅色になった。額には静脈の瘤(こぶ)ができた。罵りを口にした。今まで見たことがないような姿で、若く見えた。怒ったのを見たのはそれが初めてだった。いくら議論をして説明したところで無駄だった。祖父にとって、歴史というものがバイロン卿と彼との間に距離を置くことはなかった。近親相姦を犯した詩人が死んだのは祖父が生まれる四十年前だったというのに、ロマンチックな観点は欠けていた。風紀にうるさく、異国的なるものにもリアリティがあることを否定する、そういう狭量さのせいで、祖父は自分か隣人を判断するようにこの詩人を判断した——つまり、詩人のふるまいに基づいて評価しようというのである。祖父はすぐに電話をかけ、雷が落ちるような、法廷で発する声で、うちの孫娘をあの堕落したごろつきのバイロンに結びつけるとは、あんたのところのシスターにいったいどんな権利があるんだ、と院長先生に問いただした。月曜に、マダム・バークレーは、唇をきっと結び、訂正したいことがあります、とクラスの生徒たちに言った。メアリー・マッカーシーはどんな点でもバイロン卿に似ていません。才気ばしっているわけでも、だらしない生活をしているわけでも、不健全なわけでもありません、と。

祖父とマダム・マキルヴラが談笑するのは終わりになった。あの驚くべき知性と知性の結合に、障害物がついに見つかったのだ。しかしそのとき以来、マダム・バークレーが私を贔屓してくれている証拠は次第にはっきりとして、その一方で苦痛の表情が顔にこわばりついた。誰かの噂では、癌にかかっているといい（肌が黄色いのがその証拠だという）、また他の噂では、院長先生に対する反感に毒されているのだという話だった。

＊

この記述はきわめて虚構化されている。イエズス会の神父がそういう説教をしたことはたしかだし、私が祖父の魂のことを心配したのも本当である。まだ私は子供っぽいかたちでとても敬虔だったし、ひどく感化されやすかった。おそらくミネアポリスでの経験の結果、まだ「神経質」だったのだろう。私はたしかにこの問題を院長代理に持っていったし、祖父がもしカトリック教会が真の教会であることを知らないのなら救われることもある、と院長代理は約束して、ようやく私を安心させてくれた。これは「不可抗的無知」である。私がマダム・バークレーと呼ぶ尼僧はたしかに私をバイロンに似ていて、才気ばしっていても不健全だと言った。しかしそんなことを言う気にさせたのは何だったのか、憶えていない。そして私はたしかに祖父に言ったし、祖父が院長代理に謝罪を要求したのもたしかで、それで私はすっかり激怒した。要するに、この物語は内容的には真実だが、細かいところは創作か推測である。

祖父は「長老派教会に参列するたびに救済の見込みを実際には減らしていた」と私は書いている。そんなに見込みが大きく減ったわけではない。というのも、結婚式や葬儀を別にすれば、祖父が教会に行ったという記憶がまったくないのである。しかし宗派は何かとたずねたら、祖父は長老派だと言った。一家の中で教会に行くのは私だけだった。毎日曜日、ミサには車で送り迎えをしてもらった。私がミネアポリスを離れるとき、祖母マッカーシーがカトリックの宣伝冊子を渡して、これを家のそこらへんに置いておけば、もしかすると改宗のきっかけになるかもしれない、と教えてくれた。しかしそれがまったく論外なのはすぐにわかった。神父の説教を聞いて、なぜ祖母プレストンのことも心配にならなかったのか、と不思議に思う読者もいるかもしれない。その理由は簡単で、祖母はユダヤ人だったからだ。言い換えれば、洗礼を受けていなかったのだ。

この洗礼に関する細かい点こそ、私が神父の説教を聞いて飛びついたものだ。神父はプロテスタントのことにごく軽く触れただけだったのかもしれないが、そうすることで彼は私の注意を釘付けにしてしまった。彼が話したテーマは、洗礼の秘跡は素晴らしいものであると同時に危険なものでもある、ということだったかもしれない。それは特権も授ければ義務も授ける。洗礼を受けた者のみが救われるが、しかしもしそういう人間（たとえばプロテスタント）が秘跡によって与えられる恩寵に与(あずか)るのを拒否したとすれば、それだけで地獄行きになる。もちろん私は、誰でも――つまり、洗礼を受けた誰でも――たとえ何をしようが、何をしないままでいようが、いまわの際になって痛悔の祈りを唱えれば救われることを知っていた。しかし祖父は痛悔の祈りを知らなかったのだ。「神よ、あなたを怒らせたことを心から悔やんでおります、私の過ちで、私の過ちで、私の嘆かわしい過ちで……」

　真の悔い改めをすれば間違いなく充分だが、私は子供の頃、もし大罪を犯した状態で、たとえば車にはねられたとすれば、痛悔の祈りをできるだけ早口で唱えださなければいけないと思っていた。私たちを教えた神父や尼僧は、この決められた形式に大きな力点を置いていた。私は「不適切な洗礼」のことを書いている。これは教理問答の授業で習った。洗礼は平信徒でも行える唯一の秘跡であり、実際のところ、正しく行われて、洗礼を行う意志さえあれば、誰でもかまわない。（偶然に洗礼を受けることはできない。）しかしもし間違いがあって、決められた形式が守られなければ、その洗礼は「効き目」がない。かくしてプロテスタントの洗礼がすべて教会によって認可されているわけではない。いろいろと細かい点があるのを忘れてしまったが、水を使うのが不可欠だということは知っている（氷ではいけない）。それと私たちがたとえばこんな奇妙な仮定の質問をしたことも憶えている。「もしイスラム教徒が洗礼を行ったとしたら、それは正当なんですか？」その答えは、たしかこうだった。「ええ、もしそれが正しく行われて、そのイスラム教徒に洗礼を行う意志があるとすれば」

カトリック教会では、どれほど起こりそうもない万一の場合ですら、衒学的な原典解釈によって議論される。人生を全うしたプロテスタントの来世がどうなるかは、教会でよく議論になる問題であり、時代と場所によって、異なる答えが正式のものだとして受け入れられてきた。「教会の外に救いなし」――これがイエズス会神父の立場であり、当時はまったく正統だったが、高位の聖職者が取る立場としてこれは唯一のものではなかった。つい先頃、フィーニー神父とボストン・カトリックの小集団が、教会の外に救いなしと説教したかどで破門された。彼らが返答して言うには、彼らこそが正統であり、彼らを弾劾した者たちこそ誤っているという。最近、プロテスタントの国家では、教会はおとなしくしている。しかしスペインでは、勘違いでなければ、「教会の外に救いなし」が広く認められた信念である。私がここで書いているような説教が実際に行われたはずがないと、多くのカトリック信者が抗議の文章を書いた。たしかに今日のアメリカでは、このような説教がありえないことには、私も同意する――フィーニー神父の事件が事態を危機に追い込んでからはそうだ。しかしながら、いまだにアメリカ人の神父は、プロテスタントなら善人であれ悪人であれみな地獄行きだ、と内心思っていてもかまわないのである。

たまたま私は、あの伝道者の神父のことをよく憶えている。というのも、幼かった頃、両親が亡くなる前に通っていた白い木造りの教会で、彼はエスキモーの中で伝道に励む前、そこの司祭をしていて人気があったのだ。彼はとても美男子で、黒髪が白くなりかけていて、私たちの修道院に説教をしにやってきたときには四十歳くらいだったに違いない。北に住んでいたあいだに、以前より下品で無遠慮な言葉遣いになったのだなあ、と思ったことを憶えている。そういう神父は修道院に突風のように吹き込んでくる。ある時点で、彼は私たちに修養を説いた。彼は雄弁で、修養を説く説教師によくあるように、聴衆を不安にさせる力があった。彼が発する一言一言が、私個人に当てはまるような気がした。

修養の話が終わりに近づいたところで、彼は不貞操についての説教をした。これで私は席の中で釘付けになってしまった。その後で、思い返せば、彼は特に必要のある方には告解を聴いてさしあげますと申し出た。私は彼に告白をするために、名前を登録したか、列に並んだか。その説教を聞いてはっきりとわかったのは（その前には思いもしなかったことだが）、私の魂が危険な状態にあるということだった。私がした告解で、今でも言葉をほとんど逐一憶えているのは、そのときだけである。私は告解室で恐怖で震えながら跪いた。「神父様、私は不純の罪を犯しました」「何回ですか？」「三回、五回です。正確な回数は忘れてしまいました」「男の子とですか？」この質問に私はびっくりした。「いいえ、違います、神父様」「自分で、それとも別の女の子と？」「どちらもです、神父様」神父は満足で舌打ちしたような音を立てた。それから彼は腰を落ちつけて、私がしたことを細かく聞き出そうとしたが、私はすっかり恥ずかしくなってしまい、罪を認める言葉もぼつぼつとしか出てこなかった。私は学校の大きな辞書や、家に置いてある家庭医学書で「乳房」というような言葉を調べ、同級生と一緒にそのことを話し合っていたのだ。「そういう言葉を本で調べて、そのことを他の女生徒と話し合った、というのかね？」「はい、神父様」「それだけですか？」彼の声は明らかに憤慨しているように聞こえた。「はい、神父様」「それがあなたの犯した唯一の不純の罪だとでも言うのかね？」「はい」あっというまに、彼は罪の赦しを宣言し、格子戸がバタンと音を立てそうなほどの勢いで閉ざされ、まるで私が貴重な時間をあつかましくも奪ったかのようだった。この経験は私にとって不思議で、気になって仕方がなかった。説教の初めから終わりまで、彼は不純な考えが神に与える恐ろしい怒りについて述べていたはずだ。それに、彼はいったい私が男の子と何をしたと思っていたのだろうか？　私が告白した以上に、自分で、あるいは別の女の子と、何をしたと？　私の好奇心が目覚めた。

このとき私は十一歳だったはずで、「ごろつき」のときには十二歳ではなく十一歳だったと思う。次の章に出てくる私は、暦では一つ歳を取っていて、まだ感化されやすいものの、この特質を利用して、意図的に、向こう受けを狙うようになりはじめる。

4　初めが肝腎

イエズス会に似て、その姪に当たる聖心会はきわめて中央集権的な教団であり、時計仕掛けの人形のように権威に隷属することに熟達している。聖心会の機関は十九世紀の初期にフランスで定められた型を守っている――庭園のように刈り込まれ、メヌエットのように品位がある。聖心会の修道院附属学校はどこも同じだ――普通は同じ青いサージの制服で、襟と袖口は白、同じ青と緑とピンクのモアレ模様のリボンが善行章として授与され、年間学業優秀賞授与日には同じ本が賞として渡され、玉縁ポケットが付いたチョッキを着ている英国人の役者が同じ「レパント」を朗読し、院長先生が同じ休日（コンジェ）を決め、伝統的な祭日には同じ鬼ごっこ（カシュ・カシュ）が行われ、同じお茶（グテ）、同じ修養や説教、講堂での同じ膝を曲げたお辞儀、女生徒たちが列になって進み、国王を亡くした女王みたいに悲しげな黒い網のヴェールをかぶっている、同じ早朝の礼拝、同じ祈禱台、同じフランス語の賛美歌（「我神を信ず（ウィ・ジュ・ル・クロワ）」）、復活祭や聖木曜日やこの教団に独特の祭日には、同じ立派な白い網のヴェールに花束に金色の器。私がシアトルの聖心会修道院附属学校にやってきた年の、どんな平日でも午後四時だと、アイルランドのロスクレアだろうが、英国のローハンプトンだろうが、カリフォルニアのメンローパークだろうが、そこでは同じ小柄で歳を取り頬髭を生やした尼僧が、長いテーブルに整列して袋縫いをしたりテーブルマットに花輪の刺繡をしている女生徒たちに向かって、間違いなく、『エマ』か『二都物語』を読んでいる。「チャールズ・エヴレモンド、またの名をダーニー！」——赤く縁取られたしょぼしょぼの黒い目が私たち全員に照準を定め、みんなまとめて、「恐怖」という葡萄弾で掃射する。

初めてフォレスト・リッジ修道院の大きな学習室に案内され、石鹸入れとヴェール、それにナプキンリングを供与されたとき、私は十一歳、七年生だった。フランス語の言葉の響き、若い胸に軍隊風にぐさりと刺さる、幅の広いモワレ模様のリボンの光沢、カーテンが掛かった寮のベッド、女生徒たちのやわらかな足音、床に膝をつくお辞儀、音楽教師（スパッツを穿いたスウェーデンの男爵）の白い手、運動場で行うクリケット、監督官が鳴らす拍子木の音、そのすべてが私を魂消（たまげ）させた。普通なら、尼僧になるとシスター・メアリー・アリョーシャやシスター・ジョセファというふうな名前になるのに、ここの尼僧は本名を失うことがなく、マダム・バークレーとかマダム・スラッタリー、あるいはマ・メールまたは簡略にマザーと呼ばれることには、どうもなじめなかった。嘲るように説明されたところでは、ちょうど聖心会の女生徒が普通のカトリックではなく、良家の子女であるように、ここの尼僧は普通の尼僧ではなく、良家の出で、世界に名だたる修道女だという。そして新しい勉強科目も、綴りや算数といった普通の科目ではなく、修辞学、フランス語、文学、キリスト教教義、英国史だった。私はミネアポリスの教区学校を出たばかりで、そこでは粗雑な「市民性」が原則であり、毎朝国旗を掲揚し、「我が祖国、汝の国」とさえずり、「嘆かわしき」の代わりに「由々しき」と言い、古新聞回収運動や全市あげての綴り方コンテストで競い、ワシントンの誕生日には手斧を、そしてリンカーンの誕生日には丸太小屋を描き、褐色や黄色の兄弟たちのために海外伝道に寄付し、ク・クラックス・クランを恐れ、宝くじや雑誌の定期購読券を売り、製粉所や浄水場の見学に連れて行かれたものだ。私は自分の信仰を公民科目と体制順応の一分野だとみなしていたので、選り抜きの聖心会の雰囲気に思わず息を呑んだ。厳しい生活規律には、不思議にも貴族的な細目があった。食事時になると頻繁に手を叩いて命じられる静粛の規則、ベッド脇に置かれている水差しと手洗い用のボウル、寒いバスルームで監督が付く土曜の夜の入浴、引かれたカーテンのむこうでは赤い顔をした尼僧がスツールに腰掛け、バスタオルを膝に置いて待っている。私はまるで町外れに立っていて教団の儀式を目撃しているような気がした。宗教という範囲内にある、ファッションとエレガンスの教団だ。

そして、古風な規則を規格化したおかげで、修道院では過去がまだ高く、甘美な音をたてて響いていた。聖心会の雰囲気に保存されているのは王政復古時代のフランスであり、まるで絹紐が張り巡らされている博物館の時代資料展示室みたいだ。フィロゾーフたちの激論がまだ教室にはこだましていた。死刑囚護送車の軋みが絶えたばかりで、その背景ではヴォルテールがにやにや笑っていた。正統学説がふたたび確立され、ルイ十八世が支配していたが、そこにはかすかにオルレアニスムが漂い、綺麗にかがり物をしてボタン穴を仕上げる私たちの針のツッツッという音には落魄（らくはく）のささやきがあった。バイロンの巨星が天空に上り、海のむこうでは、シャトーブリアンやフェニモア・クーパーの空想譚やクーリュール・デ・ボワの冒険譚の中でアメリカが手招きしていた。プロテスタンティズムは私たちに悪影響を及ぼさなかった。すでにユグノーと和睦していたからだ。私たちが恐れていたのは懐疑論であり、理神論であり、無神論という恐ろしき精霊――フランスのルシフェルだ。毎月、学習室で、院長先生のマダム・マキルヴラが私たち、歯医者や弁護士や雑貨商や不動産仲介業者の子女、そしてシヴォレー代理店やライリー・アンド・フィン建築の女相続人に対して、優れた知能の持ち主にとって災いとなる、疑念というあの罪を退けるように、厳しく申し渡した。まさしく女性らしい同情をこめて、良家の子息でありオックスフォードで無神論にかぶれてしまったシェリーのおぞましい運命を語るとき、院長先生の青い目は曇り、清らかな白い額も雪のようなコイフの下で皺が寄るのだった。

マダム・マキルヴラのそうした講話は私を魅了し、この世界を新たな登場人物と、孤独で、気高く、身寄りのない、英雄にして悪漢という新たなタイプで満たした。私は院長先生の胸が波のようにうねるのを見守り、哀れみと恐怖で心臓がどきどきした。その初年次のあいだ、私は修道院でとても不幸だった。というか、もう少し正確に言えば、楽園にやってきて、そこで目にしたもの——序列になった階級、座天使と主天使——に興奮し魅了されてはいても、至福の使命を帯びてそばをかすめて通り過ぎるどの天使からも会釈をしてもらえない、よるべなき新しい魂のような気分になった。貴族主義的原理を明らかにするものとして、私は修道院に圧倒された。中級と上級の女生徒たちの美しさと身のこなしは、これまでにこの地上で見たことがないものだった。天使ではないとしても、彼女たちは歴史で読んだことのある王の愛妾か、オリュンポスの女神に似ていて、背が高く、足の運びが速い。そうした模範生の一人一人は、不思議な自己充足の光背に包まれて動いている。それぞれが歳下で美人でもない女生徒たちの中に熱心な賛美者を持っていて、誰がそうなのかという問題になると、まるで誰かが不和の林檎を投げ込んだように激論になる。修道院という強い光を浴びると、ごく普通の女の子ですら、人間としてのきまじめさと威厳によって、この美の半影を身に纏うこともある。それは一種の召命であり、内なる声に静かに耳を傾けることであって、それが選ばれし者の唇に、ひそやかで、冷ややかな笑みをもたらす。

もちろん、私は最初から、たとえ愛顧を得た従者か侍女でもいいから、この洗練されたグループの一員になりたいと思っていた。しかしその代わりに私は、どんな学校でも、社会力学の第一法則をまだ学んでいない新参者を待ち受けているあの運命へと、まっしぐらに足を踏み入れてしまったのである。それは、助けてあげようという配慮を疑ってかかれ、という法則だ。初日から、私が教科書を机に並べているときに、学校のシステムから閉め出されてさびついた者たちがまわりを取り囲んだのだ。鳥のように貪欲に友達付き合いを求め、おびただしい招待や、助言や、家から送られたお菓子のおすそ分けを持ち込んでくる。どんな学校や、大学や、会社や、工場にも、こうした惨めな生き物を補う存在があって、私はまもなくその一人になるのだった。きっと彼らは天国にもいて、門を入ったすぐのところで待ちかまえ、秘訣を教えてやれそうな、新しい魂が到来しないかと聖ペテロの肩ごしにのぞき込んでいる。地獄にもいるのに違いなく、もし私がたとえばダンテだとして、今の私が持っている知識を持っていたとしたら、私もちょっとはウェルギリウスとガイド付きの観光旅行を疑ってかかるだろう。いずれにせよ、私はひっかかった。そういう助けや友達付き合いの申し出を感謝して受け入れたのだ。私は食堂への行き方、答案用紙の正しい折り方、襟や袖口の縫い付け方、ヴェールの留め方を学び、そのお返しに、のっぺりした幅の広い顔にそばかすだらけの女の子、制服にフケが付いている女の子、吹出物やぱっくり開いた傷口のある女の子、黒いストッキングに皺が寄っている女の子、しもやけのある女の子、フクロウみたいな眼鏡を掛けた女の子、髪の毛が人参色の女の子、そういった女の子たちの不運なお友達になった――湿っぽくて、内緒話の好きなこうした魂たちには、ちょうど彼女たちに似た弟や妹が山のようにいるのである。そして私もその一人だった。土曜の午後には（私たちはみな週五日の寄宿生で、それで「共通点がたくさんある」ことになった）、私は麻雀パーティの常連であり、煉瓦形のアイスクリームや砂糖をまぶしたカップケーキを食べ、お母さん方にお辞儀をした。このお母さん方というのが、怪しいほどに愛想がよくて、足はゴルフで鍛えて太く、二杯目のおかわりや景品を押しつけ、「あなたのお母様って、存じ上げていなかったかしら？」とくる。月曜の朝になると、休み時間に、復讐の女神が料金を取り立てに来るのだ。惨めな私たちはみな義理堅く「一緒にくっついていた」。ちょうど上着のポケットの毛羽立った奥にある、溶けやすいお菓子みたいなものだ。その当時、強引に離脱してやりたいと衝動的に思うことがあるのは私だけかと思っていたのだが、今になってみれば、頭の弱い者は別にして、全員がお互いに激しく憎んでいて、お互いに相手を見抜いていたのだと思う。

こういうことのショックを余計に鋭く感じたのは、さっぱり心の準備ができていなかったからだ。修道院にやってきたとき、私はすぐに受け入れられるものだと思っていた——というか、そんなことを思いもせず、それをまったく当然だと考えていたのだ。教区学校では、私は学業と体育ではクラスで一番だった。孤児だという事実、それから裕福な祖父母と厳しくてけちな後見人とのあいだを行き来して過ごしたという、家庭生活の奇妙な環境のせいで、私は例のない社会的地位を得ていた。今こうして、ときどき朝の六時半に仕切られた小寝室で目覚め、はるか遠くの礼拝堂で尼僧が祈りを唱えているのを聞くと、クラスの優秀な男女が歴然と私に気に入ってもらおうとしていたときのことを振り返り、半分信じられないような気持ちになる。私はセント・スティーヴンス校の6Aでは大きな出来事だった、私の堅信式のことを考えた——たった十歳のメアリー・マッカーシーが、七年生や八年生と一緒に堅信式を受けるというので、なんという大騒ぎになったことか。好奇心と畏怖の念でいっぱいになった友達が、ある日の午後に司祭館の外でたむろするなか、私は一人で入っていって教区司祭のゴーガン神父と渡り合い、神学の知識では神童のこの私に堅信式を授けることを納得させようとしたのを思い出す。客間の隣にある食事室では、司祭の家政婦が皿をガチャガチャいわせて怒ったような声をあげ、もう出ていってちょうだい、神父様の食事の用意ができたんだから、と暗に知らせていたが、それは私も匂いでよくわかっていた。それでも私は頑固にとどまりつづけ、気をそらされたくなくて、教理問答の一節を引用していると、とうとう老神父は私の頭を軽く叩き、こう言った。「忍耐が王冠を勝ち取るというからね」私は歓喜しながら通りに走って出て、びっくりしているクラスメートたちに出迎えられた。「忍耐が王冠を勝ち取る、忍耐が王冠を勝ち取る」と私は何度も何度も小声で繰り返した。その格言と、それが華を添えた勝利のおかげで、私は今修道院にいてもくじけなかった。もっと優れた女生徒たちの目に留まるのも単に時間の問題なのだ、と自分に言い聞かせた。そういう女生徒たちと一緒にいるのが、私の本来の場所なのだ。

目に留まることに私は全神経を集中した。他のことは、きっと自然にうまく行く、そう思えた。私がお仲間になりたいと乞い願う女神たちが、一度でいいから、地上を見下ろしてくれさえすれば、七年生の中に、斑（まだら）な一団の他の連中とは違った人間がいることに気づくはずだ。自分のつんと上を向いた鼻柱にちらほらそばかすがあるのは、装飾だと私は考えた。私は学校の薔薇や白百合やパルマ菫の中に咲く、鮮烈な鬼百合なのだと空想もしてみた。しかし尊大な態度を取り、宝石の付いたヘアクリップを着け、週末になるとキュウリエキスのクリームを塗り、友達にはわざと横柄に接してみたところで、誰も私のことに気づかない様子だった。もうこのときまでには、事情を察してもおかしくない友達ですら（私は好きなときに彼女たちを泣かせることができた）、仲間の一人として気安く扱っていた。違いに気づいてくれたのは尼僧だけで、それも少し悲しそうに、やんわりと非難するのだった。眉毛を半分剃り落としたときには、虚栄心についてのお説教を受けたが、修道院の中では誰も私の異常な外見のことを口に出すのは許されなかった。歳のわりにはませたことを考えていると思われ、図書の閲覧記録も調べられた。毎週、矯正剤としてフェニモア・クーパーを投与され、子供っぽいと言ってとうとうそれを拒んだら、今度は『ジョン・L・ストッダード講演集』を読みはじめることになった。

勉強ではよく一番になったが、是が非でもほしい善行章のピンクのリボンは一度も手に入らなかった。それは私の意地悪さが原因だったのだろうと思う。とりわけ、高慢ちきなデブの女の子を意地悪くからかったこと。この女の子は金持ちの精肉業者が甘やかして育てた娘で、指にはずっしりした指輪を嵌め、本物の毛皮のコートを持っていて、これが教室で善行章を競う主なライバルだったが、その頃はどうしてリボンがもらえないのか私には理解できなかった。校則を破ったことは一度もなかったが、お母さん方がささやいているのを聞いたことがある、成金という言葉をまったく正確に当てはめたら、彼女がわんわん泣いたのは、私が悪かったのだろうか？　教学監であるマダム・バークレーに叱られたとき、それって本当じゃないんですか、と私は反論した。それに、デブのベリルはいつも自分が金持ちなのを自慢して、お母さんが働きに出なくちゃいけない女の子に向かって、赤ちゃんみたいな唇をすぼめてみせるじゃないですか？　それは思いやりのない言い方ですね、とマダム・バークレーは答えたが、学級劇の配役を決めるのに私をすっ飛ばしてベリルにしたのは、思いやりがないのでは、と私は思った。私がずっと上手な役者であることくらい誰にもわかるし、主役の尊大なレイディ・スピンドルは私の流儀にまさしくうってつけだ。予行演習で私の声が喜劇にしては強すぎて怒っているように聞こえた、と説明されても、私にはマダム・バークレーの言うことが信じられなかった。教区学校では尼僧にそんなことを言われたことがなかったのだ。権力者に典型的なえこ贔屓のひっくり返し（「主はその愛する者を懲らしめる」）で、私は罰を受けていることがぼんやりとわかった。というのも、みんなベリルを嫌っているし、尼僧たちですらそうだからだ。最後の最後になるまで、私は本当にこんな仕打ちを受けているとは思えなかった。その役どころはすっかり暗記しているし、間違いに気づいて私に助けを求めにくるときに備えて、こっそり台詞を練習したりした。ところが、信じられないことに、劇は私なしで進行し、唯一の慰めはと言えば、観客席に座って、「ブタの樽（バレル）」が台詞を忘れるところを見たことだ。仕返しに私がその台詞を隣の子にささやいていたら、静粛、と誰かが言った。

　どうやら、誰も気にしていないらしい。何を見逃したか、誰もわかっていない。彼女たちにとって、これはただのつまらない七年生の劇なのだ。この体験で、七年生を軽蔑する気持ちが固くなった。そして自分を七年生から切り離そうと決意した。この頃、規律上の理由から、学習室での私の机の位置が変わり、学期の残りのあいだ、八年生の隣になった。とても人気がある双子の片割れで、快活な女の子だ。この子は前のデスクメートとおしゃべりをしていたというので罰を受けているところだった。学年間の溝はとても大きく、彼女がその罪を私に対してまた繰り返すという動機はないだろう、と考えられたのだが、それは正しかった。それでも、私たちを一緒にした風紀監には視覚的な洒落の趣味があったはずだ。というのも、奇妙なことに、この女の子と私は、勉強好きな双子の妹よりも、はるかにびっくりするほど似ていたからである。額も同じなら、鼻も同じで、肌が白いのも髪が黒いのも同じだった。唯一の違いは、髪の分け方と目の色で、彼女はハシバミ色、私は緑色。ルイーズは、私と違って優しい性格だが、好奇心はあまりなく、似ていると尼僧にあれほど言われていても、一瞬不思議そうな顔をするだけで、楽しげな目を私に向けるほどではなかった。双子として、彼女はきっと自然のいたずらには無関心になっていたのだ。いずれにせよ、彼女は私のことなどおかまいなしで、私たちをお互いに惹きつけたかもしれないものが、むしろ私たちの違いを強調することになった。ある日、隣どうしに並んで座っていると、私の分身である彼女が八年生の友達とノートを交換し、まるで私がそこにいないかのようにふるまうのを見て、なんともやりきれない気持ちに襲われた。そこで紙切れに「他の学校では、私も人気があったのよ」と書いて彼女の机の方に突き出した。彼女はそれを読み、びっくりしたような、不思議そうな視線を上げた。「教えてちょうだい」と彼女は返事を書いて寄こし、それに対して、私は前の友達や、優勝したコンテスト、私に夢中だった男の子について、あざやかなエッセイを書いて返した。彼女がそれを読むところを見て、私は途方もない満足感を覚えた。これでようやく事実を公表したのだ。そのとき突然、無視されていたのは、私が何者かを修道院がわかっていなかったからだ、という思いが湧いてきた。いったん真実が発見されれば、私はしかるべき扱いを受けることになる。王様がお忍びで旅をしていたら、群衆の中にいた誰かに見つかって、民衆がみな跪くようなものだ。「きっとつらかったでしょうね」と彼女は同情したように書いて返した。そして、驚いたことに、それでおしまいだった。かわいそうにとぼんやり思ってくれただけで、彼女はときおり微笑み、元気を出しなさいよという表情を見せるようになった。それで私は、以前の自分は死んだのだという事実を受け入れざるをえなくなった。

しかし決心はやわらいだわけではなかった。私は秋に全日寄宿生として学校に戻り、顎をぐっと引いて、自分一人でやるぞと誓った。一人で物思いにふけり、山の湖でボートを漕ぎ、桟橋から飛び込んでいるうちに夏が過ぎたせいで、すっかり無軌道になっていた。どれほどの代償を払ってもきっと目立ってやる。修道院の全景を眺めたときの私は、政治家や思春期の青年にありがちな、賭博師の冷酷で空虚な気分だった。善行で有名になれなければ、悪行で有名になってもかまわない。そこで過去に前例がないかと探してみた。かつて聖心会の修道院で起こった出来事は、何であれ、教団の機関の中でいわば化石化している。かつて、遠い昔、おそらくここかブルッヘかシカゴか十九世紀のフランスで、女生徒が音楽教師と駆け落ちしたことがあり、そのために今ではピアノの授業にデブのシスターが付き添っている。このシスターは下働きの一人で、男爵のすぐうしろの椅子にもたれ、かすかにいびきをかいている。秋の数週間、駆け落ちという見通しが第一案としてあった。私の十二歳の手は、一オクターブ上を弾こうとして、先生の指をかすめると、決まって期待で震えるのだった。先生のぽってりした指にはブロンドに光る小さな毛が少し生えていて、それが居眠りしている尼僧に似て、休止してはいるがビブラートする男らしさを暗示しているように思えた。紐の付いた私の靴がスパッツを穿いた先生のオックスフォード靴にダンパーペダルの上で出会うと、私は気絶しそうになった。封建時代の貴族が幼妻を娶ったという例が、まるで男爵を唆（そそのか）すように、私の頭の中で渦巻いたが、とうとうアメリカの風俗の力の前に頭を垂れて、事実に直面しなければならなかった。つまり、彼はおそらく私がまだ若すぎると思っているのだ。

　信仰を失うという決断は、この失望に次いですぐに出てきた。人々はよく私に、どういう経緯で信仰を失ったのかとたずねる。深刻な内心の葛藤の時期があったのだろうと想像するのだ。本当のところを言うと、この重大な企てはマダム・マキルヴラの話から、すっかり出来上がって、ポンと飛び出してきたのだ。それがまだ単に「信仰・を・失う」という言葉の織物で、ちょうど勇敢な女の子がそこを降りて彼女のロミオの腕の中に飛び込んだ、あのシーツで作った梯子のようなものだったとき、それが何だか知りもせずに、私はやると決めたのだった。「信仰を失いました、と言ってみてごらん」と悪魔が唆し、言うタイミングさえ気をつければなんの危険もないんだから、と念を押した。月曜の朝から始まって、私たちは修養の時間を持ち、熱心なイエズス会の神父の説教を聞くことになっていた。たとえば日曜に信仰を失ったとすると、三日間の修養のあいだにそれを取り戻せば、水曜の告解に間に合う。もし不慮の死を遂げたとしても、魂が危険にさらされるのは四日間しかないわけだ。本当に犠牲になる唯一のものは、日曜の聖体拝領を見合わせることだった。ためらう者は失敗する。虎穴に入らずんば虎子を得ず（キ・ヌ・リスク・リアン・ナ・リアン）、と悪魔が、いつものようにたどたどしいフランス語になりながら言った。もし私がしなかったら、誰か他の人間が——たとえば、あのとんでもないベリルが。誰かが前に考えつかなかったのが奇跡だ。まるで今にも強盗に襲われそうな店みたいなもので、この思いつきはあまりにも明白に思えた。

　日曜の朝、礼拝堂で、聖体拝領の列ができるなか、私が会衆席で跪いたまま動かずにいると、驚きの表情が私に向けられた。私はこれまで、いつもこれみよがしに聖体拝領を受けていたのだ。今、女の子たちが群がり、誰かが私を小突いたが、私は悲しげに首を横に振り、大罪を犯したので聖体拝領台に近づけないのだと表情で伝えた。昼食時に、ほとんど食事に手をつけず、私はテーブルですでに注目の的になっていた。私は痛ましい沈黙を守ったまま、食事が終わればすぐに院長室に行ってマダム・マキルヴラに何を言うか、予行演習をしていた。面談の申請をしてから、私は少しばかり怖くなりだした。昼食後、院長室のドアの外で待っているとき、私はしきりに唇をなめていた。しかしこの恐怖は、誠実さのしるしなのだ、と自分に言い聞かせた。信仰を失ったばかりなら、怖くなるのは自然なことだ。

「院長先生、私は信仰を失ってしまいました」蓋付きの机を前にしたマダム・マキルヴラがぎくりとした。ぽってりした白い手がひらひらと心臓に当てられた。院長先生は一度、探るように私を見た。明らかに、勉強がよくできる子がこんな破滅に遭うなんて、予期していなかったらしい。というのも、私がそこに立ったまま、震えながらお辞儀をして、本当のところを暴露してしまいそうな愚かな笑みをなんとか抑えようとしているときに、院長先生はそれ以上詮索しようとはしなかったからだ。延々とした取り調べを受けるものだと思っていたが、院長先生はためいきをつきながら、まるで私が虫垂炎か麻疹にかかったみたいに、電話に手を伸ばした。

「祈りなさい」礼拝堂付きの司祭であるデニス神父を、近所にあるイエズス会の寮舎から呼びながら、院長先生はつぶやいた。「祈れないんです」と私は即答した。不信心の典型的な症状は祈ることができないことだと、院長先生自身の講話で聞いて知っていたのだ。マダム・マキルヴラはうなずき、顔色をほんの少し青白くして、胸元にある時計をちらりと見た。そして「部屋に帰りなさい」と動揺を見せずに言った。「誰にも話してはいけませんよ。デニス神父がいらっしゃったらまた呼んであげます。わたしもあなたのために祈ってあげましょう」

院長先生の驚きが幾分かは私に伝わってきていた。私は自分が言ったことがそれほど重大なことだとは気づいていなかったのだ。私は今、自分がしたことにも、デニス神父と話をするということにも、かなり怯えていた。デニス神父は年配で、そっけなく、近づきがたい人物であり、修養で説教をすることになっているハンサムな伝道師の神父とはとても違っていた。ここで降参するという案が次第に魅力的なものになっていったが、浅薄の罪を犯さずにどうしてそれができるのかわからなかった。その上、いきなり信仰を取り戻したと今言ったとしても、マダム・マキルヴラが信じてくれるかどうかはきわめて疑わしい。いずれにせよ、デニス神父と話をすることになるだろう。いったん修道院の機構が動き出せば、もう止めようがないことは、恐ろしい体験から知っていた。そこは神々の工場のようなものだ。

自分の小部屋にたどり着いた頃には、すっかり怯えていた。これをくぐり抜けなければ仕方がないし、そうでなければみんなの前で嘘つきであることを暴露されてしまうのがわかり、疑念を本当らしくするために根拠が必要だということに、初めて思い当たった。それと同時に、気づいて愕然としたのは、無神論についてなにも知らないということだった。もし世俗にいるのなら、この件について書かれている本を調べることもできるが、ここ修道院にいると、無神論の文献を入手するすべはまったくない。外の運動場から、女の子たちの笑い声が聞こえてきた。窓際に行って見下ろすと、すっかりみんなから切り離されて、己の空虚さという牢獄にとらえられているような気がした。たよれるのは神しかいないが、今このときばかりは、祈るわけにもいかない。無神論の根拠（本当か？）を求めて祈るのは、神の厳しい面を引き出すだけだ。さあどうする？

ベッドに腰掛けて、自分が使えるものを数えてみた。結局のところ、マダム・マキルヴラのおかげで、懐疑論のことは多少知っている、とふと自分に言い聞かせた。懐疑論者の根拠は科学に基づいていて――ただし、偽の科学ですけどね、とマダム・マキルヴラ――その推論によれば、神を見ることができないから、神は存在しないという。この馬鹿げた「唯物論的」な証明に対しては、残念ながら、答えがある。風を見ることができるだろうか？　それでも風の感触はいたるところにあり、ちょうど神の見えない恩寵が私たちの魂に吹きつけるようなものだ。懐疑論者は来世の存在を否定し、天国はなく、天穹に青の空間があるだけだという。科学はそれを証明した、と彼らは言い、さらに、地面の下で燃えている地獄など存在しない、ということを科学は証明した、と言う。それに対する答えは、つい先週のキリスト教教義で学んだ、聖パウロの厳格な言葉の中にあり、それを暗記するように言われた。「目がまだ見ず、耳がまだ聞かず、人の心に思い浮かびもしなかったことを、神はご自分を愛する者たちのために備えられた」私は鈍い絶望の中に身を浸した。どんな馬鹿でも見抜けるような「証明」を持ち出さなくてはならないのか？　どんな馬鹿でも、人間の科学という測径器では神を直接につかめないということは知っている。地獄と天国は科学に矛盾するわけではなく、まったく違うものであり、科学では理解できないものだ。しかし奇跡はどうなる？

私は思わず座り直した。奇跡は目に見えないわけではない。それはここ、この地上で、今日起こるもののはずである。それはルルドの写真に写っている、治癒に対する感謝のしるしに立てかけられた、ずらりと並ぶ松葉杖によって証明されている。そうではあっても、私は奇跡を目撃したことが一度もない、と私は大喜びで自分に言い聞かせた。クリスチャン・サイエンスも治癒を主張しているが、それがただの空想であることは誰でも知っている。ヴォルテールは知的な人間で、奇跡を笑い飛ばした。だったら私がそうしてもいいではないか。

　そこに座ったまま記憶を探ってみると、あわてて蓄えた疑念が、箪笥の引き出しに隠しておいた密輸品みたいに、私を元気づけるようによみがえってきた。考えてみれば、これまでずっと、来世ということには多少疑問を持っていた。死者はただ腐るだけで、私が天国にいる両親に決して再会できないというのは、もしかしたら本当ではないか？　制服についた染みをこすっていると、それが親指の爪の下で白くなった。別の記憶が意識の扉を叩いていた。肉体の復活という問題だ。世の終わりの喇叭（らっぱ）が鳴るときに、アダムから先の、人間の肉体はすべて、墓から飛び出し、肉体を去っていた魂と合体するという。教会が火葬を禁じる理由がそれだ。しかしどこかで、それほど前ではないときに、これを否定する唯物論的な根拠を神父が嘲るように引用していたのを聞いたことがある。唯物論者が言うには（そう、これだ！）、人間は腐って肥料になり、それが野菜に取り込まれ、それから別の人間がその野菜を食べるので、復活が起こると肉体が足らなくなるというのだ。神父の答えは、神にとって、すべてが可能だというものだった。もし神が土塊から人間を造ったとして、神はきっと余分な肉体もこしらえたはずだ。しかしその場合、と私はそこに飛びかかって、思った。なぜ神は火葬に反対するのだろう？　それに、いずれにせよ、それは同じ肉体であるはずがなく、そこが肝腎な点だ。さらにもっと極端な例も思いつくことができた。人食い人種はどうなる？　もし神が人食いを消化した個々の肉体に分割したとすれば、その人食いはどうなる？　人食いが赤ん坊のときに食ったどんな肉体であれ、神はそこから始めて、伝道師を食い始めるところまで行けるかもしれないが、もしその父親と母親も人食いだとしたら、どの肉体が本当に自分のものだと言えるだろうか？

当時、この問題をアクィナスが扱っていることは知らなかったが、子供のような粘り強さで、私は岩盤のようなフォレスト・リッジの土台を掘り崩していった。高揚感が恐怖に取って代わった。デニス神父に会って、こんな学年の生徒には珍しい、こうした疑念をぶつけてやるのが、待ち遠しくて仕方がなかった。律法学者や博士たちと議論したという、若きイエスとの対比が、頭の中で跳ねまわった。「聞く人はみな、イエスの賢さやその答えに驚嘆していた」もう誰も、でっちあげたと言って私を非難することはできないはずだ、そう私は確信した。私は呼びに来た伝令と一緒に、誇らしげにゆっくりと歩いていった。ちょうど伝令がノックする音がしたとき、私はキリストの神性を疑う段階に達していたのだ。このアイリスが私に注ぐ不思議そうな表情の中に、もう私がこの環境の誉れであることが読み取れた。

暗い面談室では、神父がまだカソックを着たまま待っていた——皺が寄った年配の男性で、つるっとした顔に、鬘(かつら)みたいな茶色く枯れた巻き毛をしている。窓から向き直ったときには、疲れてぼんやりした様子で、まるで一生を告解聴聞席で暮らしていたみたいだ。声は虚ろだった。身のまわりすべてが色彩に欠け、無味乾燥だった。マダム・マキルヴラの礼拝堂付き司祭として、彼はエプロンを着けた上級使用人みたいに、いわば心の雑用係になったのに違いなく、そのふるまいには意気の上がらないところがあり、あたかも彼の「今こそ主よ(ヌンク・)、僕を去らせたまわん(ディミティス)」は決して表明されないかのようだ。賢い尼僧たちのような柔軟性が、この神父にないことは明らかだった。

「あなたが信仰を失った、と院長先生がおっしゃっています」と神父は、低くて面倒臭そうな声で切り出し、向かい側にある背のまっすぐな椅子を私に指さして、それから自分は肘掛け椅子に座り、告解聴聞席の神父がするように、半分顔を背けた。私はもったいぶってうなずいた。「ええ、神父様」私は復唱した。「私はキリストの神性と、肉体の復活と、天国と地獄が本当に存在していることに対して、疑問を持っています」神父は小さな鬘みたいな数少ない眉毛を吊り上げた。「あなたは無神論の本を読んでいたのですか?」私は首を横に振った。「いいえ、神父様。疑念はひとりでにやってきたのです」神父は顎を手に乗せた。「なるほど」と彼はつぶやいた。「それじゃお話を聞かせてもらいましょうか」

人食いの話の最中に神父が口をはさんだので、私は傷ついた。「それは学者向きの問題です」と神父はそっけなく言った。「あなたのような歳の人にはまだ無理です。信じられないかもしれませんが、教会はそれに対する答えを用意しています」失望感が襲った。自分一人で考えついたから、この人食い問題に対する答えを知る権利が私にはあるように思えたが、私の「どうして今だと私には無理なのですか?」は、まるで赤ちゃんがどうやって生まれるかをたずねたみたいに、軽く退けられた。「無理です」とデニス神父は決着をつけるように言った。これで最初の興奮はさめて、若人らしく、神父が胡散臭く思えだした。いったい教会は私から何を隠そうとしているんだろう、と私は小賢しく自問した。

「もっと大切な問題を考えましょう」神父は初めて関心を示したしるしに、椅子から身を乗り出した。「あなたは我らの主の神性を疑っているんですね?」神父の質問には奇妙な熱がこもっているのを感じて、私はこの話を取り消したくなった。かすかな恐怖が戻ってきた。「だと思います」とおぼつかなげに言ったのは、なかば撤退してもいいつもりだった。「思います、だって! 知らないんですか?」神父はかすかな雷鳴のように声を荒らげてたずねた。ひるみながら、私は疑念を持ち出した——勇敢ではないように見えることを怖がるような、よくあるタイプの臆病者なのだ。それでも、まるで薬を呑み込むようにときどき言葉を呑み込みながら、早口でまくしたてた。「主が神であるのは、主が死からよみがえったからだと、私たちは知っていることになっています——それが主が人間以上の存在であることのしるしです。でも、主が死からよみがえったことは証明できません。それは使徒たちが言っていることにすぎません。どうしてそれが真実だとわかるんですか? 使徒たちはとても無知で、迷信深い人々でしょう——ただの漁師だったんじゃありませんか? そんな人々は、最近だったら、妖精や幽霊を信じているんですよ」私は訴えるように神父を見上げ、私の疑念を認めてほしいと思うかたわらで、それに決着をつけてくれるのを待ち望んでいた。

神父は額に手をかざした。「ということは、我らの主を嘘つきだと言うんですか?」神父は陰鬱な声で言った。「神の子であるようなふりをして、貧しくて無知な使徒たちを騙した、そう考えているんですね。あなたが言っているのはそういうことなんですよ、ただあなたはそれを自分でもわかっていない。あなたは我らが救世主を嘘つきのペテン師よばわりしているんです」「主は勘違いしていたかもしれません」と私はいささかカッとなって反論した。「自分が神だと思っていたのかもしれません」「信仰を失ってはいけません」と神父は出し抜けに言って、椅子から立ち上がり、数歩せわしなく歩いた。カソックが揺れていた。

私は面食らって神父を見つめた。初めて、神父が聖者のように見え、まるで「信仰」という言葉が彼の魂から何か甘美で清められたものを引き出したみたいだった。しかしそれと同時に、とても遠い存在にも見え、まるで私が感じられないものを感じているみたいだった。それでも、神父は私の立論に対して答えていなかった。実のところ、深刻で困ったような表情で私を見下ろしていて、まるで彼自身も、私たちの間にある溝に突然気づいたみたいだった。それは、言葉の橋を架けることができない溝だ。もしかして、私は本当に信仰を失ったのではないか、という恐ろしい考えが私を襲った。もしかして、私の知らないあいだにこっそりと抜け出してしまったのでは？「お助けください、神父様」と私はおずおずと嘆願した。ここではこう言うのが正しいと意識してはいたが、それでも本心だった。

私は二人の人間に分裂したみたいだった。一人は神父が肘掛け椅子に戻るのをこっそり見守り、もう一人はこの面談の流れにどきどきしながら仰天している。「イエス様の賢さと善さは」デニス神父はゆっくりと言った。「その生涯と教えにあるとおりです――ただの人間に、そんなことができると思いますか？」私は考えてみた。「どうしてだめなんですか？」と私はまじめにたずねた。それでも神父は責めるような目で、まるで生意気な子だとでも言わんばかりに、私を一瞥した。「あなたは歴史をちゃんと勉強していないんですね。預言者や異教徒の中に、国王や哲学者の中に、聖人や学者の中に、あのような御方がかつていたでしょうか？」小さな笑みが口元で光った。「いいえ」と私は認めた。神父はうなずいた。「ほら、ごらんなさい。我々の通常の人間性からそれほどかけ離れていることは、神の介入のしるしなのです。キリストの教えしかなかったとしても、主が神であることは知ることができます。しかしそれに加えて、主が行った奇跡があり、使徒の伝えたたしかな経外伝説があり、生ける教会があり、主がその上にお建てになった礎があります。それは誤った宗教が崩れ落ちて人の心から消え去った、歳月の荒波にもまれながらも生き延びてきたのです」

神父は腕時計を取り出して、薄暗がりの中でのぞき込んだ。ふたたび、私の自尊心が傷ついた。

「生き延びるものが良いものだとは限りません」と私は大胆に言った。「たとえば、罪だってあります」「悪魔は永遠のものですからね」とデニス神父は、すばやい一瞥を投げかけて、ためいきをつきながら言った。

「だとすると、教会が悪魔の手先であってもおかしくないのではありませんか？」デニス神父が飛びかかった。「だとすると、教会が守っているイエス様の教えは、悪魔に起源があるとでも？」私は顔を赤らめた。「他の宗教も生き延びています」と私は退却しながら言った。「ユダヤの宗教にマホメット教です。それはそうした宗教が悪魔的だからじゃありませんか？」私はあどけなさを装って話したが、神父を追いつめたことはわかっていた。修道院にはユダヤ系の女の子たちがいるからだ。「そうした宗教には、部分的な真実があります」とデニス神父はつぶやいた。「それ故に保護されてきたのです」私はこのパンチの出し合いには我慢できなくなってきた。一瞬つかんだ本当の核心から、だんだん遠ざかっているのだ。「ええ、神父様」と私は言った。「それでもまだ、どうしてキリストが例外だという事実から、主が神であるということを証明できるのか、わかりません」「自然には例外などないのです」と神父は言い返した。「あら、神父様！」私は大声をあげた。「例外だったらいくらでも思いつきますよ」

　私はこの問題を追求したくてたまらなかった。キリストが本当に人間だったとしてもおかしくない、という考えが、ゆっくりと浮かんできたからだ。キリストが単に人間であるという考えには、神を肉体に貶めることとは違った、何か尋常ではなく喜ばしいところがある、と私は気づいた。この議論を始めたのは嬉しいことだった。一瞬一瞬ごとに、何か新しいことを学んでいるからである。恐怖がすべて去り、単にわざと敵対しているという感じもすべて去った。そこで開けた新しい可能性を、デニス神父に見せたくてたまらなかった。神父に対する感情は仲間意識だった。

ところが、またしても神父は私を閉め出した。「私が言うことを鵜呑みにしなさい」と神父は、投げつけるように言った。「あなたはまだ若くて、そういうことは理解できないのです。信仰を失ってはいけません」「でも、神父様は信仰を与えてくれるはずじゃなかったんですか」と私は抗議した。「それができるのは神だけです」と神父は答えた。「祈りなさい、そうすれば主がお与えになります」「祈れません」と私は即座に言った。「祈りの言葉は知っているでしょう」と神父。「それを唱えるのです」神父が立ち上がり、私はお辞儀をした。「神父様！」と私は、神父がそそくさと去っていくのにあわてて、いきなり大声を出した。「他にもまだあります！」

神父はうんざりしたように振り向いたが、私の形相を見てびっくりしたに違いない。「何ですか？」神父は少し近寄って、心配したような、優しい表情で私を見た。「もしかして」と神父は深刻そうに言った。「神の存在を疑っているのですか？」「ええ」私はそれが本当だと知って、歓喜しながら苦しそうに、そう吐き出した。

神父はまた座って私の手を取った。とても優しく、これが求められているものらしいと思って、神父は経験則に基づいた神の存在証明五通りを引用した。不動の動者という根拠、作用因という根拠、偶発的存在に内在する必然的存在という根拠、完全性の段階という根拠、宇宙の素晴らしい秩序と意匠という根拠。神父が言っていることの大半は理解できなかったが、骨子ははっきりわかった。つまり、あらゆる結果には原因があり、その原因とは、もちろん、神である、ということなのだ。宇宙はなんらかの自己充足的な存在がそれを創造して稼働させないかぎり存在しえない。私は話を熱心に聞き、神父が言ったことを検証しようとして、ほとんど説得されかかったが、あと一歩だった。それはまるで疑念という精霊が私の思考のまさしく中枢にまでもぐり込んでしまったために、ほんの一時間ほど前には簡単で明快に思えた公理が、今では困惑させられる曖昧模糊としたものになったみたいだった。「神父様、どうして」私はとうとう言った。「すべてのものには原因がなくてはならないのでしょう？　どうして宇宙はただそこにあり、自らが原因になった、と考えてはいけないのですか？」

　デニス神父はそばのテーブルに置かれているランプを点けた。おやつの時間を知らせるベルが鳴った。女生徒が戸口に頭を突っ込み、あわてて引っ込んだ。「それはね」神父は我慢強く言った。「さっき説明したでしょう、どんな結果にも、それに釣り合う原因が要るのです」私はこのことをじっくり頭の中で考えてみて、私はまだ子供であり、おそらく神父は自分の言うことがこの子には理解できないと思っているのだ、と自分に言い聞かせた。「神を除いて、ですね？」私は手助けになればと思って繰り返した。神父はうなずいた。「でも、神父様」私ははっと気がついて、大声を出した。「もし神が自己充足的なら、どうして宇宙がそうだったらいけないんですか？　どうして物質でできている何かが、原因を持たない原因だったらいけないんですか？　電気みたいに？」

　神父は悲しげに首を横に振った。「それは教えられません」神父の口調は、手厳しくて非難するような調子に変わった。「どうしても見ようとしないあなたの目を開くことはできません。不活性物質は霊を生むことができますか？　不活性物質があなたに良心を与えることができますか？　因果の必然性を否定する者は世界を混沌に陥れ、そこでは悪徳と無秩序が支配するのです！」神父の虚ろな声は、まるで部屋の隅の被告席にぎっしり埋まった世俗の思索家たちに向かって演説するように、朗々と響き渡った。「いいですか」と神父は、立ち上がりながら話を結んだ。「無神論者の汚らわしい本なんか、読むのはおやめなさい。信仰が戻るように神に祈りなさい。そして心から告解をしなさい」神父はカソックをなびかせて足早に部屋を去っていった。

デニス神父の失敗は修道院に強い印象を与えた。私はどこへ行こうが、尊敬のまなざしで見られるようになった。あれが、イエズス会の神父が説得できなかった子よ。通学生も、月曜に戻ってくる五日間寄宿生も、すぐにこのニュースを聞いた。私の存在に目を留めなかった小さな女王様たちも、休み時間になるとまわりに群がり、声をひそめて質問した。修養のあいだには口をきいてはいけないことになっていたからだ。修養の信仰熱と私の清められていない状態が偶然に重なったことで、不可思議さが高まった。巻き毛で、日焼けした伝道師であり、エスキモーにも絶大な成果を挙げたあのヒーニー神父が、持ち前の弁論術で私を相手に闘っているのだという噂が流れていた。院長室で、二回目の面談のとき、マダム・マキルヴラは質素なキャンブリックのハンカチで目の隅を拭った。私の死んだ母によって天国から託された、胸の内に宿っている責務に背いたという思いにとらわれていたのである。美しい女校長というものの常で、涙がすぐに出てくる。修道院が批判にさらされるかもしれない、と感じていたからなおさらだ。三度目に会った水曜日には、私たちは重大な岐路にさしかかっていた。デスクメートのルイーズは、私が水曜日までに信仰を取り戻さない方に賭けると言っていた。そして炎のような説教が次から次へと続いても、私の態度が揺るがなかったときに、修道院には一種の不安が広がった。私をはじめとして、誰の目にも、このひどく不安定な状態に決着をつけるには、どうしても信仰を取り戻さないといけないことは明らかだったのである。

　もうこのときには、マダム・マキルヴラのみならず、私も大変心配になっていた。全身全霊で、たとえそれが世間的な義務にすぎなくても、信仰を感じ取ろうとしていたが、いくら私のなかを探ってみても、なんの信仰もないことを認めざるをえなかった。理解したかぎりでは、魂が逃げ去ってしまったのだ。実に奇妙なことに、初めて、自分が何をしでかしたかを考えると、自分の魂や神に対してではなく他人に対しての責務を感じることができた。それじたいが、神をなくしたことの証拠だ。それと言うのも、人生における私たちの主な責務とは、主を喜ばせることだったはずだからだ。マダム・マキルヴラやマダム・バークレー、それに新しい友達で分身でもある、悪戯好きで善きカトリック教徒のルイーズを満足させるために、信仰を取り戻したようなふりをしたところで、神は（もし神がいたらの話だが）きっとお喜びにならないだろう。それでもこれが、面談室での二度目の実りのない話し合いが終わった後で、私がたどり着いた決断だった。今回の相談相手はヒーニー神父で、改心させてくれるのはこの人しかいない、と私は重苦しく感じた。ヒーニー神父が言ったことはどれもデニス神父が言ったことと同じだが、ただ私をファーストネームで呼び、父も祖父も弁護士だという話をしたら笑っていた。まるで私の真剣な疑念が神父の言い方を借りれば弁舌の才の一部であるみたいに。神父もやはり私が無神論者の本を読んでいたと思い込んでいるらしく、私がそれを否定すると、冗談めかして、告解行きだなと言った。こういう神父たちは、私が一人ではなにもできないし、すべてが遺伝と読書から来ていると想像しているらしい、そう思うとくやしかった。それはキリストが「ただの人間」であるはずがないと想像しているのと同じだし、それを言うなら、二言目には「信仰」を失ってはいけないと言うのと同じだ。その言葉は、この数日のあいだに、だんだん腹立たしいものになってきていた。「人間の理性だけではね、メアリー」とヒーニー神父が説いた。「最後までたどり着けませんよ。そこには小さな溝があって、それを私たちは信仰で埋めなければいけないのです」私は神父を吟味するように見上げた。ということは、たしかに溝があったのか。この興味深い事実を、どうして一度も教えてくれなかったんだろう？

面談室を去るときに、私はやむをえずインチキをすることになったのはヒーニー神父のせいだ、と心に決めた。「それじゃ告解でまた会いましょう」と神父は張りのあるあたたかい声をかけてくれたが、会うことになるのは私ではなく、私に似せたただの敬虔な人形なのだ、と私は自分自身に請け合った。改心させることに失敗し、私の病気をあんなに軽く扱うことで——たとえば、私のことをトマシーナと呼んだのは、疑り深いトマスに引っ掛けた洒落のつもりだった——神父は私をペテン師へとまっさかさまに突き落としてしまったのだ。神父の無能さのおかげで、残された道はと言えば、改心したふりをすることしかなくなった。その晩、夢を見て改心したというふりをすることにしよう。

後悔の念は少しもなく、木曜の朝になって、白いヴェールを着けて聖体拝領台に跪き、聖体を拝領するときですらそうだった。背後では尼僧たちが、いかにも善き尼僧らしく、魂の更生を喜んでいるのを私は知っていた。マダム・マキルヴラの青い目はおそらく潤んでいただろう。横では、「ブタの樽」が妬ましさではちきれそうになっていた。ルイーズは（彼女にはヴェール着衣室で教えたばかりだった）クリスマス休暇のあいだに夜を一緒に過ごさないかと誘ってくれていた。私自身が主に感じていたのは、かつての拠り所から、なんと遠くまで来てしまったことだろうか、という他人事のような驚きだった。それはちょうど、泳ぎを覚えるために土左衛門泳ぎをしていて、キャップをかぶった頭を上げて振り返ってみると、両脇に着けていたはずの浮袋が、はるか後方、湖の水面に漂っているのを見たときのようだった。

＊

この物語は私たちの修道院生活を実に正確に映し出しているので、推測したことや半分記憶していることを否定のしようがないほど本当のことから選り分けるのは、ほとんど不可能である。音楽教師、いびきをかいている年老いた尼僧、「レパント」を朗読する英国人の役者、刺繡、『二都物語』、『エマ』、レイディ・スピンドル（この寸劇でもう一人の登場人物はミセス・ドウィンドルという）、こうしたすべてはそのままである。時間の順については、絶対自信があるというわけではない。信仰を失うというドラマ全体はごく短期間に起こったことであり、修養のあいだだったはずだ。会話は、すでに読者に注意したように、ほとんどが架空のものだが、その音調と大意は正しい。神父たちはあんなぐあいに話したのだし、彼らが押しつけた根拠も、大筋において、あんなものだった。これは自分が書いたものだが、読み返してみると、ああそうだったと驚くことがあり、思わず笑みが出てしまう。

神の存在証明はカトリック百科事典から引用している。私自身の疑問は、記憶と推測が混じったものである。対話の一断片は監督派教会の神父から借りた。「そこには小さな溝があって、それを私たちは信仰で埋めなければいけないのです」ある日、私の息子ルーエルが家に帰ってきて、基督教学の先生からこんなことを聞いたと引用してくれた。私は笑って（私の神父たちのしゃべり方にそっくりなのだ）、それをここに入れたというわけである。

実際のところ、今となっては、最初の神父との面談が行われたのは修道院の面会室ではなく、老神父の書斎だったように思える。その書斎がどこにあったのか、私がどうやってそこにたどり着いたのかは、さっぱりわからない。ヒーニー神父という名前になっている、二番目の神父に関しては、「ごろつき」に出てきた伝道者かもしれないし、それとごっちゃにしてしまった他の誰かかもしれない。本当に憶えていることはと言えば、私の架空の疑念に対する彼の態度が、最初の神父よりもぞんざいで手短だったことしかない。彼は真剣に受け取ってくれず、それが不愉快だったのは、自惚れていたということもあるが、主に、もうそのときにはむこうが真剣になっていて、こちらは怯えていたからである。この神父は、もしくだんの神父だとすれば、女の子に対しては気が短かった。

私がシアトルで染まった「無神論思想」については、マッカーシー家はつねに私の祖父に責任があると考えていた。それでも、私の弟三人はみな祖父の影響を免れていたが、そのうち三男一人しか教会に残っていない。母の世代には、教会は三人の新兵を獲得した。プロテスタントの義理の娘はみな改宗した。エスター叔母の夫であるフロリー叔父だけが、最後まで持ちこたえた——叔父は家族を日曜のミサに車で送っていき、自分は教会の外、つまり車の中で待っていて、子供たちに驚きと羨望をかきたてたという。私の世代では、少なくとも三人が（いとこたちはどうか、定かではない）真の信仰に改宗している。

マッカーシー家が信じていたことに反して、祖父プレストンは私が自分の信仰を持ちつづけることを見届けるのが義務だと思っていた。もう少し大きくなるまで、いつも日曜には教会に行くというのが私たちの間の取り決めだった。しかし祖父は私の誠実さを決して疑わなかった。信仰を失ったと祖父に言ったら（もうそのときには本当になっていた）、祖父はそれがミサから逃れる口実だとは受け取らなかった。たいていの家庭だったらそう思うのではないか。たとえ子供であれ、人間が良心に基づいた動機から行動することは、祖父にとって自然でふさわしいことだった。祖父の偏見のなさはこの仮定に基づいていた。ずっと後になって、私が二十代の前半に急進主義者になったとき、祖父はこの知らせをやはり同じ徹底的な真剣さで受け取った。かつては私を教会へ、というかその代わりへ、送っていった車が、そのときには労働会館の集会へと送っていくようになったが、それも祖父の指示だった。

プレストン家の家庭生活については続く章で語っている。まだ修道院にいたこの時期には、私は家では異邦人のようなものだった。学校の友達はみなカトリックだったし、その親も、大半は、祖父母が知らない人たちで、それには宗教の違いだけではなく世代の違いもあった。私が友達の家に行くことはあっても、友達が私の家に来ることはなかった。私の主な関心は舞台だった。役を演じて注目されたいという願望と、記憶力の良さが合わさって、私は脚光を浴びるために生まれてきたのだと自分勝手に納得していた。いつも人前で朗読していて、聞きに来てほしいとプレストン家を招待していた。大好きだった詩は「アリン卿の娘」と「インチケイプの岩」だ。新しい叔父たちや叔母や祖母には、そうした朗読が大笑いだったらしいが、長いあいだ私はそんなことを疑っていなかった。それからは、もう彼らの前では朗読しなくなった。

家族にとって、私は変人であり、修道院でもそういうふうに見ていた女の子がいたのを、読者は次の章で知ることになる。子供の頃、私には自意識というものがなかった。きまじめすぎて、他人が私のことを笑っているかもしれないというのは、わからなかったのである。今、私はそれを学ばねばならなかった。

5　名前

アンナ・ライアンズ、メアリー・ライアンズ、メアリー・フォン・プール、エミリー・フォン・プール、ユージニア・マクレラン、マージョリー・マクフェイル、マリー＝ルイーズ・ラッベ、メアリー・ルイーズ・ライアンズ、ジュリア・ドッジ、メアリー・フォーダイス・ブレイク、ジャネット・プレストン――これが修道院の上級生のうち、何人かの名前である（私は今でもロザリオの祈りみたいに数え上げることができる）。力天使(ヴァーチュース)と美神(グレイシーズ)だ。美徳の持ち主は、幅の広い青か緑のモワレ模様が入った善行章のリボンを、弾薬帯みたいに、青いサージの制服に斜めに着けている。美の持ち主はルージュやパウダーをつけているか、少なくともそう噂されている。私たちの学級である八年生は、ピンクのリボンを着け（私はもらったことがない）、パトリシア（「パット」）・サリヴァンとか、アイリーン・ドノホーとか、ジョーン・ケインといった名前だった。私たちはこの点ですら上品ではなかった。私たちの中で、いちばんいい名前として見せられるのはフィリス（「フィル」）・チャタムで、彼女は父親の名前ラルフを英国式にレイフと発音するのだと自慢していた。

修道院では名前はとても大切なもので、外国系の名前は、フランス系であれ、ドイツ系であれ、あるいは平易なイギリス系の名前であれ（それも私たちにとってはプロテスタントの響きから外国風だった）、ジャガイモの群れに混じっている、品評会で受賞した薔薇のように咲き誇った。アイルランド系の名前はこの学校ではよくありすぎて、姓でも（ギャラハー、シーハン、フィン、サリヴァン、マッカーシー）、名でも（キャスリーン、アイリーン）、威光を持ちえなかった。異国風のものは何であれ価値がある。たとえば「オリーブ色」の顔色がそうだ。修道院で人気があったのは、かよわいユダヤ系の女の子で、名前はスージー・レーヴェンシュタインと言って、薄い赤みがかった金髪に、天井を向いた素敵な鼻をしていたが、もしそれが私たちだったら、「獅子鼻」と呼ばれてもおかしくはなかった。私たちは彼女の名前も好きだったし、初等科の子の名前も好きだった。アビー・スチュアート・ベイラージョンだ。ただし、私がいちばん好きなのは、大雑把に言えば、エミリー・フォン・プールで、最近卒業した彼女の姉は、セレステと言う。他にいいなと思う名前はジュヌヴィエーヴ・アルバースで、聖ジュヌヴィエーヴはパリの守護聖人であり、アッティラを街の門から追い払った。

　こうした名前はすべて、太平洋岸北西部のいまだに辺境的な性格を反映している。それに似たような名前はミネアポリスの教区学校では聞いたことがなく、そこでは「外国」系というものが、どんな場合でも、恥ずべきことであり、全体の傾向としては姓と名のいずれもアメリカ化に向かっていた。その例外はアイルランド系で、キャサリン・オデイとか、またいとこの名前であるキャサリン・アン・ローズ・ヴァイオレット・マッカーシーといった名前を誇示しているのに対して、不運なドイツ系の男の子マンフレートはその名前のせいで損をした。しかしそれはミネアポリスでの話だ。シアトルでは、特に聖心会修道院では、外国系の名前は移民ではなく亡命を想起させた——立派な流浪だ。ミネアポリスは穀倉。それに対してシアトルは港で、冒険者の文字どおり外人部隊を惹きつけてきた——傭兵、次男坊、賭博師、貿易商が、未開墾地の材木や海運で築く財産、そしてアラスカのゴールド・ラッシュに引き寄せられたのだ。戦争や革命で敗北した者はピュージェット湾へと赴き、そこで新生活を始める。いちばん最近のものはロシア革命であり、ハルピン経由でアメリカに輸出したのがロシア人植民地で、クイーン・アン・ヒルにレストランまである。修道院での英国名は、「レイフ」・チャタムの場合のように、直接に英国の出自の証となるわけではないときには、南部からやってきていて、いわば国内での亡命を表している。メアリー・フォーダイス・ブレイクとかメアリー・マックイーン・ストリート（私より一学年上。妹の名前はフランチェスカ）といった女の子は、二連式のファーストネームを、南北戦争前の南部に先祖を持つ貴族の称号のように付けていた。修道院の女生徒は、みんながみんな、カトリックだったわけでは決してない。とても可愛い子のなかには——記憶が正しければ、ジュリア・ドッジやジャネット・プレストン——プロテスタントもいた。私たちのただなかにいるそうした異邦人には特別な礼儀をもってふるまうことを尼僧が教え、全体効果としては、この百年間の、ありとあらゆる希望の潰えた避難民たちが集う、比較的ましな宿泊施設のような感じだった。そういう雰囲気の中では、金はたいして問題にならない。「選り抜き」の女生徒たちの多くは、父親や祖父が破産者だった。

太平洋岸北西部では、よく奇抜な名前があり、特に女子の名前がそうである。私が後に通った、タコマにある監督派教会の寄宿学校には、デ・ヴィア・アッターという女の子がいたし、ロシーナという名前もハーモイニという名前もあった。ロシーナはロウィーナを、ハーモイニはハーマイオニを間違えたのか？　ヴィアと私たちが呼んでいた女の子の名前は、テニスンのクララ・ヴィア・デ・ヴィア夫人から取られたのか？　たぶんそうかもしれない。そういう名前はあまり聞かないものので、いずれにせよ、カスケード山脈の東ではそうである。そういう名前は辺境のもので、そこでは書物や図書館が少なく、記憶もホメロスの時代のように口承で伝えられたらしい。

他の人間よりもカトリックにとって、名前は意味のあるものである。洗礼名は、その名前が取られた聖人の精神的特質のために選ばれる。プロテスタントは旧約聖書から取った名前をよく子供につけていたが、近頃では小説や劇から取ったりする。世俗的な時代では、どうやらヒーローやヒロインが新たな守護聖人らしい。しかしカトリックだとそうはいかない。名前をとった聖人には、手本となるモデルかパターンとして、文字どおり奉仕することになっている。名前は運勢であり、今の姿、あるいはあるべき姿を教えてくれる。カトリックの子供は自分の名前に、誕生石みたいに、秘かな意味があるのではないかと考える。私の名前は、童女にして聖人たるエジプトのマリアのものである他に、本来は「苦しさ」あるいは「海の星」を意味すると知った。セカンドネームのテレーズは、聖テレサか、「小さな花」と呼ばれる聖人でリジューのシスター・テレーズに捧げられている。このリジューのテレーズには、神が薔薇の雨となって降り注いだと言われている。堅信式のときに、私はサードネームを付け加えた（カトリックは、たいていの尼僧がそうするように、聖職に就くときにまた名前を付け直すからである）。ある尼僧にすすめられて、初期の教皇である聖クレメントから取って「クレメンティーナ」とした——この処置をすぐに悔やむことになったのは、「愛しのクレメンタイン」とそのサイズ9の靴が流行ったからである。修道院に入る頃には、もう堅信名を他人に教えなくなっていた。もう少しで選びそうになった名前は「アグネス」で、これは幼いローマの致命女から取られていて、聖アグネスはその純潔さからいつも仔羊と一緒に描かれている。しかしフォレスト・リッジ修道院では、アグネスもやはりまずいと気がついた——「アギー」と呼ばれそうだということもあるが、その名前じたいが微妙に、なんとも言いようがなく、間違っているからだ。アグネスだと阿呆みたいに見えるではないか。

　馬鹿げて見えるのを恐れることが、支配的な動機として初めて生活の中に入ってきたのは、修道院に来て二年目のことだった。それまでは、目立ちたいという欲望が行動の多くを決定していて、実のところ、それがまだ続いていた。しかし八年生になって、嘲笑されるのが気になりだし、目立とうとすれば必ず笑われることに気づいたのだ。他の人間なら笑われずにすむのに、私にはそうはいかなかった。笑うのはクラスメートではなく、一学年上の女子で、特に陽気な友達どうし二人、エリナー・ヘファーナンとメアリー・ハーティという道化コンビだった——道化チームの常で、大きさと形の奇妙な取り合わせであり、一人は背が低くて、太っていて、ベビーフェイス、もう一人は背が高くて、痩せていて、フクロウ顔——それが年少の女子の変わったところに注意を促して、高等部を楽しませていたのである。ほとんどどんな学校にもそういう皮肉屋コンビがいて、成績はだいたい悪く、怠け者で朱に染まらないところから大目に見てもらっているものだ。二人のうちの一人（この場合だと、太ったメアリー・ハーティの方）はたいてい半分居眠りをしているように見える。成績の悪さと、外見に対する無関心、そして制服の情けない状態のせいで、彼女たちの道化ぶりは無害なものだと思われていて、概して実際にそうなのだが、目的は傷つけることではなく楽しませることにある。そうした女の子は学校で退屈しているのである。私たち八年生は学習室でちょうどこの皮肉屋二人の向かい側に座っているので、いつもじろじろと観察されることになる。それでも最初のうち、私は彼女たちを怖がっていたわけではなく、むしろ、二人と一緒に笑いたい、ジョークをわかりたいと思っていた。彼女たちのお得意は仇名を付けることで、エリナーとメアリーがいちばん最近に思いついた仇名を教えてもらうのが、八年生では最初になることは名誉だと考えられていた。その役がよく私になった。遊び場で、二人が私に教えると、私が他の子に教えるのである。中継役として、私は友達になったような気分になり、まさか自分が次に仇名を付けられる番だとは夢にも思わなかった。

　その少し前、私はおおっぴらに信仰を失い、修養の終わりにそれを取り戻したことで、目立つという目的は達成していた。たしか、休み時間に遊び場で、エリナーとメアリーがそのことを質問して、イエズス会の神父とのやりとりを話してやったら、むこうはまじめな、尊敬するような顔で聞いていた。このまじめな顔が不吉な前兆だったに違いないが、あの二人組が私の打ち明けたことを出しにしてからかったとしても、それは私のいないところでだったはずだ。もうそのことは耳にしなかったが、それでもちょうどこの頃、私は首筋に冷たい息を吹きかけられたような、修道院で勝ち取ったこの新たな地位が、想像していたほど不動のものではないかもしれないと思わせるような何かを、感じはじめていた。学習室で振り返ると、あの二人組が何やら思惑ありげな目つきで私を見つめているのだった。

やはりちょうどこの頃、私はまったく馬鹿げた状況に陥った。それは自分だけの秘密で、そのせいで何ヶ月も、いつばれるかわからないとビクビクしながら生活することになったのだった。ある朝、修道院の自室で目を覚ますと、シーツに小さな血の染みが数滴ついていた。寝ているあいだに、なぜか足のちょっとした怪我を引っ掻いて、傷口を開けてしまったのだ。尼僧は私たちの白い襟や袖口にうるさいだけでなく、ベッドメーキングにもうるさいので、どうしたものかと思った。もし点検があったら、この染みが不利になるかもしれない。そこで、宿舎の世話係をしている尼僧である、背が高くて恰幅のいいマザー・スラッタリーにたのんで、清潔な下のシーツを一枚もらうのが最善だと思った。寝ているあいだに足を掻いたことを叱られて、足の指の爪を切りなさいと命令されるかもしれないが、それは仕方がない。どんなことで叱られるかは予測がつかないのだから。ところがマザー・スラッタリーは、どかどかと入ってきてシーツを見ると、ちっとも叱らなかった。それどころか、怪我のことを説明しても、聞いているふうもなかった。マザーは腰掛けなさいと言った。すぐに戻ってきますから、と。そして「今日は体育に出なくていいですよ」と付け加えて、ドアを閉めた。私は待ちながら、その言葉を考えてみた。怪我はたいしたことがないのに、妙に気前がいい。すぐにマザーは戻ってきたが、シーツは持っていない。その代わりに大きなポケットから取り出したのが、一種のガードルと奇妙なフランネル製の物で、最初は包帯かと思った。そこで、包帯なんかいらないしほしくないと言いかけた。いるのは下のシーツだと。「シーツはいつでも間に合います」とマザー・スラッタリーはあっさり言って、大きな安全ピンを二本渡してくれた。そのピンで、ぱっとひらめいた。このフランネルの製品（生理用ナプキンだとわかっていた）をどう装着するか教えてくれているあいだにも、私はマザー・スラッタリーが勘違いしているのがわかった。

「違うんです、マザー」と私はいささか恥ずかしくなりながら言った。「そうじゃないんです。足をちょっと切っただけなんです」それでもマザーは、やはり聞いていなかった。耳が聞こえなくなったみたいで、こちらの言っていることがむこうの考えていることに合わない場合、尼僧というのはそういうものなのだ。相手が何を考えているかわかってしまうと、今度は奇妙な制約があることに気がついた。自然の摂理を、尼僧に対して、くどくどと述べるのはまずいような気がしたのだ。それは尼僧が手洗いに行くのを考えないようにするとか、コイフからほつれた鉄灰色の髪がはみだしているのを見て見ぬふりをするようなものだ（尼僧が頭を丸めているという俗説は誤り）。大まかに言って、怪我を見せるだけにするのが得策のように思えた。それでも、そうしようとして黒いストッキングの留め金を外したら、マザーは私の足を軽く一瞥しただけだった。「それはただの掻き傷でしょう」とマザーは言った。「さあ、早くして、これをお着けなさい。そうでないと礼拝に遅れますよ。痛みがありますか?」「違うんです、マザー!」私は大声を出した。「勘違いです!」「ええ、ええ、わかってますよ」とマザーは慰めるように言った。「あなたも、もう少ししたらきっとわかりますよ。院長先生が朝のうちに説明してくださるはずです。何も怖がることはありませんよ。あなたは女になったんですから」

「それはぜんぶ知ってます」と私は食い下がった。「マザー、お願いですから聞いてください。足を怪我しただけなんです。運動場で。昨日の午後に」しかし興奮すればするほど、マザー・スラッタリーはますます慰めるような、きっぱりした口調になった。あきらめて言われたとおりにするしかない。私は、それが正しくて私が間違っていると納得させるだけの力を持っている、権力者の手中にあった。しかしもちろん、私は間違ってなんかいない。そうだったとしたら話がうますぎる。マザー・スラッタリーが戸口のすぐ外で待っているあいだに、私はもらった装具を情けなくも着けた。引き出しの点検があるので、隠す場所がなかったからだ。マザーは私を連れて廊下を通り、シュートがあるところまで行って、どうやってこのフランネルの製品を処分したらいいか説明してくれた。シュートに落とせば洗濯室に行くのだという。(修道院の仕組みはとても古臭くて、疑いなく、ルイ・フィリップの時代に遡る。)

院長先生のマダム・マキルヴラは物わかりのいい女性で、早朝の授業のあいだずっと、私はびくびくしながら、きっとこの事件をすっかり解決してくれるはずの、予定されている面談のことを思ってそわそわしていた。「先生」と切り出すことになるだろう。「マザー・スラッタリーの考えでは……」それから院長先生に怪我と運動場のことを話そう。ところが、休み時間に院長室に呼ばれると、まったく同じ袋小路が待ち受けていた。こちらが怪我のことを話しているのに、あちらは女になることを話すのだ。ちょうど輪唱のようなもので、あちらが「スコットランドが火事だ、スコットランドが火事だ」と歌えば、こちらが「水をかけろ、水をかけろ」と歌う。どちらも相手の話を聞いていない。というか、こちらはあちらの話を聞いているのに、あちらはこちらの話を聞かないのだ。修道院での立場が違うので、あちらはこちらの話を遮ってもいいが、こちらはあちらが話し終わるまで黙っていなければならない。私が何度も割って入ろうとしたら、院長先生は優しく黙らせて、私を膝の上に乗せた。マザー・スラッタリーとまったく同じで、いくら怪我のことを話しても、それは私の生活に入ってきたらしい、この新しくて予期しない現実に対する、盲目的恐怖のせいだと考えているのだ。心の準備ができていないと、怖がる女子も多いんですよ、と院長先生は安心させようとして言った。「それにメアリー、あなたはお母様を亡くしたでしょう。もしお母様が生きていらっしゃったら、きっと優しく教えてくださったでしょうに」マダム・マキルヴラの膝の上で揺れながら、私は麻痺に襲われるのを感じた。そして黙って聞いたまま、胸元にすがり、糊がきいて溝がついた、白い頭巾が顔にちくちくするのを感じていると、院長先生は赤ちゃんがどうやって生まれるのかを説明した。そんな話はとっくの昔に聞いたことがある。

修道院と闘っても仕方がなかった。ちょうど、ついこのあいだ、信仰を取り戻したふりをするはめになったのと同じように、今度は女になったふりをするはめになった——平穏無事のために。この偽装はまったく厄介だった。下の洗濯室にいる平修道女に見つかりはしないかと恐れて(そんな事態が架空のものであることは間違いないが、なにしろ修道院は徹底しているので)、私は足の傷口をもう一度開き、ちょっとだけ血を出してナプキンに染みをつけた。ナプキンはこの機会だけではなく、その後も定期的に、二十八日ごとに、配付されるようになっていた。やがて、この出血作戦も破傷風になるといけないのでやめにして、後は運命に任せることにした。それでも私は、見つかりはしないかとひどく怖がっていたのである。唯一の望みは、どうやら、修道院から追い出されるか、それとも本当に女になるかしかないが、まだ十二歳なのだから、それには少なくともあと一年はかかりそう。一ヶ月に一度体育に出なくてもいいというのは、耐え忍ばなければならない茶番に比べれば充分な代償とは言えない。これは私のせいではなく、むこうに押しつけられたのだ。それでも、馬鹿みたいに見えるのは私だった——馬鹿ですめばまだましだが、半分頭がおかしいと思われるかもしれない——もし真実が明るみに出れば。

こうして罪悪感と恥辱感を背負っているうちに、仇名がとうとう私を探り当てた。「探り当てた」というのは一般的な意味で、私が抱えている、刺繍用リボンにピンで留めた秘密を誰も知らなかったからである。「仇名をつけてあげたわよ」ある日、遊び場で、エリナーとメアリーに声をかけられた。「なあに?」と私は半分期待して、半分恐れながらたずねた。二人がつける仇名は、嬉しくないものばかりというわけでもなかったからだ。「サイよ」と二人は答えて、顔を見合わせながら笑っていた。「『サイ』?」と私は繰り返し、それは間抜けのサイモンから取ったのかと思った。私を田舎者だとでも思っているのか? 「C・Y・E」とくわしく、二人は声を合わせて綴りを言った。「それぞれの文字が何かを表しているの。当てられる?」私には当てられなかったし、今もそうだ。修道院で思いついたいちばん近い案は「耳が汚い(Clean Your Ears)」だった。そうだったかもしれないが、後になって、ただ単に「賢い卵ちゃん(Clever Young Egg)」とか「大の変人(Champion Young Eccentric)」を表していたのかもしれないと思ったことがある。ただ修道院では、何かもっとひどいこと、耳が汚いのよりももっと悪いことを表しているはずだと思っていた(知っているかぎりでは、私の耳は清潔だった)。自分では想像もできない何かで、背中にピンで留めたしるしみたいに、世の中には見えるが私には見えないような、私の一面を表しているものだ。修道院の誰もがその文字の意味を知っているに違いないが、誰も教えてくれない。エリナーとメアリーが言わないように約束させたのだ。ちょうど口臭のようなもの。いちばんの友達で、デスクメートのルイーズですら、いくらたのんでも教えようとしなかった。それでもみんなが言うには、「とても良くできている」、つまりぴったりだという。それでみんなが笑うのだった。

この仇名が私の偽装をすべて無意味なものにしてしまい、間違っているという感じを強固なものにした。修道院の一員になりかけていると思ったちょうどそのときに、よそ者にされてしまったのだ。というのも、知らない生徒は私だけだったからだ。私は修道院が好きだが、口に合わない食べ物のことをよくそう言うように、むこうは私を好いてくれていなかった。生徒にも尼僧にも、私が明白に人気がなかった、という意味ではない。私が出ていくときに、院長先生が声を上げ、きっと小説家になれると予言したので、びっくりしたほどだ。それにとうとう友達もできた。エミリー・フォン・プールも学習室のいちばんむこうから、輝く青い目で優しく微笑みかけてくれた。私はただ修道院の型に嵌らないというだけのことだった。清潔なシーツをたのむという、私がしたごく簡単なことが、思いもよらなかったような結果を生んで私を罠にはめたのだった。私は悪い子ではない。わざと校則を破ったりはしない。それでも、ピンクのリボンをもらったことが、週間賞ですら一度もなかったのは、これだけ一所懸命にやっているのに、どうしても理解できなかった。それは憎たらしい仇名と同じだった。明らかに、尼僧は私の目には見えない何かを見ているのだ。

いちばん奇妙な点はさまざまな偽装だった。歩く嘘の塊のような私が、カトリックのふりをして告解に行きながら、実際は信仰を失っていたり、月経があるふりをして、実際は爪切り鋏で傷をつけていたのだ。それでも、それは自分の意志と関わりなくそうなったし、意志とは正反対にそうなったことすらある。しかし、私が追い込まれた最も卑しい偽装は、仇名を受け入れたことだった。でも、他にどうできたというのだろう？　修道院では、時が経てば忘れてくれるというものではない。女生徒全員にとって、私は「サイ・マッカーシー」になった。それが私だったのだ。休暇中、友達に電話をかけて映画でも観に行かないかと誘うとき、私は自分のことをそう呼ばねばならなかった。「こんにちは、サイよ」こう言うときにはうんざりするが、それでもその仇名にすっかり屈服していて、自分をそれに見合った元気者に作り変えようとする――嫌いなタイプの女の子だ。「サイ」が私の新たな守護聖人になった。翌年の秋、修道院から出してくれとようやく祖父母を説得して、公立高校に一年生として入学したときも、この偽の人格が、ちょうどその仇名みたいに、くっついて離れなかった。ただ、祖父母は修道院をやめる本当の理由を知らなかった。私が言ったとおり、尼僧たちは親切だったし、そこで素敵な新しい友達がたくさんできたからだ。私がほしかったのは新しいスタート、人生をもう一度やり直す機会だった。しかし、公立高校の廊下で最初に聞いたのは、大歓迎のつもりで声をかけられた、あの仇名だった。「あら、サイじゃないの！」彼女たちはSiと綴るものだと思っていた。でも、今回は私も引かなかった。最初の数週間が過ぎたところで、「サイ」と呼びかけてくる連中をみんな切ってしまうと、もうその呼び方を二度と耳にすることはなかった。私は自分の名前を取り戻し、クレメンティーナやテレーズまでも脱ぎ捨てた――もう自分のものだとは思えないのに、他人が押しつけてくる名前だ。それから私は、メアリーが「海の星」よりも「苦しさ」を表していると考えるようになった。

＊

クラスメートや私自身をあまり感じが良くない人間として描き出すことに、ここではかなりの力点が置かれている。概して、寄宿学校のクラスでも同じように感じたし、ある程度は、大学でもそうだった。私の目がいつも上級生に向いていたのも、上級生からの人気がほしいと思っていたのも、それが理由だし、自然の摂理で（もちろん、上級生は私を見下すのだから）、そんな人気は得られなかった。フォレスト・リッジでのクラス写真は一枚も持っていないが、最近になって、寄宿学校のクラス写真が出てきて、記憶が正しかったという証拠以上のものを提供してくれた。その学校を卒業したのが二九年で、大学卒業が三三年になるが、このクラスがどうしてそれ以前のクラスよりくつろげたのかは謎である。おそらくそこに漂う雰囲気のせいだったのか。しかし、若い頃に持っていた、何か手の届かないもの、何かほんの先にあるもの――美、徳、品――があって、それに決して追いつけないという感じの説明にはなる。

公立高校に入って、成績はめちゃくちゃになった。普通だといちばん得意な科目である英語も、もう少しで落としかけた。公立高校の雰囲気は、多くの点で教区学校と似ていたが、ただ教育内容はお粗末で、校則もなかった。男の子に熱を上げるのが流行りだった。私が熱を上げたのはフットボール部のキャプテンと陸上部のキャプテンで、そのために勉強はせずに、応援団の一員として体育会系のイベントを追っかけるのに時間をつぶした。学校の名前はガーフィールド高校と言い、私はそこで最も熱心な応援団の一人だった。バスケットボール部も追っかけて、町のあちこちの、対外試合をするいろいろな高校に出かけていった。男の子との外出は許されなかったが、ある晩、陸上部のキャプテンがロードスターで家の前までやってきて、一緒に来ないかとクラクションを鳴らしたことがある。すると祖父は玄関ポーチのライトを点け、あっちへ行けと怒鳴ったために、男の子獲得はそれでおしまいになった。

もう一人、陸上選手の熱烈なファンだったのが、内気で、知的なユダヤ系の女の子で、エセル・ローゼンバーグ（後にファーストネームをテヤに改名した）と言い、ウォルター・ペイターの熱心な愛読者だった。彼女と私は友達になった。住んでいるところもそれほど遠く離れていなかった。典型的なユダヤ系の知識人でとても愛想がいいが、裕福なわけではない彼女の家族（父親は仕立て屋）を通して、私はシアトルにある芸術家村のことを知ったり、難しい本を読んだりするようになった。しかしそれは、私の他の活動とはまったく別物だった。唯一の接点が陸上選手だったわけだ。

公立高校に一年いた後、祖父母は男の子に夢中になるのをやめさせるには寄宿学校に入れるしかないと結論を出した。今回は、修道院は考慮外だった。もういい歳なんだから、宗教上の問題は自分で決めなさい、と祖父は言った。選ばれたのは、タコマにある監督派教会の寄宿学校で、アニー・ライト神学校というところだったが、私自身はカリフォルニアにあるアンナ・ヘッド校に行きたかった。テニス選手のヘレン・ウィルスの出身校だからだ。でも家族はできるだけ家に近い方がいいと考えた。

一方、弟たちはセント・ベネディクト校にとどまっていた。三男のシェリダンも他の二人に加わっていた。クリスマスや復活祭の休暇には、尼僧たちと一緒にそこにじっとしている。夏休みには、親戚に分配されるか、キャンプに送られる。私たちが再会するのは六年後で、そのときには、育ちがまったく違っていたせいで、弟たちはほとんど誰だかわからなくなっていた。私は金持ちの子供で、弟たちは祖父マッカーシーが亡くなったときに遺した信託基金をあてにする小さな恩給生活者だった。私の取り分は、各人の取り分に等しく、寮費と学費を払えるくらいだった。残りの金額はプレストン家が管理していた。しかし、弟たちの経費は明細に記して口座から引かれていた。プレストン家は「心付け」としてクリスマスや誕生日に小切手を送ったが、それだけだった。そういう機会を除いては、彼らの存在は見落とされているように見えた。

祖父の性格を振り返ってみると、このことは実に不思議に思える。祖父は責務を怠るような人間ではなかった。請求書を受け取ったその日に払うという人だった――私がかかりつけのニューヨークの歯医者は、この癖を今でも畏敬の念をもって思い出すほどだ。秩序正しさ、几帳面さ、公平さ――祖父はこういう特質の持ち主として有名であり、私も祖父のそういうところをいつも発見していた。特に私たちがミネアポリスで受けた扱いに対して祖父がどうしたかを知っている身としては、後に弟たちに起こったことに対してなぜ関心を持たなかったのか、私には説明がつかない。

祖父は金離れが悪くもなければ、思いやりのない人間でもない。祖父は私の母に強い愛着を覚えていた。「プレストン家はあなた方をみんな引き取りたいと思っていました」と母の旧友が手紙で、まるで情状酌量を求めるように書いている。私たち四人全員を引き取れなくて、祖父はいかにも男性らしくつむじを曲げ、断られたもの、つまり私の弟たちに対して、頑なに距離を取っていたのかもしれない。あるいは、マッカーシー家から受けた中傷に腹を立てたのかもしれない。ハリー叔父は、数年前、財務状態を調査してほしいとシアトルの銀行に請求したことがあるという。この驚くべき無関心の理由が何であれ、その事実は否定のしようがない。そして私がそれを感じていたことも否定できない。大人になるまで、私だけでなく弟たちに対しても、プレストン家がなんとかしてくれてもよさそうなものなのに、と思ったことは一度もなかった。そういうことを思ったのは、明らかに、マッカーシー家に対してだけだった。

6　時計の中の人形

　つい先日、十三歳になる息子と一緒に呼格の作り方の規則を探していたときに、てっぺんの棚から昔使ったアレンとグリーノーのラテン語文法書を引っ張り出した。くたびれた緑色の本が見返しのところで開き、そこには私の名前と、学校名にクラス名がインクで書かれていた。タコマのアニー・ライト神学校に在学していたとき、暇な時間に練習していた、装飾体の筆跡だ。その三年前、公立高校に一年通った後で、やけになった祖父母が私をそこに送り込んだのだった。聖心会の尼僧たちのせいで、私が無神論者になったと祖父母は考えていたのだ。公立高校では男の子狂いになった――次はどうなる？　私の肩口からのぞき込んでいた、うちのチャボくんがクックックッと鳴いて喜んだのは、高慢ちきな母親がｉの点の代わりに円を書いていたことだ。それがまるで鳥の糞みたいに、ページのあちこちにちらばっているのである。それを別にすれば、筆跡は私のもので、ギリシャ語式のｅ、派手に巻いた大文字、そして細くて几帳面な小文字だけは変わっていない。すでに、寄宿学校の最上級学年にして、現在の私の性格が確定したのを目にするのは、私たちにとって意気阻喪する話だった。同じページに逆向きに、ずっとぞんざいなスタイルで鉛筆書きされていたのは、リストのようなものだった。本をひっくり返して、よく見てみた。下手くそに描かれた円柱三本（物理の影響？）の横に、粗雑な括弧でくくられていたのは、次の文句だった。

インディアンヘッド――炎色
布巾
油布
金色の塗料
漂白していないモスリン、十ヤード
青のインディアンヘッド、二十ヤード

なんと、これはラテン語クラブの演劇「マルクス・トゥッリウス」で私が演じた、カティリーナの衣裳ではないか！

というか、これは絢爛たるカティリーナが出現する基盤なのだ。金色の塗料に漬け、ラテン語教師のミス・ガウリーが縫い合わせた布巾が、鎖帷子でできた私の胸当てになる。金色にして、厚紙で硬くして、てっぺんに赤い羽根飾りを付けた油布が、私の兜。炎色のインディアンヘッドが私の軍服の外套。その姿でピストリアの戦いの恐ろしい場面に登場して、敵兵の列に飛び込んでいき、武勇を奮って死を迎える。青のインディアンヘッドは説明できないが（たぶん軍服の短いチュニック？）、漂白していないモスリンはどうやら、長さからして私のトーガらしく、元老院の場面において散文調で私を誹謗する男に向き直るときに、そのトーガを身体に巻きつけ、「ローマ全土の大火の中で、我が破滅の炎を消してやる」と言いながら、意気揚々と舞台から去っていくのだ。

でも、ちょっと待てよ、と私は眉をひそめながらつぶやいた。どうして漂白して**い**な**い**のか？元老院議員のトーガは白だったはずではないか。その晩の記憶でも、仲間の議員たちが着ていたトーガも白で、「紫（パープル）」の帯が付いていて、この「紫」は実際には緋色で、ちょうどローマの紫斑病（パープラ）と同じであり、その語源は、ガウリー先生の話では、ギリシャ語の海苔（ポルフィラ）から来ているという。しかしトーガは漂白されていたはずだ。なにしろ漂白されたモスリンは安価だし、スコットランド高地出身のミス・ハリエット・ガウリーは、幻想の力にとてもこだわる人だからだ。観客には、煌々と照らされた舞台の上では、そのままのモスリンは白く見える。今、脚光に照らされた時間という前舞台のむこうを見ている私にもそう見える。私はガウリー先生のことを思うと、悲しい笑みが浮かんでくる。背が高く、痩せていて、人形のような関節をした「体型」に、飾り気がなく、素朴で、質素な彼女の芸術は、私たちのマルセルウェーブやウォーターウェーブにした髪型、乗馬用のチョッキに鞭に山高帽、毛皮のコートにトゥジュール・モワのオーデコロンに聖夜の香水の中では、いかにも場違いに見えたものだった。彼女の新作劇「マルクス・トゥッリウス」は、私の記憶の中で、手作りの素晴らしい例として残っている。

ラテン語クラブはハリエット・ガウリー（学士、修士）作演出の五幕劇を上演いたします。

第一幕、ローマの元老院、紀元前六三年。

配役（登場順）。キケロー……フランシス・ベリー。

群衆場面は、まるでダヴィッドの絵のように、目の前に浮かんでくる。カーテンがいよいよ上がろうとするところ。黒髪のガウリー先生は、スチームを当てたばかりの黒いビロードのドレスに幅が広くて白いバーサを着け、キャストから贈られた薔薇のコサージュを挿し、舞台の袖に立っていて、黒い目をぎらぎらさせ、林檎のような頬を真っ赤にしている。ボーイッシュなボブヘアにした優等生が演じるキケローは、演壇にいて、大きくて引き締まった胸にトーガをしっかり巻きつけている。洒落者のカエサルと血色の悪いカトー、そしてその他の父祖たちは木のベンチに腰掛けていて、一方私は、一段離れて、ゆったり横になりながら、暗くて荒れ果てた顔立ちに嘲りの笑みを浮かべている。観客席で、プログラムを手にして座っているのは、女校長、監督派教会の大司祭、主教とその妻、新聞社の社長、ピュージェット湾の大物小物の医者、歯医者、弁護士、保険勧誘員、汽船会社の社長、材木業者——それに私たちの親戚、デシンの制服を着た女生徒たち、そして校長の目をものともしない町のラヴレースたち数人である。ガウリー先生が引っ張ると、カーテンが定時に上がる。キケローが先生をじろじろ見て、拍手がおさまるのを待ち、先生が勢いよくうなずくと、口を開け、私を指さし、思いっきり胸をふくらませ、カティリーナ弾劾の第一演説を始める。

「カティリーナよ、いったいいつまで、お前は私たちの忍耐につけ込むつもりなのか？　いったいどんな目的でお前は厚顔無恥さを披露しつづけるのか？」

ガウリー先生よ、いったいいつまで、あなたは私たちの忍耐につけ込むつもりなのか？　キケローの演説はガウリー先生の腕時計で計って三十一分続いた。フランシスの白い喉の柱はときどき緊張からかすかに震えたが、そのしっかりして澄み切った第一ソプラノの声は聖歌隊で何年も訓練されたものだった。言葉の糸巻きがほどけていくうちに、彼女はまるで長い採血を受けている患者のように次第に青ざめていった。その一方で観客はじっと黙ったまま感心して見つめ、まるで死を前にしているかのよう、あるいはこの時代に人気があった、はらはらするような肉体の妙技、あの忍耐力の試練を前にしているかのようだった。咳払いをする音も、衣服をがさごそさせる音もなかった。唯一の動きは舞台のベンチの上で、そこでは元老院議員たちが、役柄で、カティリーナからさらに距離を置き、歴史で演じたはずの役に合わせて、頭を振り、失望や、信じられなさや、恐怖や、ほら言ったとおりだろうという表情を見せていた。カトーはむっつりとしてカトゥルスに向かってうなずき、カエサルは頭を掻いた。カティリーナの弾劾が進むにつれ、前の列の好奇心がゆっくりと私に移っていくのが感じられた――ルーキウス・セルギウス・カティリーナ、姦夫にして、ゆすり、放蕩者、破産者、暗殺者、妻殺しの容疑者、零落した貴族、民主政論者、民衆扇動家、強盗。訴状が退屈でこの人物は笑みを浮かべる。肩をすくめるようにして指の爪を眺め、それからさりげなくトーガを緩めると、貴族を表す幅広で緋色の帯（クラヴィ）がまんなかに付いたチュニックがちらりとのぞいた。放蕩者で言葉より行動という人間である彼は、共和政機関での女々しい言辞をうっとうしく感じている。あらかじめ定められた間隔で、彼の重い眉が吊り上がり、指輪を嵌めた拳が今にも殴りかかりそうに握りしめられる。とうとう演説が終わる。キケローは熱弁を締めくくって、演壇から降りる。大きな拍手が巻き起こる。ガウリー先生が合図を送った。いよいよ私の出番だ。

　他に誰もいないベンチから、私は超然として彼らを眺めた。呪われた魂、プライドが高くて受け入れられない、札付きの才人。私はこの貴族たちに何か言うのは言葉の無駄ではないかと言わんばかりにためらってから、さっと立ち上がり、サルスティウスが記録しているカティリーナの演説をそっくりそのまま始めた――残念ながら短い演説で、きわめて潤色されてはいるが堅苦しく、最後はこんな挑戦の辞で終わる。「ローマ全土の大火の中で、我が破滅の炎を消してやる」ところでこの演説は、最初から、ずっと気になっていた。脅し文句や大言壮語、セネカ風の冷淡さにあふれてはいても、やましくて馬鹿みたいに聞こえるのだ。サルスティウスの偏見や、ガウリー先生の硬い翻訳を差し引いても、それを毎晩毎晩、予行演習で繰り返しているうちに、小さな疑念が生まれていた。私が大好きなカティリーナは、もしかして、キケローとその取り巻き連中が主張するように、ただの俗悪な放火魔ではないか？　大人になるこうした最初の兆しはまったく歓迎できないものだった。私の頭の中では、カティリーナは英雄というだけではなかった――彼は私なのだ。学校で仲間外れだったというわけではない。まったくその逆だ。最上級の学年で、私は大物だった。変わっていて、最初のうちは不思議がられたところが、時間の経過とともに、名声と嫉妬をもたらしたのである。それでもこの勝利で満足するわけにもいかなかった。順番に従って、ごく自然にもたらされたものだったからだ――最上級生とそのリーダーが卒業してしまうと、次のやつが続けて現れる。ちょうど引っ張ったら出てくるローラータオルのようなものだ。現実世界ではよくあることだが、幾世代がこのようにゆっくりと展開していき、そのそれぞれの世代では一群の詩人や政治家たちが、ひたすら持久力のおかげで、ゆっくりと権力の座に昇りつめていくところには、どうも腹立たしいものがある。ここで是非とも求められるのは、価値の問題だ。

　そして今ではすっかり学校で権力を手に入れたと自認し、学校に来なくなろうが、煙草を吸おうが、午後の散歩で男の子と会おうが、若い教師にひどいことをして生意気な口をきこうが、きっと大目に見られたり感心されたりする、こうした空虚な自由を謳歌していた十六歳の私にとって、私自身のみならず、我がパンテオンすべてを、この神学校に押しつけるまでは満足できなかった。カティリーナの弁明は、この上なく重要な課題のように私には思えた。この重大極まりない夕べに、歴史の判決が覆されることになるのだ。ガウリー先生は疑いもしていないだろうが（と私は自慢げに考えた）、実を言うと私は業火の演説の「興味深い」解釈を秘かに練り上げていたのだった。私はカティリーナをストレートに演じることにした。つまり、台詞の大部分は「投げやり」で、冷淡かつ無気力に、すっかり幻滅して弁論術の効果にたよることもできなくなった男のように語る。そして最後の台詞になって、前に進み出て、キケローと元老院を退けながら、挑戦の辞を腹蔵なく観客席の貴族どもに向かって投げつけるのだ――眼鏡を掛けた主席司祭や監督、日和見主義の老教師たち、校長、祖父母、そしておとなしくて従順な女生徒たちに向かって。この計画は予行演習でほんの一部をほのめかしただけだった。ガウリー先生に手直しされるのを恐れたからである。私が台詞を言い終わって押し黙り、さっとトーガを肩に掛け、大股で舞台から去り、ローマを出てエトルリアへ、我が運命へ、死へと旅立つときに、プロンプター席でガウリー先生が身体をこわばらせるのが感じ取れそうなくらいだった。しかし退場する私にカーテンが降りてくるその前に、雷鳴のような拍手が巻き起こった。つねに物に感じやすい七年生と八年生は足を踏み鳴らしていた。数人の男性が「ブラヴォー!」と叫ぶ声もあった。

あわただしく衣裳を着替えているあいだに、他の場面が続いた。陰謀に賛同する者たちの場面。キケローと新入生が演じているその可愛い娘トゥーリアの家庭場面、家で夜に。キケローと、共謀者クリウスの愛人でキケローのスパイでもあるフルヴィアの場面。ふたたび元老院の場面(カティリーナ弾劾の第三演説?)。髭を生やしたガリア人やアロブロゲス人が数人、キケローの家を訪れる場面。またキケローの演説、寛大な処置を求めるカエサルの嘆願、それに対するカトーの鋭い反論に続いて、地下牢での野蛮な場面があり、残っていた共謀者たち(エキストラ数人、それに加えて下品なレントゥルスと血だらけのケテグス)がキケローの提案で縛り首になる。その次がピストリアの戦いの大場面で、私は不満分子の軍勢の先頭に立って登場し、勇敢に戦い、魂を諦める。共和政が救われるところでカーテンが降りる。

観客席では、文字どおりの大騒動が起こっていた。学校は、キャピュレット家とモンタギュー家、あるいはビザンツ帝国の青組と緑組を想わせるような、党派感情の衝突で両軍に分かれていた。監督派という表面の下で、私たちの学校はひどく党派的で荒れ狂っていた。五月祭の女王を選ぶ選挙期間には、ミロとクロディウスをして顔色なからしめるようなスキャンダルが毎年起こった。今やカーテンコールまたカーテンコールとなり、八年生のおかげで、カティリーナが羽根飾りの付いた兜を支持者たちに向かって振ると、キケローへの拍手を上回るような拍手の大波が起こった。女生徒たちは泣いていたし、年配の医者や弁護士は舞台に駆けつけて主役二人とガウリー先生を祝福し、本当に観に来てよかったと目を潤ませて宣うのだった。この学園で上演された劇のなかで最高だったとの評判だった。実のところ、観客がそれほど熱狂したことに、キャストはすっかり驚かされた。押し寄せてくる市民たちの頭ごしに、私たちの隈取りした目と目がお互いに疑問を交わし合っていた。体育館でのこの粉挽き小屋の中のような場面は、舞台の上の私たちにとっては見慣れない、ほとんど辺境的性質のもので、まるで三十年か四十年前に、アラスカかヴァージニアシティの古い歌劇場で起こっているようだった。計算外だったのは、教育的なものが中年西部人の心にかける魔法だ。ビジネススーツ姿のこうした男たちにとって、ガウリー先生の化石化した劇には、化石の森や巨大なナマケモノの足跡のような、本物が持つ素晴らしい調べがあった。そして、おめでとうの言葉に対してこわばったまま頭を上下させ、きつい輪ゴムのような笑みが入歯を縁取っているガウリー先生本人も、それなりに驚くべき人物だった。真正の大英帝国の産物で、ヴィクトリアまで汽船で旅行したときにおみやげに持って帰る、質素なウールのスカーフみたいなものだ。

私たちの学校はそうした輸入品や遺品を名物にしていた。「マダム」と呼ばれる太って年老いたオーストラリア人もいたし、もちろんフランス人にスイス人、監督派の牧師の未亡人、長身の女優、ヴァージニア州出身の淑女二人、美しい金髪の女神のようで、鼻はヴァイキングの船の舳先のように反り返っている英国人女性もいたが、あの夜、ひとたびカーテンがぐるぐる巻きにされてしまうと、腕を組み合わせ、無感情でどこか遠くを見ているような目つきをしながら立ったまま、どんなお世辞も相手にせず、軽く会釈するだけで、舞台装置が取り除かれ衣裳が順に積み重ねられるのを見守っていた。「マルクス・トゥッリウス」の作者ほど、私たちにとって畏れ多いほど外国的だった人物はいない。ガウリー先生の頭の中には、どんな瞬間であれ、終わったときに警告の鐘を鳴らすビッグ・ベンが入っているのである。キケローと私は、お褒めの言葉をもらえると思って寄っていったのに、まあまあ良かったという意味でぼんやりうなずいてもらっただけで、早くベッドに行きなさいと説教された。私たちが成り切っている歴史上の人物を、舞台の書き割りの景色みたいに、早く取り壊してしまえと言うのだ。私の「あざやか」な解釈は、どうやらなんのコメントもなしで無視されるらしい。カティリーナの束の間の勝利は、たとえ先生が意識していたとしても、古典の永続的勝利に、兵士のように整列した奪格に、そして法の支配にすでに吸収されていた。成功がガウリー先生の心を溶かすだろうと思うのは誤り――アメリカ的な誤り――である。そんなことができるのは仕事しかない、と私はわかっていてもおかしくはなかった。それでも、予行演習の終わり近くになって、何かが、かすかに酸っぱいあたたかさが、私たち全員に向かって発散されていたことを、私は誓ってもいい。ちょうど先生がこちらに屈み込み、スティックで顔のメイクをしてくれるときに感じる、あたたかい息のような。

私はガウリー先生を発見したのは自分だと思っていた。この神学校の普通の子だと、ラテン語を取るのは、東部の大学入試で「必修」だからとか、両親に取れと言われたからではないかぎり、気取っていると思われた。先生の寒い教室に入っていくと、居眠りを未然に防ぐために窓がずっと開けてあって、思わずおいおいと言いたくなる。ガウリー先生自身は、冬も秋も春も、薄い胸の上にボタンで留めた、海老茶色のカーディガンを着ていて、窓のそばに座っている生徒はその年の大半をコートの中で縮こまって過ごした。もし訳が下手だったら、窓はさらに大きく開けられることになる。先端に鉤爪が付いた長い棒は、先生の個性の一部だと思えてくるようになった。聖ヨセフが手にしている牧杖のようなものだ。そしてしもやけだらけの性格には、奇妙な、生の、こわばった神経過敏さがあった。外国から来た未婚の中年女性の常で、先生は名指しされることを極度に恐れていた。声をひそめて話される言葉は自分のことを言っているのだと思い、まるで桑の実のように顔を暗く赤らめるのだ。不正確な訳には口うるさいし、こちらが図々しく手を挙げていても、朗読をさせてもいいほどちゃんと勉強してきたかどうかは、毛細血管に聞けばわかるらしい。そしてこちらが予習をしてきたときには、有無を言わさず朗読を途中でやめさせるのである。

このとき、先生は三十八歳か四十歳くらいだったはずだ。ガートンとエジンバラを卒業し、おそらくカナダを経由して、太平洋岸北西部にあるこの小さな教会の寄宿学校にやってきた。間違いなくどこか、大英帝国の入植地で、教えたことがある。合衆国に滞在するのはこれが初めてで、スコットランド生まれであることを負い目だと思っていた。間違えるのを負い目だと思っていたのと同じである。わかった範囲で言えば、ちょうど訳すときに私たちが間違えるのをものがまったくなく、完全にお国柄だけでできていた（節約、ユーモアのない重労働、食べるのはポリッジ、飲むのは紅茶）。まるで見本市や博覧会に出てくる、その国特有の衣裳を着た木彫りの人形みたいなものだ。そして外見も、人類学の教科書に出てくる挿絵のようだった。とても肌が浅黒くて、褐色の肌に、茶色っぽい黒色をした目、きらきらした、まっすぐな黒髪、丸い頭で、そこに髪がつむじを巻いている。顔も丸く、頬骨はエスキモーかピグミーみたいだ。背は高く、関節が硬くて奇妙にぎこちない動き方をする。要するに、今の私にはわかるように、スコットランド高地の北部に今なお生き残るケルティベリア人か、もしかするとピクト人の血筋に属していたのであり、私たちが先生に見つけた外国人らしさとは、有史前のブリテン諸島には非アーリア系の先住民が住んでいたとする学説の証拠だったのかもしれない。古代ローマの文筆家たちに知られていた、この先住民の子孫は小柄で、肌の浅黒い人間であり、錫の職人だった。先生の顔や手、首はほとんど不自然なくらいに清潔で、赤い唇を引くと真っ白な入歯が現れる。子供の頃は貧しかったというこのきらめくしるしを、私たちは神聖化のしるしとして受け取り、恐れおののいた。修道僧の脱毛部のようなものだ。

戸外で先生が着ていたのは、とても古いが本物のアザラシ革のコートで、髪の毛と同じ色で同じ手触りだ。時代遅れの裁ち方からして、母親から受け継いだか、ひょっとすると、細長くて平らな黒の靴と同じで、祖母からのもののように思える。しゃべり方は奇妙にはっきりしている。ケンブリッジの訛りがあるが、どの音節も簡潔に切って発音されるので、英語がまるで若いときに音声学で学んだかけがえのない外国語みたいだ。ラテン語を話すときにはその効果が強調される。歯をカチカチ鳴らすので、ときどき窓から入ってくる隙間風が歯の間を抜けて音を立てているようだ。

先生の話によれば、暗黒時代を通してスコットランドが古典学習の中心であったのは、誇りにするところだという。先生の消化具合そのものが、スコットランドの文士や思想家の暗い歴史を呼び覚ました。英語の時間に学んだカーライルや、カーライルの妻と同じで、先生は消化不良を患っていた。褐色の肌も黄色い色合いを帯びることがときどきあり、学校の昼食の後ではよくゲップに悩まされた。

それでも先生は不愉快な人物ではなかった。学校側も、おそらく先生には悪気がないと認めていた。ただ、先生は校則というものをわかっていなかった。校長は恰幅がよく、老女城主のような偏見の持ち主だった。万年筆が禁止なのは、女生徒がインクを出そうとペンを振って、それで壁や床に染みがつくからだ。果物以外の食べ物は部屋に持ち込み禁止で、給食をちゃんと食べさせるために、食事と食事のあいだの、散歩や買い物の時間に間食をするのも禁止だった。手紙のやりとりを許されるのは一人につき十人で、そのリストには家族の署名が要り、他の誰からも手紙を受け取ることはできない。郵便で受け取った小包はすべて検閲の対象になる。ただ、こうした校則はどれも実際には守られず、それを強要したのはガウリー先生だけだった。校則の多くは芸術的な目的で、つまり形式のために存在しているという暗黙の了解があり、これは校長ですらわかっていたと思う。校則は学校に品を与えるのだ。お菓子やクッキーや現代小説やラブレターが、許可の下りていない個人から郵便で流れ込んでくる。検閲はおざなり。万年筆は大流行り。私たちが散歩で最初に立ち寄るのは、角にある昼食屋で、誰もが知ってのとおり、そこの主な収入源は神学校である。土曜の朝の買い物や土曜の夜の映画行きは、遠い昔からのしきたりで、繁華街にある「プッスンブーツ」か「グリーンランターン」で締めくくることに決まっていて、女の子たちはお目付け役に最新の変わったアイスクリームをご馳走するのである。金曜の午後と土曜の朝に乗馬を学ぶグループは、半ズボンに煙草を突っ込んで、乗馬学校に車でお目付け役と一緒に行く。そのお目付け役も、このときとばかりに、乗馬教師の妻と一緒に、こっそり煙草を吸う。そして幹線道路にあるバーベキューの店で、全員がハンバーガーを注文するのがお決まりなのだ。日曜の午後に「家族が指定した人物」と外出するときには、たいてい指定されていない男性がお相手で、帰ってきたときには吐く息が酒臭い。記帳して入れてくれる副校長は、できるだけ近づきすぎないように気を使い、私がいた時期には、ときどきジンの臭いをぷんぷんさせていたはずなのに、飲酒で報告された生徒は一人もいなかった。日曜に繁華街で、私たちが「兄弟」や「いとこ」と一緒にいるところにばったり出くわすと、あわてて別方向に進路を変える。ただ一人、報告するのが義務と心得ているガウリー先生だけは別だった。

若い教師はためいきをつき、女生徒は頭を叩き、困った校長は涙を流して校則違反者を膝の上に乗せる。厳しくはあっても物わかりのいい校長は、思い切った罰を科すのが嫌いだ。そんなことをすればなめらかな学校運営に差し支える。優秀な生徒の場合だと、ふつう校長はただの悔い改めで満足する。賢い子だったら、大泣きに泣けば無罪放免だ。その一方で、頑なで途方に暮れた哀れなガウリー先生は独自の道を行き、なんとか正しい道に戻そうとする親切な同僚が、おずおずとヒントを与えてくれても耳を貸そうとしない。全校遠足でお目付け役としていちばん最後に選ばれるのは決まって先生だし、先生が当たった評判の良くないグループは新たな哀れみの目で見られる。喫煙、飲食、内輪のジョークは禁止だ。毎年行われる学校のピクニックでは、先生の乗るボートがいちばん最後に岸壁から押し出されるボートで、そこに乗った三人組は浮かない顔をして、オールを操る男性の向かい側に背筋を伸ばして座っている先生は、遠足用の明るい笑みを口元にしっかりと留め付けている。食卓に関する校則の「会誰分」（会話は誰にも分かるように）は、水面を漂っているときでもガウリー先生の浮き輪であり、校長の目が届かない、日陰になっている素敵な小さい入江には決してボートを近づかせない。そこではしだれ柳の枝に飛びついたり、浅瀬でバシャバシャ遊ぶという案を持ち出せるのに。それが悲しい話なのは、先生の人となりを知ってしまえば、先生がとても単純な人で、一種の萎縮症にかかっているだけで、遠出が好きで健康な遊びと思うものも大好きだということがわかるからである。ただ先生は、遠出というものが、アメリカではまず大量無断欠席だという考え方をさっぱりつかめていない。女の子だけのパーティだったら、どんなものであれ、ガウリー先生がまず頭を悩ませることは、公認という考えを打ち立てることである。せっかくの日にお邪魔虫になろうとするのは変人でないとできないが、先生は哀れを催すような、思い切った決意で、その痛々しい状況に立ち向かおうとする。残酷な釣り針に飛びつく鱒のようなものだ。

咳と、右手の人差指に煙草のヤニがついているところから、先生がヘビースモーカーだと知れたが、乗馬教師の妻から聞いた話では、ガウリー先生は学園の近くだと煙草をすすめてもいらないと言うし、他の教師もやっているという話を聞くと、それはいけませんと言わんばかりに目をぱちくりさせたという。こうした良心が目を光らせているようなところは、先生が贔屓している生徒たちの上にものしかかっていた。ガウリー先生の寵愛を得ているとわかるのは、学校の指導要録で名前の反対側に彼女がしっかりとつけている素行不良のしるしだった。実際のところ、先生はあらゆる点で古代ローマ風の克己主義者であり、プリニウスに出てくるあの夫人、恐るべきアッリアを想起させる。この夫人は、夫に自殺する勇気を出させようと、短剣を自分の胸に突き刺して、「ほら、痛くないわよ、パエトゥス」と言いながら引き抜き、夫に渡したという。

そもそも、私がガウリー先生を「好く」ことに決めたのは、きっと変人の気まぐれのせいだった。そしてあの年、やはりラテン語を取っていたクラスの他のスターたちも、すぐさま右へ倣えした。私たちの意見では、他のみんなはガウリー先生をずっと不当に扱ってきたので、私たちが煙草を捨て、ハンバーガーを捨て、アイスクリームを捨て、映画や乗馬学校に行くときはガウリー先生にお目付け役をしてもらうと、彼女たちが驚きの目で見るのは愉快だった。乗馬学校では、なんとびっくり、暖炉とお茶であたたまったのか、先生と同じような良家の出で流浪の民である、内気な英文学専攻と、そこを経営する妻に対して、先生は多少打ち解けたのである。乗馬の練習を一時間した後で、私たちが小さな居間にどかどかと入っていったら、会話が途切れた様子から、ガウリー先生が英文学専攻の妻に打ち明け話をしていたことが看て取れたのだ。そこで私たちはよしなしごとを考えた。ガウリー先生を世の中に引っ張り出して、丸い顔がばつの悪い喜びで輝くところを見たいと心に決めたのである。それと同時に、私たちがずっと正しく、これまで主張してきたように、ガウリー先生の奥には「もう一人」のガウリー先生がいることを、学校中に見せたかった。そしてこのもう一人のガウリー先生をちゃんとした設定で示すために、私たちは活動休止状態のラテン語クラブを復活させ、役員を選挙で決め、一年目や二年目の生徒をしつこく勧誘し、ガウリー先生に「マルクス・トゥッリウス」を書きはじめるよう唆したのだ。

もちろん、カティリーナのふりをする裏に、やはり「もう一人」の私がいたことは、思いもよらなかった——私がガウリー先生を発見したことは、知らず知らずのうちに、私の中の、ある不思議な景色を開陳していたのである。しかし、最終年次の早いうちに、予見できないことが起こった。その前の年までラテン語を始めていなかった私は、大学入学資格を満たすためにカエサルを個人指導してもらい、それと同時に授業ではキケローを取っていた。そのまさしく初日に、彼女のデスクで『戦記』を間にはさんで向かい合い、ガリアがどういう地域に分かれているかを学んでいたとき、とんでもないことが起こった。私はカエサルに恋をしてしまったのだ！　その気持ちはさっぱりわけのわからないものだった。以前熱をあげたものは、すべて私の意志の産物であり、個人的な慣習でできたもの、言い換えれば私自身を投影したもので、つまりはカティリーナがそうだった。ところが今度は、外から来たものが私を虜にしたのだ。カエサルがこんなものだとは、まったく思ってもいなかった。

たぶん、他の文筆家でもこういうことが起こったのかもしれない——たとえば、トゥキディデスとか。もしアニー・ライトでギリシャ語の授業があったらの話だが。今日でも、「アテナイのトゥキディデスはペロポネソスとアテナイとの間に起こった戦争の歴史を記述した」という文章を読むと、私は同じ心の震えを感じる。しかし、たまたま、非個人的なリアリティが初めて胸に迫ったのは、キケローを通してだった。公明正大で、言葉数が少なく、厳格で、度量があり、私情にとらわれない――「私」ではなく「カエサル」と書く、帝国の手先たる禿頭の士。その文法そのものが、それを秩序づける客観的な気質によって、私にとっては列福され、そのために今日では、絶対奪格や間接話法の一節を見るだけでも、幸せの涙が目にあふれずにはいられない。カエサルが名文家だと言うと、古典学者の友達は笑うが、とにかく私はそう思うのだ。『ガリア戦記』を歴史家が単なる行軍記録だとみなしていることは知っているが、それでも心の奥底では私はそれを信じていない。二千年も隔たっているのに、ゲルゴウィアやブリタンニアで「本当」は何が起こったかを語るふりをする批評家がいると思うと、オリュンポス的な高笑いがあふれてくる。私にはカエサルの言葉で充分だ。カエサルは自分の残虐行為をやわらげて書いてはいないし、敵の名前を汚してもいない。

数日もあれば、ガウリー先生もこの情熱を共有していることを看て取るには充分だった。同一人物を愛する者が二人いたとしたら、二人は決まってお互いを見つけ合うものである。そしてまさしく恋人どうしのように、私たちはよく愛する人の美点を語り合い、信じられない喜びを共にしたものだった。学生たちが何世紀ものあいだ呪ってきた、レーヌス川に架かっているあの橋を、これが好きだと私たちはお互いに言い合った。防御工事も好きだし、軍団の巧みな工事技術も好きだった。とりわけ、実生活を熟知していて、どんなことでもどうやればできるのか、どんな不利があるのかをいつも語ろうとする、巧妙な探偵小説に出てくるような、あの頭脳の持ち主が好きだった。『戦記』を支配する正義の精神や科学的探究心が好きだったし、地理学者のような好奇心と、ローマ人が使う、鎌を取り付けた長い竿でウェネティー族の軍船のロープを引っ掛けた例に見られるように、己の技術を研究することで敵を出し抜いたローマ人の適応力も好きだった。

そして、真実の愛にはよくあるように、乗り越えるべき障害があり、それが私よりも良心的なガウリー先生に困難をもたらした。何年も、先生の想像力は紀元前五八年から五一年までという歴史の狭い範囲に縛りつけられていたし、道義をわきまえる能力もその時期に重苦しく集中して注がれてきた。それはこの容赦のない歴史の流れに、略奪と殺戮を繰り返しながら、軍勢が北へ向けて進軍していくことに、なんらかの正当性を求めようとしたものだった。ガウリー先生は、結局のところ、私と同じでケルト人だったのであり、直解主義的な精神にとって、髭を生やした古代のガリア人は同族なのだった。ガリアの制圧が先生をいらだたせた。デスクで私の横に座り、平たい靴を履いた足をまっすぐ床につけた先生は、戦争がスイス人、ゲルマーニア人、ベルガエ人からガリアの反乱分子へと移っていくと、気がかりそうに額に皺を寄せるのだった。第七巻の大蜂起に近づいていくと、先生は少しずつ、これから起こる痛ましいことに対して私に心の準備をさせはじめた。まるで家族に起こった離婚や死のニュースを、これから打ち明ける伯母のようなものだった。

先生にとって、この蜂起は悲劇であり、それをカエサルは予感して、ぎりぎりまでなんとか回避しようとしていた。戦争のない吸収も可能だったかもしれないのに、高度な文明が崩壊し、大勢の死傷者も伴ったという意味で悲劇であるばかりではなく、その中で高貴なる人物が塵に帰したという意味でも悲劇なのである。私が言っているのはアルウェルニー族のウェルキンゲトリクスのことだ。もしカエサルがガウリー先生の師だとすれば、この若いローマに降った貴人、「最高の権勢を誇る青年」こそ、先生の理想だった。カエサルが彼に寄せる称賛の辞や、カエサルが彼のことを「友」と呼んでいる点について、先生はいくら語っても飽きることがなかった。ガリア人の最後の大陰謀を指揮した彼のふるまいが、征服者に決して非難されなかったという点は、先生にとって大きな意味を持っていた。もし彼のような立場だったら、きっとカエサルも同じことをしていたはずだわ、とガウリー先生は興奮して言い放った。カエサル本人も、こう言っていないかしら。「そうは言っても、どんな人間も生まれつき自由を求め、隷属を嫌うものではないか？」私たちの心の中では、カエサルは彼に対して男らしい愛情を抱いていたはずだった。そして、あらゆる敵将のなかでも最も武勇に長け、ゲルゴウィアではローマ軍に勝利したこの若いガリア人が、飢えに苦しむ城市アレシアから馬で丘を下り、人民を死から救うために騎士らしく投降する姿を見て、きっとカエサルの心は痛んだに違いないと私たちは思った。彼がそこで待っているなか、プルタルコスが記述しているように、ハンサムなアルウェルニー人が馬を降り、ゆっくりと彼の足元に座り込んだとき、カエサルの大理石のような目が潤むのを私たちは見た。それでも、六年後、ウェルキンゲトリクスはローマの牢獄から連れ出され、カエサルの凱旋式で引き回され、そして処刑されたのだった……。

カエサルのこの行為は許しがたい。とりわけ、ガウリー先生が歯をカチカチと鳴らし、小刻みに首を振りながら、このくだりを語るときはそうだった。先生の話では、ウェルキンゲトリクスは、若さと寛大さをみなぎらせ、アレシアの丘を下りてきたときに乗っていたのと同じ黒馬に、凱旋式のときも乗っていたという——その馬も、この機会のために取っておかれ、やせ衰えた駄馬となって、この惨めな囚人を嘲笑するために連れ出されたのだった。これはガウリー先生の病んだ想像力がときおり作り出す、奇妙な小説風のタッチの一つだった。歴史には馬などまったく登場せず、従ってみごとな物語を締めくくるアイロニーの残酷な一刷毛もない。

しかしながら、ガウリー先生の目から見れば、咎（とが）はカエサルにあるのではなく、悪いガリア人にあった。先生が練り上げたガリア制圧の典型的な外務省公式見解では、住民が二つの範疇に分かれている。つまり、善いガリア人と悪いガリア人である。たえず騙しつづけて、カエサルの任務を困難で骨の折れるものにしたのは、悪いガリア人だ。そしてその同じ、悪いガリア人が、ウェルキンゲトリクスを陥落させ、凱旋式の責を負うのである。ウェルキンゲトリクスがこの二つの範疇から逃れるのは、女王陛下の野党のように、高潔な敵だからである。善きガリア人の例は、一般的に言って、ハエドゥイー族のディウィキアークスなる人物で、悪いガリア人の例はその弟ドゥムノリクスである。

実際には『戦記』では脇役にすぎないこの二人のハエドゥイー人こそ、ガウリー先生にとっては、絵柄のまさしく中心を占めていた。そして私自身が記憶しているガリア戦争でも、二人の存在は支配的だ。ディウィキアークスは、ドルイデスで、カエサルの友にして、ハエドゥイー族の中心的な政治家であり、謹厳かつ思慮深い高潔の士で、ローマに旅してキケローと一夜を過ごしたことがあるが、この人物がガウリー先生の特別な称賛を得ていた。彼はローマ化した地方である南部の精神を体現していた。口に出した誓約は守ることができたし、カエサルにとっては北方の侵略者の南下を最初に警告する丘の上の狼煙（のろし）だった。ガウリー先生と私にとっては、ラテン語化したたよりになる名前を持つディウィキアークスのことを思い、友が不思議にも敵になり、北方で明け方にローマ軍が喫した敗北が南方では日暮れか一更の終わりに祝われるような、あの騒々しく信頼の置けないガリアで、カエサルが孤立無援ではなかったと思うと、つねに慰めになった。カエサルにはもちろんクィントゥス・キケローがいたし、補佐官のラビエーヌスもいたが、クィントゥスは哀れなマルクス・トゥッリウスに似て不安定で、しっかりしたラビエーヌスは内戦のときにポンペイウスになびくことになるし、人格も粗野で下卑ていて、カエサルの友にふさわしい品位と威厳にまったく欠けていた、というのが私たちの意見だった。ディウィキアークスはカエサルにとって「誰よりも強い好意、秀でた忠誠心、正義感、節度」の持ち主で、ローマの人々にとっては「誰よりも強い熱意」の持ち主だったことを、歯で口笛を鳴らしながら、断固としてガウリー先生は強調した。

正義感、好意、節度、そして秀でた忠誠心――どうしてこういう美徳を表す実名詞が神学校のカティリーナの心を動かしたのだろうか？　当時、私は我が砦に突破口が開けられ、法と秩序が町を平定する一方で、反乱軍の旗がいまだに塁壁に翻っているのを、崇高にも意識していなかった。ガウリー先生の中間試験を受けたとき、「ハエドゥイー族の兄弟を比較対照しなさい」という質問に対して、私はハエドゥイー族内部における政治状況を述べた。これはガウリー先生を大いに喜ばせたが、偏らない歴史家であるカエサルなら、じろりと横目で見ただろう。「よくできました！」とガウリー先生は、不実なドゥムノリクスをアメリカインディアンの最悪の特質を具現化した人物として描写している文章の反対側に書いた。もし古代ローマの議会でつねにディウィキアークスの声が深刻で警告するように響いたとすれば、あらゆる陰謀、あらゆる背信行為、あらゆる困難のその奥底には、つねにドゥムノリクスの狡猾な手が見出せた。ハエドゥイー族が約束した穀物量を供給できないとすれば、その背後にいるのはドゥムノリクスだった。セークアニー族がヘルウェーティイー族に自由な領土通過を認めてやったとすれば、それはヘルウェーティイー族の首長であるオルゲトリクスの娘を娶ったドゥムノリクスに唆されたからである。ドゥムノリクスのまるで蛮人のような策謀の跡は、いたるところにあった。彼は一族の婚礼を取り仕切るのが得意で、こちらでは腹違いの妹を嫁がせたかと思うと、あちらでは姪を嫁がせ、あろうことか、自分の母親をビトゥリゲス族の首長の嫁に出した。カエサルは「兄のディウィキアークスに対する愛情のために」つねに彼を許したが、とうとうドゥムノリクスは度を越してしまった。ブリタンニア第二回侵略の前夜、彼はハエドゥイー族の騎兵部隊と一緒に逃げ出してしまい、カエサルは騎兵を送って彼を追わせ、もし抵抗したら殺してしまえと命じた。「ドゥムノリクスの死は皮肉である」と私は書いた（英語の授業でアイロニーを習っていたのだ)。「なぜなら、気まぐれな男は死ぬときに、部下に向かって、忠誠を誓えと命じるからである」「とてもよくできました！」とガウリー先生はコメントした。しかしそれでも、ドゥムノリクスは、自分は自由であり、自由な部族に属する者だと叫びながら死んだのだった——*“saepe clamitans liberum se liberaeque esse civitatis”*

後になって、追いつめられた者の叫びが、私の頭の中で非難するようにこだましてきた。とりわけ近年の戦争時に、それが他のガリア人や、愛国者や、征服者に忠誠を誓わなかったレジスタンスの指導者の叫びと重なって聞こえたのである。私は「善人」ディウィキアークスを祖型的な売国奴と見て、私を誤った方向へ導いたかつてのラテン語教師に対して、この上なく激しい腹立ちを覚えた。今日、私は物事をもっと「バランスが取れた」見方で見ているので、ガウリー先生の観点にも多少の値打ちを見出すようになった。私たちの世界にも、民主主義を遵奉していますからご安心くださいと言う、打算的なディウィキアークスたちがいる。パクス・ロマーナ（もちろん、民主主義下の）はふたたび美点を持っているように見え、私たちは正義や、節制、それにこの上ない忠節が有意義だと思うようになった。たとえカエサルが帝国主義を生み出したとしても、彼は流血を嫌っていた。命じてもいないのに斬られたポンペイウスの首が運び込まれたとき、彼は身体を震わせてわっと泣き出したという。そしてガリア戦争においては、彼がいかに寛大であったかという記録を損なうような残虐行為はわずかに三度しかなく、これは現代の標準から見れば微々たるものである。二人の首長を鞭打って殺したことと、ウックセロドゥーヌムを守ろうとした者たちの手を斬り落としたことだ。カエサル万歳！

ただ、一つだけ、今となってはたしかだと思うことがある。それはあの長くてうんざりする演説でキケローが言ったとおり、カティリーナが悪漢でならず者だということだ。私もあの夜、体育館で、すでにそのことを知っていたはずだ。不思議なのは、不気味にも、ガウリー先生が私の共謀者であり、私はそれにまったく気づいていなかったということ、そしてあの年、私たちの好みがたえず入れ替わったということ。まるでドイツ製の時計に入っている、天候を表す、二つの小さな木彫りの人形みたいなもので、気圧に応じて、片方が前に出ればもう片方が仕掛けの中に引っ込む。ここでふと思い出すのは、私の衣裳の一つ一つが、奇妙に骨を折ったものだったということだ。炎色のインディアンヘッドには金のステンシル模様を入れて、軍服の外套を歴史が許容するよりもはるかに豪華に仕上げたのに対して、共和政の将軍たちの衣裳は、舞台用の貸衣裳屋から派手な安物をまとめて借りた。私自身も驚いたことを、今思い出すのだが、それは学者ぶったガウリー先生が、私ですら間違っていると思うような衣裳を、私によく着させてくれたものだという驚きだ。そしてさらに思い出すのは、専門家しか使わない、最高に素敵な白の仔牛革のバレエシューズを買い、朱色に染めて私の大官靴（最高の行政官が履く赤い革製の靴）を作り、そこにガウリー先生が手ずから赤いテープを交差させてふくらはぎまで縛りつけたのだ。それを許された役者は私だけだった。キケローですらサンダル履きだったのである。カティリーナが着用したものはどれも最高のものでいちばん値段が高かった。彼はまるで太古の宗教的な祭りに出てくる像のように着飾っていた――七年生や八年生が拍手喝采したのも不思議ではない。

ガウリー先生の背が高くて、こわばった、ぎこちない動作をする、人形のような体型を召喚し、丸い頭が機械のように回転して、じっとこちらを見る目が短く瞬くのを思い出しさえすれば、そこには単調な任務の遂行に調子を合わせた、病気の軽い兆候がありそうだと気がつく。その一方で、内に引きこもった「現実」の患者は、極彩色のファンタジーや象徴の世界で生きているのである。

私の子供じみた反抗性や、扇動家のような虚栄心は、ガウリー先生の絶対主義的な世界の夢を実現する道具として使われたのではないか、という気がふとする。それはちょうど、現実のカティリーナの中で成熟したそのような特質が、カエサルの道具になったのと同じことではないか。当時はほとんど問題ではなかったが、今の私には、きらびやかな衣裳を着たカティリーナが殺人者であり、己の義弟を刃にかけ、ある男を拷問で死に至らしめた、という思いを頭から追い払うことはできない。

いずれにせよ、ガウリー先生が長老派教会的な良心で「マルクス・トゥッリウス」を悔やんでいたことは間違いない。劇から数日経って、先生は私を小さな校則違反で校長に言いつけた。次にはカエサルが報告され、それからキケローが同じ目に遭った。試験の週までには、古代ローマ共和政の指導者たちがほぼ全員死刑の宣告を受けた。教室の中では、先生は変わることがなく、辛抱強く、無味乾燥でぶっきらぼうではありながらも親切ですらあった。しかし宿舎では、あの奇怪な分身である、先生の義務が、まるで邪悪な精霊のように、すっかり取り憑いたみたいだった。先生の引き出しの中は押収した万年筆だらけになった。入浴のスケジュールを厳しくして、もしぐずぐずしているとドアを叩いた。消灯後もまだおしゃべりしている声に耳をすまして、徹夜すれすれまで起きているようだった。

しかし私にも義務がある、というか、そう思っていた——きちんとした、ありきたりの形で卒業することなんかしないために、校則を破って、提示された危ない橋をぜんぶ渡るという義務だ。そして春が初夏になり、学校の最終週が近づいてくると、この二つの対立する義務が、まるで同じ線路を走る二本の列車のように、お互いに向かって進路を変えようもなく突進しつつあるような気がした。事件が起こったのは六月のある晩のこと。私が男の子と会ってきて、帰り道に体育館の窓から入ろうとしたところを、先生が目撃したのだ。私たちは相手が誰だか知って悲しい思いになりながら、互いにじっと見つめ合った。ガウリー先生は茶色のバスローブ姿、私は露で濡れた制服姿である。先生は不眠症だった。音を聞きつけて、誰かが水泳プールに忍び込もうとしていると考えたらしい。私のしでかしたことは、校長が重大だと考える唯一の犯罪であることを、どちらもわかっていた。ガウリー先生はどこに行っていたのかとたずねもせずに、私を部屋に行かせた。先生が朝にこの件を報告するのかどうか、私は考えて眠れなかった。学校生活は終わったも同然だが、だからと言ってガウリー先生が思いとどまるとは思えない。もし報告すれば、私はおしまいだ、と思った。直接に非難されて嘘をつくのは、私の倫理規定に反するからだ。

　翌日、昼食後に、校長室に呼び出された。ガウリー先生が報告したのだ。最初の数分間のやりとりで、私が何をしていたのか校長は質問しなかったので、やむをえず嘘をつけば卒業できるとわかった。私はクラスで一番だったし、学校の方も、どうやら、私が大学入試に合格することを当てにしていたらしい。私たちはお互いをじっくりと値踏みした。どちらも状況を理解していて、嘘をついてほしいと私がたのまれていることもわかっていた。それは私と学校のためだけではなく、学校の最終週に夜バスローブ姿でうろつきまわるなんて、もう少し物の道理をわきまえるべきだった、哀れな心得違いのガウリー先生のためでもあった。私は権力意識と、カエサルみたいな寛大な気持ちでいっぱいになった。ここは言葉を濁すことにしよう。それは自分勝手な理由からではなく、共同体のためを思ってのことだ。責任ある大人のように。私はためらって、校長の信用をひどく落とさないような言葉を探した。「煙草を吸いに、外に出たんです」とようやく私は言ってみた。これはともかくも実際に煙草を吸ったという意味では真実だった。校長はためいきをついて、この強引な申し開きを受け入れた。あっというまに、私は校長の膝の上に乗せられ、私たちは一緒に泣いていた。それは主に安堵の涙だったが、部分的には、子供時代に別れを告げる涙だと私は感じた。私は突然、校長本人みたいに、歳を取って疲れたような気がした。数日後、私たちの学年は卒業し、古いシルクのプリント地のドレスを着たガウリー先生が、傷ついたような、不思議そうな表情を浮かべながら参列席で見守るなか、白い学帽とガウン姿で勝ち誇ったような挨拶や別れの言葉を口にする私たちは、新しい真珠の飾りや腕時計やペンダントを着け、親戚やファンから贈られた薔薇や百合の花籠に囲まれていたのだった。

ガウリー先生は学校に戻らなかった。先生を見かけたのは一度だけ——その夏、大学入試が終わってから、シアトルにあるデパートの喫茶室へ昼食に誘ったのだ。それは奇妙で、空虚な出会いだった。先生は私が卒業できたことになんの恨みも持っていなかったが、勉強と規律という共通の背景がなくなってしまうと、今では私に対して言うことをなにも持っていなかった。私が煙草を吸い、現代文学や大学の話をこれみよがしにしゃべり、神学校の噂話をしようとすると、先生は困惑したように私を驚いた目で見た。私はカエサルを持って来ていて、ガウリー先生の要求で、大学入試で提出した翻訳を一緒に点検した。期待したほどにはよくできていなかった。先生はシアトルで流行っていた「フランジ」というパリパリしたデザートを食べ、少し消化不良を起こした。私がどうやって与えればいいのかわからない何かをほしがっているらしい、この不思議な人物に対して、罪悪感と退屈さと、どうしようもない裏切りの念でいっぱいになり、私はわけがわからなくなって、カエサルを食卓に置き忘れてしまった。しかし、たとえ店を出るときにガウリー先生がそれを目にしたとしても、先生はなにも言わずに、そっけなくカナダへ、そして帝国へと戻っていった。後でデパートの遺失物係にその本のことを問い合わせてみたら、届いていないとのことだった。ラテン語文法書は別にして、私たちが知り合った記念の品として残っていた唯一の物は、とても上等な仔牛革のバレエシューズで、十五年間クローゼットの中にしまってある。

＊

ここには半分小説風のタッチがいくつかある。たとえば、中間試験。ハエドゥイー族の兄弟を比較対照せよという問題が出たのかどうかもわからないし、「ドゥムノリクスの死は皮肉である。なぜなら、気まぐれな男は死ぬときに、部下に向かって、忠誠を誓えと命じるからである」と答案に書いたかどうかもわからない。ただ、これはいかにもガウリー先生が出しそうな問題だし、私が書いてもおかしくない答案である。その学期のいつかに、ハエドゥイー族の兄弟を比較対照せよと問われたことはたしかだ。ドゥムノリクスがアメリカインディアンみたいだという考え方はずっと後になってからのもので、たまたまポンティアックの蜂起の話を読んでいたときに思いついた。このインディアンの酋長には兄がいて、それがただちにディウィキアークスを想起させたのである。この二人のガリア人が私の頭の中でイガのようにくっついていたのはたしかだ。あるとき、戦時中に浮かんだ長篇小説のアイデアは、どちらに忠誠を立てるかという問題をテーマにした、歴史に題材を取る物語が合間に二つ挟み込まれるというものだった。その一つはこの兄弟の話で、もう一つはパーネルの話になるはずだった。

ガウリー先生は実際に贔屓している生徒の校則違反を報告していた。私は喫煙で報告されたが、それが「マルクス・トゥッリウス」の翌日だったとは思わない。これは「ストーリーテリング」の例である。実際の出来事から「よくできた話」を作ろうとして、それを並べ替えたのだ。小説を書くのが習慣になると、この誘惑に打ち勝つのは難しい。ほとんど自動的にそうしてしまうのである。

春のある夜、卒業式の直前に、男の子と会ってから体育館に入ってくるところを見つかった。目撃したのはガウリー先生だと思うが、自信はない。そう思うこともときどきあるし、違う人だったと思うこともときどきある。ただ出来事の順序はもっとはっきり憶えている。私が何をしていたかについて、言葉を濁すように校長が誘導したのはたしかだ。校長は泣き上手で、私が卒業したときもまた泣いて、私のことを「いとこのメアリー」と呼び（名前が私の祖父と同じプレストンで、一緒に家系図を作ったこともある）、私がきっと学園の「誇り」になると予言してくれた。私ももらい泣きして、こうして一緒に涙を流したせいで、ずっと模範生だったような気になった。

そうは言っても、もし真実が明らかになったら、ミス・プレストンは私を退学処分にせざるをえなかっただろう。というのも、私が学園の裏にある森で会っていた男の子は、妙な人間で、非行少年だったからだ。彼は狩猟で事故に遭って片足をなくし、それから不良になった。彼の妹は、たしか、学園の通学生だったので、彼のことは校長によく知られていた。実際のところ、私たちの逢引きは無邪気なものだった。煙草を吸ったりおしゃべりしただけだったが、誰もそんなことを証言してくれない。私はそれを自分でもう少し黒く塗ろうとして、学習室で彼に捧げる詩を書いた。そこにはスウィンバーンやエドナ・ミレー、それにもしかするとダウスンの影響が認められる。私はその最初の数行をまだ暗唱できる。

わたしが愛した、もう二度と会えないひとよ、これがあなたにとって最後のすてきな別れにしてほしい。
あなたはわたしには若すぎるし、危なすぎる、
わたしには美しすぎたひとよ、
今はかすかにほほえむだけで、わたしを行かせてほしい。

この詩に真実があるとすれば、それは私がこのハンサムな男の子を少し怖がっていたということだけである。私は彼の虚ろなズボンの足に心動かされたし、彼から聞いた犯罪の話の数々に魅了された。彼は少年院にいるという噂だった。実際の年齢は十七歳——私より一つ上。

このエピソードは、今じっくり考えてみると、「時計の中の人形」の二つのテーマをたしかに反映している。非行少年対成熟だ。片足の男の子は、私にとって、いわばカティリーナだった。つまり、私が嫌々ながら脱ぎ捨てつつあった、荒々しくて、反抗的な鏡像だ。私が彼と比べて歳上のように感じていた理由がそれである。ただ、詩の中で自分を歳上の女性に設定しているのは、単に悲しげな効果を出すためだった。彼の名前はレックス（王）と言って、それが私のラテン語の勉強と妙につながる。このことは当時に気づいていた。その名前が私にとって彼の魅力の一つで、私たちは小さな丘で並んで座り、松葉杖は放り投げられていて、そのあいだ不良グループの若い連中は森を巡回し、もし誰かが来たら知らせにくることになっていた。詩はインチキだが、本当でもあった。つまり「時計の中の人形」と「同じ物語を語っている」のである。

祖父は「マルクス・トゥッリウス」に熱狂した。大まじめに、今まで観たなかで最高の劇だとまで言った。弁護士が気にいるのはよくわかる。きっと、彼はキケローの味方なのだ。祖父

は立ち上がっていつまでも大きな拍手を送り、私が観客席の中に祖父の痩せた姿を見つけたとき、パターンのもう一片がぴったりと嵌った。カエサルは、もちろん、祖父なのだ。公明正大で、言葉数が少なく、厳格で、度量があり、私情にとらわれない。プレストン弁護士を記述するのに使えそうな形容詞であり、おまけに禿である。カティリーナは私のマッカーシー筋の祖先だった。私の遺伝形質にある野性の血筋で、ノヴァスコシアの沖合いで難破船荒らしをやっていたという。驚いたことに、私はカエサルと法の支配を選んだ。これでべつに、二つの対立する勢力のシーソーごっこが終わったわけではない。それどころか、それの始まりは神学校でのようやく最終学年になってからのこと、絶対奪格と厳格な倫理規定の美しさを知ったときだった。私はまさかそんなことを知るとは思ってもいなかった。それは思いがけない出会いのようなものだった。カエサルとラテン語で私の中にどっと喜びの感情があふれだしたことと、私が今でもそれを感じているという事実は、それが原因だと思う。

弟たちと私が子供時代に被った不当な扱いのせいで、私は権力に反抗するようになったが、初めて出会ったときに正義に恋するようになった、その下ごしらえもしてくれた。私は初めから祖父が好きだったが、私たちの諍い（これについて読者はまもなく読むことになる）でその感情がいささか曇り、現実世界だったら祖父と同じくらい厳格そうだが（「カエサルの妻には嫌疑がかかっていない」）、個人的に相手にする必要のない、カエサルにどっとその雨を降らせたのだった。

神学校では、主教の未亡人が担当する、聖典研究の授業があった。カトリックとして、私は新約聖書を熟知するようになっていた——カトリックが聖書を読まないというのは本当ではない。監督派の学校では、もっぱら旧約聖書を勉強させられた。耳に今でも響いている文章は、ミカ記の一節である。「主のあなたに求められることは、ただ公義をおこない、いつくしみを愛し、へりくだってあなたの神と共に歩むことではないか」ミセス・ケイターのクラスでこれを初めて聞いたとき、私は激しく感動した（たしか先生はこの言葉を黒板にも書いたはずだ）。そして新しい声を聞いたような気がした。それは真の宗教の、平易なプロテスタントの声だった。

それと同時に、私はまだ公式的にはカトリックなのをいいことにして、日曜には他の女生徒たちと一緒に監督派教会に行くことを免れていた。そこでは大司祭が毎回一時間半の説教をするのだ。まだ小さい通学生の母親で、カトリック教徒の人が、私をカトリック教会に連れていってくれて、そこでは正午のミサがわずか十五分で終わるのだった。学校の礼拝堂での、朝と夕方にある礼拝を、私は無神論者なのに大いに楽しんだ。賛美歌や連禱、それに校長が黄昏に祈禱文を唱えるのを聞くのが好きだった。「われらは為すべきことを為さずにすまし、為すべきでなかったことを為す。身のうちに健全なる部分は何もなし」

この時期、祖父はよく私に弁護士になってほしいという希望を口にしていた。しかし私はまだ女優になることを夢見ていた。学校劇で三回主役を演じたし、アニー・ライトを卒業してからの夏、家族も演劇学校（シアトルのコーニッシュ校）に通うことを許してくれた。これは野心に燃えていた私には失望物だった。というのも、そこで学んだのはユーリズミックスだけで、演じたのも、どういう理由かは知らないが、海中で起こっていることになっている場面に出てくる、台詞のない海賊の役だけだった。全員女性が演じる海賊たちは、海中の効果を作り出すために、奇妙でリズミカルな動作をしたのである。大学で、希望が蘇生した。数本の劇に出て、最終学年では『冬物語』でリオンティーズの役をもらった。しかし後に結婚することになる俳優が私の演技を観にやってきて、本当のところを教えてくれた。つまり、私には才能がないということを。それは自分でも感じかけていたことだった。そこでそれ以上議論することもなく、私は教区学校で花の王国の芝居をやったときにアイリスの役を演じて以来、十三年間育んできた夢をあきらめることにした。その代わりに始めたのは書くことだった。演劇ほど興味がなかった主な理由は、簡単にできてしまうからである。舞台を捨てたちょうどその頃、ミネソタ大学にいたケヴィンが俳優としての経歴を始めたばかりとは、知る由もなかった。

7　イエローストーン公園

十五歳の夏、私はモンタナに行かないかと誘われた。声をかけてくれたのは、その年にメディスン・スプリングスという町からタコマにある私たちの寄宿学校にやってきた、ベント家のルースとベティという妙な姉妹で、父親はそこで連邦判事をやっているという。祖父母の答えはノーに決まっている、と私は予見した。まだ若すぎるから（と二人は言うだろう）、一人で列車に乗ってはいけないというのだ。ちょうど、まだ若すぎるから（これは言われたことがある）、男の子と一緒に外出したり、自動車に乗るのを承知したり、電話をかけてきた男性としゃべったりするのもいけない、というのと同じだ。祖父母の頭の中にあるこの考え方が、私の生活に恥辱という害毒を流していた。というのも、私は知的には歳のわりに大人だったからだ——内輪の人たちの中で、大人どうしの話を聞くのに慣れていたせいもある。世間知にかけては彼らよりもずっと歳上で、祖母と大叔母が『孤独の泉』を読んだとき、この本に出てくる女たちがいったい何を「した」のか、私にたずねなければならなかったほどだ。「なるほどねえ」と大叔母は、時代の進歩を振り返りながら言った。「近頃じゃ、十五の女の子でもそういうことを知ってるのねえ」学校で、自習時間に、「汚い洗い物をした水のような目の」娼婦の物語を書いたことがある。それを英語の先生が読み、H・L・メンケンに送って批評してもらったら、と言ってくれた。しかしそれでも——もしかするとそのせいで――まだ路面電車に乗るのにも大人に付き添ってもらう必要があるような、およそたよりにならない子供として扱われていた。「他の誰でもそうしているんだから」と言ってみたところで、祖父には効き目がなかった。弁護士としての祖父の頭脳は精緻にできていて、容赦を扱う余地はなかったのだ。私が託されたときには孤児で、しかも彼の唯一人の娘が産んだ娘だったのだから、私の養育に関しては重い責務を任されている、と祖父は思っていた。

それでも、昔風の受託者というものの常で、祖父には特別な、職業柄と言ってもよさそうな弱点があった。教育的なものなら何であれ好餌なのだ。百科事典や立体幻灯機のセットやスクリブナーの名作全集を販売するセールスマンにしてみれば、シアトルの法律事務所に勤める祖父はたやすい餌食であり、毛鉤(けばり)に飛びつく鱒かスプーンに飛びつくカワカマスのようなものである。学校からの請求書に追加費用があるのを見れば、いそいそと財布に手を伸ばす。私は音楽のレッスンに、ラテン語の特別個人指導、テニスのレッスン、乗馬のレッスン、それに飛び込みのレッスンを受けていた。あの年の夏、祖父は私にゴルフのレッスンを受けさせたがっていた。町が行う歴史劇の切符、芝居やコンサートの回数券、図書館の会員証は必要経費扱いになり、お小遣いから払う必要がなく、そちらはそばかす用のクリームや聖夜の香水に好きなように使ってもかまわないのだった。私が読んだ本や観た芝居のなかには、家族の誰かが眉を吊り上げるようなものもあったが、祖父は口出しを一切許さなかった。私がソファに寝そべりながら『ブルーガ伯爵』とか『たくましい処女』を手にしているのを見て、仕方がないなという視線を眼鏡ごしに送るのだった。私は無神論者として自己を形成しているところで、その春、東の大学に行くと宣言したばかりだった。己が光に従って精神を鍛錬する権利は祖父にとって最大の価値があるもので、祖父は社会問題についてきわめて厳格な立場を崩さないのと同様に、この原則を厳格に当てはめていたのである。

その前の夏は、祖父の奇怪なふるまいのせいで、私にとっては惨めなものになった。オリンピック山脈に出かけたときにはいつも行く避暑地で（野外を好まない祖母は、いつもシアトルの家でじっとしていた）、祖父と私は突然注目の的になった。歳取った判事や大佐、夫は週末にやってくる若い既婚女性、若い切れ者大学生、スイートハートの髪型でダンスではピアノを弾く女将、いかにも大学進学校に通っているという男の子が、私に注目しているのだ。それが哀れみの目つきなのは、祖父のふるまい方を見るとわかった――決して私から目を離そうとせず、ダンスフロアにいる私の肩を叩いてもうお休みの時間だよと言い、ある若い男性がなんとか私を連れ出して、時間にして十五分間、湖でボートを漕いでいるのを、船着き場に立って双眼鏡で見ていたのだ。あるとき、ニューヨークから来たジョーンズ氏という男性が、鮭を手にしている写真を撮ってほしいと私にたのんできたとき、祖父はブリッジのテーブルから飛び上がり、森の小道を行く私たちの後をドタドタと追いかけた。それで何を見つけたかというと――古びた橋の上で私がジョーンズ氏の写真を撮っているところ、それだけだ。いったい祖父は何が起こるかもしれないと思ったのだろうか。それも朝の十一時、お仲間と一緒にトランプをしているベランダからわずか五十フィートしか離れていない場所で。ホテルじゅうの人間が、祖父が考えていることを見抜き、私たちを嘲笑っていた。ある男の子は、片手に鮭を持ちもう片手で私を抱いているジョーンズ氏の物真似をして、祖父が現れたのを見ると、鮭を落っことして大あわてで逃げていった。

祖父は気にしなかった。自分のすべきことをしているかぎり、他人が自分のことをどう考えているかなど、気にしたことがなかった。そして祖父は、私が幸福そのものだと思い込んでいた。祖父、それに判事や大佐のご婦人方と一緒に滝まで散歩する。ダグラス樅（もみ）の太さを測る。五ホールのゴルフコースでボールを飛ばす。祖父が腕を組み、満足げに見守るなか、飛び込み台から逆飛び込みする。午後ずっと、自動ピアノを一人で鳴らす。そして、マーモンのロードスターに乗り、ダンスフロアで私の熱い耳に歌いかけ、ついには祖父に追い払われた、あの若い男性が歌ってくれた「二人でお茶を」と「誰」そして「可愛い君」という歌のロールを破り取る。

可愛い君だなんて！　あんな夏は二度とごめんだと私は思った。なんとしてもモンタナに行かなくては。その旅行が視野を広めて教育的（つまり、私の目から見ればとんでもなく退屈）だと納得させることができさえすれば、祖父は行かせてくれるはずだとわかっていた。

先見の明がなくても、こうした必要条件に合うのが何かは推測できた。イエローストーン公園だ。間欠泉、中でもオールド・フェイスフル、色彩豊かな岩層、インディアン、灰色熊、荷馬、テント、監視員、カメラを提げファミリーセダンでやってくる観光客の群れ、そういうものを想像しただけでもあくびを噛み殺したくなることから考えて、これは祖父の優しくも厳しい灰色の目の前にぶら下げる餌としては絶好のものだ。学校から家に宛てた最後の手紙の途中で、姉妹たちは私をイエローストーン公園のツアーに連れていく計画を立てていたのだが、その旅行が問題外なのはとても残念だ、と私はさりげなく書いた。もうそれだけで充分だった。それは「ナショナル・ジオグラフィック」誌の定期購読の更新を取りつけるくらいに簡単だった。事がやすやすと運んで、どういうわけか私は憂鬱になり、冒険に水がさされた。思春期でいちばんうんざりすることの一つは、人間が騙されやすいのを知ってしまうことだ。

絶対にモンタナに行かないとな、と祖父はベント判事を法律家人名録で調べ、彼が実在の人物であることを確かめてから、きっぱりと言った。これに少し驚いたのは、祖父母に説明するとき、いつも嘘をついているという感じがあるからだ。どんなことであろうが、私が言うことがたいてい曖昧模糊として糊塗されているのは、二人の承認を得たいと思うからで（というのは、何をさておいても、私は祖父母が好きなのだし、二人の観点に合わそうとしていたからだ)、直接的な質問に答えることを除いては、自分の言っていることが本当なのか嘘なのか、自分でもほとんどわからなかった。本気で嘘を避けようとした、と思っていただけなのかもしれないが、物の見方の違いからどうしても嘘をつかざるをえなくなるようで、いつも現実を彼らが理解できるような言葉に移し替えていた。良心にもとることがないように、可能なかぎり、絶対的な嘘は避けた。ちょうど、警戒心から、ありのままの真実を避けたように。イエローストーン公園は典型例だった。私はそこへ行く淡い期待のようなものを抱いていて、ベント家の二人にそのことをおずおずと、ぼんやりした形で言ってみたことがある。つまり、「イエローストーン公園を見られたらいいね、ってうちの家族は望んでいるわ」それに対して姉妹が、同じような節度のある曖昧さで、答えた。「ふうん」

家では、学校が終わってからしばらくして、姉妹と一緒に列車に乗り、三週間滞在して、私一人で戻ってくることが決まった。三週間もあれば公園を「こなす」時間もあるわけだ。たった二晩のことだから、と祖父は祖母に指摘した。それに列車に乗るときはベント判事が付き添って、車掌に後を任せることもできる。祖父がこうした訓示を繰り返しているあいだ、二人の娘はまじめくさってうなずき、姉の方のルースが私に向かってウィンクしてみせた。

私はすっかり恥ずかしくなった。いつものとおり、祖父のふるまいは友達の前で私の姿を暴露するように計算されたもののように見えたが、その友達に対して私は経験豊富な妖婦のようなふりをしていたのである。私の人生は初めから終わりまで嘘だらけだ、としばしば思えたのは、もし家族が知っているよりも私が無軌道だとしても、友達が想像するよりもはるかにおとなしいし、家族に対するように友達に対しても、しょっちゅう話をでっちあげ、大叔母からもらった指輪は内緒の婚約指輪だとか、よくオリンピック・ホテルにダンスに出かけているとか、手紙を寄こす文学好きの男の子が私に恋しているとかいうようなふりをしていた——よくある話だが、そうとは知らなかった。知っていたのは、友達からはどうしても隠さなければいけないような、ケンタウロスの衣のように私を焼いてしまいそうな、私についての中心的で名誉失墜になりかねない事実があるということだけ。つまり、男の子と一緒に外出するにはまだ若すぎると思われていることを、誰かに見つかってしまうのは耐えられないということだった。

しかし祖父の言葉の一つ一つ、仕草の一つ一つが、その事実を高らかに宣言するよう仕組まれているみたいだった。祖父がシアトルの停車場で私たちを見送ったときのくどくどしさに、そのほのめかしがあるのを私は気づいた。祖父は私たちを特別室に座らせてから、知らない人とは決して口をきくんじゃないよと何度も念を押し、プルマンの赤帽にチップをやり、車掌と「話」をしたが、祖母はレースのハンカチを目に押し当て、叔父はにやりと笑い、年老いた庭師と雑役夫はじゃあ気をつけてと言ってくれた。この不名誉な試練のあいだ、ベント家の姉妹は礼儀正しく敬意を払い、どんなことにも賛成した（文句をつけるのは、いつも私の癖だった）。しかし列車が駅を離れるやいなや、ルース・ベントは顔色一つ変えずに車掌を呼んで、特別室を上段寝台二つに替えてもらった。列車に乗るときはいつもこうしている、とルースは説明した。上段寝台に二人寝ても楽ちんだし、戻ってきたお金が丸儲けになる、というのだ。

ルース・ベントは、歳のわりには、私がそれまで会ったなかでいちばん大胆な人間だった。十七歳で、妹より二歳上だが、私には四十歳に見えた。髪は赤茶色の縮れ毛で、イヤリング、眼鏡、ピクチャーハット、プリント地のシフォンのドレスを着け、濃い紫がかった赤の口紅を塗り、ゴリウォグの香水をつけていた。声は男性のように太い。肌は浅黒くてそばかすがある。毛抜きで整えた眉毛は濃いチョコレート色だった。体型がよく、小柄だが、シミーを踊るみたいに腰を揺する。学校ではませているという評判だが、それは一つには着ているもの、もう一つには赤茶色の目でまっすぐにらむためで、大きく見開かれたその目は眼鏡のぶあついレンズのせいで丸く見え、白目がゆで卵みたいだ。彼女は大学生を食い物にする未亡人を想わせた。

実際のところ、彼女は彼女なりに、謎めいたところのある、まじめな女の子だった。聖歌隊の一員で、校長から一目置かれていた。彼女のことをどう思っていいものやら、誰にもさっぱりわからなかった。品がないという説もあり(これは自分に当てはまるのではと思わざるをえなかった)、妹のベティの方がずっとこの学校向きだと言われていた。ベティは男の子っぽく、髪は短くて、ほっそりした顔で、頰骨は高く、すんだ灰緑色の目をしている。口は幅広で平たく、西部人特有の屈託のない笑みを浮かべるとキラキラした歯がこぼれる。口紅はタンジー。姉よりも軽い声で、ピアノを弾くときも軽いスケルツォのタッチだ。学校の独唱会でピアノを弾いている。

姉妹の二人ともダンスがうまい。そしてどちらも乗馬好きで、友達になったのはそのせいだ。ルースは黒い乗馬服(ベティはジョッパーズ)のポケットにいつも煙草を入れていて、馬に乗るとすぐに、学校の馬術教師をしている英文学専攻の学生が見ている前でも、平気でそれを取り出す。この学生は二人が好きで、いちばんいい馬を与え、どこでも好きな場所で乗せてやる。ベント家の姉妹たちにはどこか、歳上の人間を安心させるようなところがある——分別をわきまえている点だろう。何をしようが、決して面倒は起こさない。それに対してこの私は、大人気なこともあれば、退学処分寸前のこともある。私とは違って、二人は主張を通そうとはしない。ただありのままに、没個性的に、したいことをするだけで、まるで二つの自然の力のようだ——蒸し暑くて眉をひそめさせる風と、軽くて戯れ好きなそよ風のようなものである。二人の落ちつきぶりは、きっと実家の安定した社会的地位に基づくのだろう、と私は思った。二人が言うには、モンタナではとっても楽しい仲間がいて、家族も彼らの好きなようにさせているという。小さな町だが、いつもパーティが開かれているし、友達も州のあちこちにいる。メディスン・スプリングスに来たら、きっとあなたもいっぱいデートができるわ、と二人は約束してくれた。

その当時、私は地理がさっぱりだった。地理というと思い出すのは小学校、スライドを使った授業、それに立体幻灯機だ。従って、わざわざメディスン・スプリングスを地図で調べたりはしなかった。二人が言うには、かつて温泉地だったとかで、それを聞いただけで私は、そこが北のどこか、その辺に山があるはずのカナダの近くだと位置づけた。ぼんやりと想像したのは、サラトガ・スプリングス、競馬場、ヴィクトリア朝風建築の大きくてとりとめもなく広いホテル、賭博師、ブームに沸き立つビュートからやってきた採掘者だった。それが旅の途中に、メディスン・スプリングスは州のまんなかにあり、そこに行くのに列車を二回乗り換えると聞いてびっくりした。イエローストーン公園の近くなんかじゃまったくない、ということを私は発見して罪悪感に震えた。実のところ、そこは聞いたことのあるどこからも近くはなかった。時刻表に載っている鉄道地図にも出てこない。

私たちは乗り換えて——どこだか忘れた——埃っぽい小さな支線の列車に乗った。座席は堅い板張りだった。そんな列車は見たことがなくて、ガタゴト揺られながら大草原を行き、もうじき家だというので二人が上機嫌になっているのを眺めながら、私は暗い予感に襲われた。景色を探して窓の外を見続けても、そこにはなにもなかった——川一つ、丘一つ、木一つもない——ただ枯草と地リスが作った小山が平坦に広がっているだけで、たまに駅を通ると数軒の家が数珠つながりになっている。着いたメディスン・スプリングスは、どことも知れぬ場所のまんなかに置かれた、小さくて、平坦で、黄色っぽい町だった。広くて埃っぽい大通りには薬局と塗装をしていないホテルがある。そこを小さな通りが数本横切っていて、一ブロックか二ブロック行ったところで突然途絶える。一目で見通せるくらいだ。ホテルの裏手には、町の名前でほのめかされている「温泉」がある。そこは汚くて、硫黄の臭いがする、セメント造りの水泳プールで、半分枯れた木が一本なびいている。ひどい暑さで、明らかな日陰は電信柱が作ったものしかない。友達がこんな場所に住んでいるとはとても信じられず、大草原の目に見えないどこかにある、牧場にこれからきっと行くのだろう、と私は自分に言い聞かせた。

　ベント判事は停車場に迎えに来ていた。血色の悪い中年の男性で、髪は黒く、形を変えたカーボーイハットをかぶっている。彼が私たちのバッグを車に積み込み、私はこれから長いドライブが始まるのだなと心の準備をした。ところがあっという間にベント家に到着してしまったのだ。通り過ぎたもう一軒の家よりは多少大きく、玄関ポーチと木が一本ある。木がある他の住居は、姉妹に言わせれば「牧師館（マンス）」だという。私は苔（モス）を探したが無駄だった。この木造家屋二軒と、もう一軒、幽霊屋敷になっているとかいう家が、町の「居住」区域を構成していた。

　夫人が戸口に現れて、私はなんとか興奮して喜んでいるような表情を取り繕おうとした。しかし見るものすべてが私にはショックで恐ろしかった。家の慎ましいサイズ、薄い壁、本や絵がないこと、装飾や建物としての特徴がないこと、午後のなかばでもう準備されている食卓には花も中央の飾りもないこと、ベント夫人が明らかに仕事をしていること、それに来客用の寝室がなく、私は部屋とクローゼットをベティと共用にして、風呂も家族全員と共にしなければならないこと。こうした気持ちは、必ずしも俗物的な反応ではない。もしベント家が貧乏だったら、こんなに居心地が悪く、それどころか麻痺したような気分にならずにすんだだろう。ここで私を襲ったのは、方向感覚の喪失だった。ベント家が貧乏ではないとわかっているのに、彼らを「位置づける」ことができないのだ。見たところ、姉妹は私の困惑に気づいていなかった。私のとろんとした目にこの家がどう映っているかを、ちらりとでも気づかなかったのだ。それはほっとすることだが、同時にそれが驚きだった。もし私が姉妹の立場なら、恥ずかしさで死んでしまうところだ。

この無関心はベント家では典型的だった。姉妹は、とても愛想がいい一方で、両親のことをまったく気にかけず、両親の方も食卓では物言わずの夫婦も同然だった。ホストに聞き出されないうちは食卓でしゃべってはならないと私はしつけられてきたが、判事もベント夫人も、私の名前や、生まれや、両親の職業を聞き出すという社交上の義務に気づいてはいないらしい。私がただ単にその場にいて、彼らが私の存在を受け入れているという、それだけなのである。私が彼らについて引き出した事実は、判事が法学の学位をウィスコンシン州マディソンで取ったということだけだった。私の来歴や彼らの来歴は、彼らにとっては、判事が無言のままに私の皿に取ってくれたベークドポテトの来歴と同じくらい、どうでもいいものだった。

ベント夫人の役割は、電話に出ることと、娘たちの夏物のドレスにアイロンがけをすることらしかった。誰が電話をかけてきたかをたずねることもなく、そのドレスをどこに着ていくのかもたずねなかった。あの初めての晩、夕食の席で、私はベント夫人がたずねてくれたらと願った。というのも、それこそ私には興味のある質問だったからだ。メディスン・スプリングスの実態を目にしてしまっても、その晩デートがきっとあることに気づいて、希望がふたたび目覚めだしたのだ。姉妹はダンスパーティのことを話していた。町を出た、大草原であるらしい。フランクという男が車で迎えに来ることになっているとか。私は生意気で、カウボーイを夢見てはいなかった。カウボーイとは本当はみないやらしい、唾を吐くじいさんばかりだと姉妹が警告してくれたわけでもなかったが。しかし姉妹がさりげなく口にするヒントから、またもう一度、本当の西部が私に何を用意しているか、そのイメージを組み立ててみた――父親が羊か牛を牧場で飼っている、髪がなめらかでつやつやした男の子、白いリネンのスーツを着て、ロードスターを運転し、たぶん東の大学に行くことになっている。私が想像したのは、長いピアッツア、バーベキューピット、それに月光に輝く銀の酒瓶だった。

しかしメディスン・スプリングスには男の子なんて一人もいなかった。メディスン・スプリングスの男性は全員妻帯者なのだ。

この苦い知らせに私はゆっくりと気づきだした。そしてそれに先立って、あらかじめノヴォカインを飲んでおくように、その効果を少し鈍らせてくれるような別の情報もわかった。全員が妻帯者というわけではなく、目立たない例外が一人いて、それは古いフォードで迎えに来た「フランク」だった。彼は二十歳の若者で、眼鏡をかけ、髪の毛がピンと立っていた。夏にはホテルのボーイをして、冬にはボーズマンにある州立大学に通うという。父親のホーイ氏はホテルの管理人をしている。ホーイ家とベント家、それから薬局を経営する人々が地元の貴族階級を形成しているわけだ。それでおしまい。昔には牧師がいたが、死んでしまい、サーカスの一座もいたが、どこかに去ってしまった。今なら、少なくとも医者に、葬儀屋がいたはずだと自分に言ってみるが、記憶は首を横に振る。否。たぶん薬屋がそういう役割を兼務していたのだろう。

いずれにせよ、ホテルへ行く途中で姉妹が打ち明けてくれた、小さな町の社会学に関するこの教訓と、背がまっすぐな椅子が三脚、痰壺が三個、宿帳が置かれたデスク、蠅取り紙、それにシャツ一枚の恰好のホーイ氏というホテルのロビーの光景に、私はすっかり参ってしまい、とてもじゃないが次の知らせを呑み込めなかった。つまり、私にとって初の公式デートなのに、一緒に外出するお相手は妻帯者になるということだ。ベティもそうだった。ほらそこ、車のそばに、私たちを待って立っているのは、夫たちではないか。小柄な黒い髪の男で、「エイシー」と呼ばれているのは、自動車の修理工（ベティのお相手）、背が高くてウェーブがかかった金髪をしているのは、ボブ・バーダンという名前で、薬局勤務（私のお相手）。

後になって、ルースが説明したところでは、ここの男性は早くに結婚してしまうか、そうでなければよそに働きに出るという。その年の冬には結婚が数件あり、それで残ったのはフランク、これは長女である彼女のもの、それからエイシー、これはベティのもので、ほとんど独身だと言えるのは、妻に逃げられて現在離婚訴訟中だからだ。いつもだと、町に泊まっている男の子がいるが、今年の夏は運のいいことにボブ・バーダンがいてくれて助かった。彼の妻が親戚を訪問しに行っていて不在なのだ。どんな女の子でも彼を追っかけている。彼はメディスン・スプリングスでいちばんの美男子で、とても気難しい男だという。

三人の男性のうち、彼はたしかにいちばん男前だった。彼が指輪を嵌めた大きな手を突き出して、私の目をじっと見下ろしたとき、そのことは認めざるをえなかった。彼は品がなかった。髪はウェーブがかかりすぎ。皮膚が浅黒すぎて髪と似合わない。それに歯磨き粉の広告に出てきそうな真っ白い笑みを浮かべるので、つい薬局で働いていることを思い出してしまった。しかし遠目に見ればまあまあか。古いツーリングカーを持っていて、私が乗り込むのを待っている。ベティはもうセールスマンが使うクーペの中でエイシーと一緒に座っている。

どうすればいい？　祖父だったら、丁寧にさよならと言って、家に連れて帰ってもらえと言うだろう。他人が手筈を整えてくれたからといって、その計画に従わなければならない理由はどこにもない。今日、私がもし祖父の立場になったら、同じ忠告をするところだろうし、それはどれほど老人が世間からずれているか、実際的ではないという証拠だ。しかし現実には、車に乗るしか選択肢はなく、私はそうして、離れた隅のところに神経質そうに座った。三台の車が、フランクとルースを先頭にして、一列になって出発し、大草原を越えていった。私たちの前にいる車では、ベティの頭がエイシーの肩にもたれているのが見えた。その例にも倣わなければならないのか？　私のデートのお相手は、ありがたいことに、ハンドルを操作するのに忙しく、去年のラブソングを甘ったるい声で歌っていた。矢印のようなその横顔をのぞき込んでみると、少しは怖さがなくなった。

やがて、先頭の車が停まり、私たちもみなそれに倣った。何かまずいことがあったのかと思った。道はひどくて、幌馬車が通る道みたいなものだ。しかしどうやら、一息入れて酒を飲むらしい。フランクが先頭の車から降り、一パイントの瓶を持って戻ってきて、それをエイシーとベティにまわし、それからボブと私にまわした。私は一口飲んでむせかえった。火酒を飲んだのはこれが初めてだったが、そうは思われたくなかった。特別な機会に家で飲むことを許された、シャンパンを数口、それからカナダビールをグラスに半分、という経験だけで、どれほど酒に強いかを自慢していたのである。フランクとボブが見ている前で、喉が焼けつきそうなその酒をもう一度飲み込んでみようとした。その代わりに、またむせかえって、酒が顔と首筋中にこぼれた。ボブがハンカチを取り出し、もう一度飲んでみろとすすめた。それでも飲み込むことはできなかった。もうそのときには、全員が集まっていた。「これウィスキー？」と私はおずおずとたずねてみた。祖父が飲んでいるウィスキーのような匂いがしないのだ。密造酒だ、とみんなが言った。コーンウィスキーだが、特上のやつ。ボブはいつでも薬局でそれを飲んでいるという。一人ずつ、瓶を傾けて飲み、飲み方を教えてくれた。それでも無駄だった。喉が受け付けない。むせかえっているうちに、涙が出てきた。鼻をつまんだらとルースが言うので、そうしてみたらなんとかゴクゴクと飲み込むことができたが、それでお腹がひっくり返りそうになった。

これはまったく好きになれなかった。愉快な気分になるとみんなは言うが、そうはならなかった。これだったら、医者に喉にアージロールを塗ってもらった方がましだ。それでもみんなはしつこくボトルをまわしてくる。ダンスに行く途中で何度も車を停めて、また一口飲んだ。そのうちに、ぞっとしたことに（というのは、やっとすんだのかと思っていたのだ）、ボブが車の脇ポケットから新しい瓶を一本取り出した。今度は無理に飲めとは言わなかった。祖父なら指摘したように、断ってもかまわない。私が飲むあいだ、みんなはただ見守っていて、もし瓶に口をつけるだけなら気がつくはずだ。鼻をつまんだままなのは恥ずかしかったが、飲み込もうと思うとそうするより他に手はなさそうだ。そうしているうちに、ようやく、一口飲んでからそれを口に含み、誰も見ていないときに、一度に数滴ずつ、ゆっくりと流し込んでいけばいいということを発見した。そのせいで、長いあいだしゃべることができなかった。ボブ・バーダンは歌を歌い、一緒に乗っている私は唇をしっかり結び、口の中はまだ飲み込んでいない密造酒でいっぱいで、車が轍のついた道をドタンバタンと進んでいくあいだ、それが私の歯をすすいでいた。

そんなことができるとは思えなかったくらいに、何度も何度もむりやり飲み込んだに違いない。というのも、ダンスのことはほとんど憶えていないからだ。場所は小屋みたいなところ――納屋ですらない。そこには荒くれ者風で、髭も剃らず、上着も着ていない男たちが大勢、押し合いへし合いして大声を出しているなか、歳のいった女性がピアノを弾いていた。私は怖気づいてしまい、私たちはそこに長居しなかった。私たちみたいな歳恰好の人間は誰もいず、牧場の手伝いと年配の女性しかいなかった。こういう場だと、私たちのグループの男たちでも、とても純白で、垢抜けしていて、場違いに見えた。私はボブ・バーダンにしっかりくっついていた。彼は一時間ほど前よりもずっと魅力的に見えた。大学出かともう少しで想像しそうなところだった。
たぶん、そこで酒をもう一本買ったのだろう。

数時間後、目を覚ましてみるとそこは知らない部屋で、ベッドには男が一緒にいるのに気づいた。誰だか思い出すのに一、二分かかった。もちろん、ボブ・バーダンだ。デートのお相手。ベッドはダブルベッド。頭上では、紐で吊り下げられた、裸電球がぎらぎら光っている。いったい何時かさっぱりわからない。たぶん朝なんだろう。翌朝。そして部屋には見憶えがないし、どうやってそこに来たのかも憶えていない。世界がまわりでグルグルと廻るなか、私はこの男が誰だかわかるということに一抹の安堵を覚えた。会ってから数時間しか経っていないが、それでも知っている相手なのだ。もしかしたら、相手が他の誰であってもおかしくはなかった。私は服を着ていなかった。それは剥き出しの肩に触れるシーツの感触でわかったし、ベッドカバーを持ち上げてそれ以上調べてみるのは怖かった。横になってじっとしたまま、仕上げがされていない天井の梁を見つめた。隣の部屋で、蓄音機の音と人の声がした。もうこれで人生も終わりだと思った。ボブは眠っていた。片腕が私にまわされている。横になって、陰鬱な気分で考え込んでいると、ボブが目を覚まし、腕に力を入れた。そして睦言をつぶやきはじめた。男とはそういうものだ、と聞いたことがある。すんだ後は……。私はあまりにも恐怖に打ちのめされて、その先を考えられなかった。これがまさしく最初の夜、これがまさしく最初の男性、と私はひとりごとを言って、彼にはまったくおかまいなしに、私に降りかかった鈍重な災難のことばかり考えていた。べつに彼を責める気はないが、できることなら存在を抹消してやりたかった。
彼が安心させようとして何か言っていることに、私はゆっくりと気づいた。なにもなかったんだよ、と彼は繰り返しつぶやいていた。なにも悪いことはしなかったと。とても信じられなかった。それでも彼がブランケットを払いのけて見せてくれると、たしかに、本当に服を着ていないわけではなかった。脱いでいるのはドレスと靴だけだった。スリップと下着姿で、彼の方も、上着と靴をべつにすれば、ちゃんと服を着ていた。

彼の説明によれば、私は気分が悪くなり、姉妹がドレスを脱がせて洗おうとしたそうだ。私たちは彼の家にいた。みんなが私をベッドに寝かせ、私はそこで気絶したという。それだけじゃないだろう、と私は確信した。それだと、彼がいったいここで何をしているのか、どうして私に腕をまわしているのか、説明がつかない。私は詮索しないことに決めた。もし多少のネッキングがあったとしても(それがようやく今になって、おぼろげに思い出されてきた)、そんなことは聞きたくない。肝腎なのは、そして奇跡的だったのは、年齢のおかげで助かったということなのだ。きみみたいな可愛い子につけこんだりはしないよ、と言っている彼の声には感情がこもっていた。この人、すっかりあなたに参っちゃったのよ、と姉妹がからかって言った。私たちの声を聞いて、姉妹は隣の部屋から駆けつけ、彼の言葉が正しいことを確認してくれた。なにもなかった、と彼女たちは証言した。彼女たちもずっとその場にいたのだからと。

空白になったの? と彼女たちは気を使ってたずねた。私はその言葉がどういう意味か、たずねないといけなかった。それは「気絶する」とは違うのか? 大違いよ、とルースが答えた。ぐるぐる歩きまわって、言ったこともやったことも、後になって憶えていない、ということ。奇妙な思い出し笑いが、集まった顔にちらっとよぎった。私は顔をベッドカバーに埋めた。大丈夫よ、とルースが優しく言った。ベティも若かったときには、よく空白になったから。(「若かった?」と思わず声を出しそうになった。若かったっていつのとき? 十二歳?)

事務的に、こんなことは日常茶飯事だと言わんばかりに、二人は搾ってアイロンがけしてあるドレスを着るのを手伝ってくれた。ボブが妻帯者で、運が良かったわね、と二人は言った。ボブが優しくお休みのキスをしてくれて、ちょっとばかり恥ずかしそうなフランク・ホーイが、明け方に家まで車で送ってくれた。私は勇気を出して、寝間着姿で、階段に立ち、怒っている判事とベント夫人に面と向かおうとしていたが、ベント家では誰も起きていなかった。やっとみんなが朝食に降りてくると、ベント夫人はアイロンがけで忙しそうにしていた。彼女がたずねた唯一の質問は、気のないものだった。「昨日は楽しんだ?」「ボブ・バーダンがメアリーにほの字だったのよ」ルースが笑いながら請け合った。「あらそう」と、興味なさげにベント夫人が言った。「ボブはいい人ね。あの奥さん、まだ帰ってきてないのかしら?」

続く何週間か、私はベント夫人がどう思っているか心配だった。ほとんど毎晩のように、ベティがエイシーと一緒で、私がボブ・バーダンと一緒だということを知っていたはずだ。しかし彼女の頭の中では、どうやら、私たちは彼女の呼び方では「グループ」と一緒に出かけていることになっていた。このグループの中に入るのは、フランク・ホーイの妹と薬局の娘たちである。数が多ければ安全だし、妻帯者はお目付け役だと彼女は思っていたはずだ。どうやら、二十五歳に近いボブ・バーダンをそういうふうに見ていたらしい。それでも、グループが八時から朝の三時まで、いったい何をしていると思っていたのだろうか? 私がときどきベント家のバスルームで気分が悪くなったことを聞いていたはずだし、朝食時に青い顔をしていることに気づいていたはずだ。

それがひどい話だった。ほぼ毎晩が、最初の晩の繰り返しだった。私はみんなが飲んでいる酒を飲むことを覚えられなかったが、やめるわけにも行かず、そこでデートのたびごとに気絶するか気分が悪くなるかしていた。私たちはいつまで経ってもどこかを（というか、むしろ、どこでもないところを）ドライブしていて、車の列はいつまで経っても私が道端で吐くのを待っていてくれるのだった。吐いてしまうと、また瓶がまわされる。意識があるときには、しゃべれないことがしばしばで、それはまだ飲み込めていない、口の中に含んだ密造酒のせいだ。飲み込むのには十分かかることもある。これは練習さえすればいい問題だ、と私は自分に言い聞かせた。ルースやベティを見ろ。気分も悪くならないし、気絶することも決してない。それに二人はいつでも、私が記憶の飛んでいるあいだに何をやったか、教えてくれる。というか、何をやらなかったか、で、私が聞きたいのはそれだけだ。町の半分は、私とボブ・バーダンのことを知っていたと思うし、私がまだ歳もいかず経験不足だからというので、「つけこむ」ことはしなかったということまで知っていた。彼が私に夢中だ、とみんなは言うし、私もそれを受け入れているが、考えてみれば、なぜそうなのかは想像もつかない。

私の方こそ、彼に*つけこんで*いるのではないか、と思うことがよくあった。キスにも少し飽きてきて、興奮しないのは、たぶんいつも同じキスだからで、その先がどうなるわけでもなく、また同じキスをもっと、にしかならない。彼は感傷的な男だと思い、それでイライラした。薬局で白い上着に波のような髪をした彼を見かけると恥ずかしくなるのは、店員としての彼の姿が*外から*はっきりと見えてしまうからに他ならず、彼はいつまで経っても店員で、彼のキスみたいに、限られていて、この町みたいに、平坦なのだ。

それでも私は彼に好意を持っていた。それは、私の中にあるどこか遠くの部分、彼の腕にしっかりと抱かれていても、もうシアトルに戻っている部分では、彼のことをかわいそうに思っていたからだと思う。自分では意識していなかったが、私は彼のことを、他の大人たちを見る目で見ていた。

つまり、範囲が定められて有限ではあるが、それなのに、他の大人たちと同じで、あの感情という不思議なお荷物を背負い込んだ存在である。心の奥底では、私だけがどこかへ向かってどんどん動いているのに、まわりの大人たちはじっと突っ立っているという、子供の直感のようなものがあった。私がませているのは知的面だけで、処女を失うことを死にそうなほど恐れながら暮らしていた。それは道徳的な理由からではなく、「ふしだら」だと思われるのが怖いからだった。この点に関するボブの自制が、逆説的に、私にとっては唯一の魅力になるものだった。ここでは、彼が歳上で結婚しているということが、どういうわけか彼を手の届かない存在にしていた。

それでも、この小康状態をありがたいと思っていると、メディスン・スプリングスへ来てから十日になり、姉妹もだんだんじっとしていられなくなって、私たちはフランクとその妹と一緒に、ヘレナからグレートフォールズへ泊まりがけの旅行に出かけることになった。私は期待して、イエローストーンはどうかと言ってみたが、姉妹にのらりくらりとかわされた。二人が言うには、もしイエローストーンに行くのなら、家族も行きたがるというのだ。戻ってきてから、また後でも行ける、と。観光という案は私にとって魅力的に思えだした。メディスン・スプリングスで私たちがやったことで、繰り返しに堪えることと言えば、午後に羊の牧場を訪れたことと（そこでは仔羊を殺していた）、朝に牛の牧場を訪れたこと（そこで老いた暴れ馬に五分間乗ったが、西部スタイルのサドルを着けていては、速足をさせようと思っても無駄だった）くらいしかなかった。ある晩、車のヘッドライトの中に、ロコ病にかかった馬の赤い目が映っていたことがある。それくらいで、他には毎晩夕食時になると雷が起きて、地平線の空が薄い緑色になったことか。一言で言えば、家に手紙を書くことがなにもないのだった。

ヘレナとグレートフォールズでは、ホテルに泊まり、ベルボーイにジンを持ってこさせて部屋で飲んだ。私はジンが大好きで、レモンソーダと氷で割って飲む。それも、家に手紙を書くほどのことでもないが、ヘレナに車で行く途中では奇妙な体験をした。いつものように、私たちは出発するときに密造酒を一本用意していて、ドライブしながら、いつものようにそれをまわし飲みした。道はでこぼこで、私の番がまわってきたとき、シルクのストッキングに数滴こぼしてしまった。その晩、夕食のための着替えをしているときに、ストッキングのあちこち、密造酒が飛び散ったところに、小さな穴が開いているのを見つけた。それを姉妹に見せたら、さっぱりどういうことかわからないと言う。その密造酒は、薬局でボブにちゃんと分析してもらったものだ、と二人は指摘した。

私たちはそれを冗談の種にして、そのストッキングをトロフィーとして取っておくことにした。それでもこの事件は、いわば、私たちの心に穴を開けたのである。グレートフォールズで、ルースは突然、ジンを持ってきたベルボーイの顔つきが気に食わないと言い出した。味もおかしくない。匂いもおかしくない。それでもルースは疑ったままで、私たちが一杯目を飲み、二杯目を飲みかけたときに、彼女は濃い眉をひそめた。二杯目の半分くらいまで来たところで、私たちは一斉にグラスを置いた。ルースは瓶を荷造りして、分析してもらうようにメディスン・スプリングスに送り返した。数日後、ボブ・バーダンの話では、たしかにそれはメチル・アルコールだった。そうだとすれば、一人当たり二、三オンス飲んでいる私たちは、とっくに死んでいておかしくない。実のところ、私たちにはなんの悪影響もなかった。おそらく地元の密造酒を飲んでいたせいで耐性ができたのだろう——残念ながら、私のストッキングには耐性がなかったわけだ。しかし、この二つの事件のおかげで、私たちは用心深く、おとなしくなった。その夜、グレートフォールズで、私たちはお上品に映画を観に行き、それから戻って寝た。翌朝、私は本屋を見つけ、他のみんなが車の中で待っているあいだに、あわてて入って買い物をした。最新刊で、ジェイムズ・ブランチ・キャベルの函入り愛蔵版だった。

この行為で私はすごく興奮した。それは自分のお金で買った初めての高価な本だったのである。広くて退屈な大通りに立ち、包装された本を手に持っていると、わざわざモンタナまで来たのが、一瞬、それだけの値打ちがあるように思えた。私はキャベルの熱烈な愛読者で、彼に何度も手紙を書いたが、投函する勇気は出なかったのだ。もしキャベルを数ページ読むか、私の朗読を聞いてもらったら、人生が変わるわよ、と私はよく祖母に言ったものだ。今、限定版の所有者として、私は彼に近づいて誇らしい気分になった。ボブ・バーダンや、早く来てパーティを始めましょうよと、もうクラクションを鳴らしている姉妹よりも、ずっと近い存在だ。彼らには決してわからない――わかってくれるのはキャベルだけだ――この人里離れた場所でこの本を見つけたということが、私にとってどういう意味を持つのかを。それはちょうど、キャベルの小説でも同じだった。クラクションが鳴り、目覚まし時計が鳴り、鶏が鳴いて、情熱的な夢想者は中流階級の現実生活という、つまらなくて惨めな日常に連れ戻されるのである。

それでも、ようやく本を注意深くパラフィン紙から取り出して、ページを開いたとき、不思議なことが起こった。がっかりしたのだ。これはキャベルでも「上」の部類じゃない、と私は自分に言い聞かせた。もしかすると、書き尽くしたのかもしれない（もちろん、それは私も知っていた）。しかしその一方で、本のせいではないのかもしれない、という気がした。本そのものは、他のキャベルと変わりがないのだ。それは私のせいだった。きっとそうなると歳上の人々が言っていたとおり、私は大きくなってキャベルが「もう読めなくなった」のだ。人生もこれで終わりだと思ったのは、モンタナでこれが二度目だった。私はそっと本を脇に置いた。読み終わったのかどうか、もう今では憶えていない。

次に憶えているのは、列車に乗り、帰路についていたことだ。当然ながら、イエローストーンには行かなかったし、それで良心が痛んでいた。行ってきた代わりになるものはなにもなさそうで、嘘をうまく並べることもできない。というのも、ベント家には公園について「詰め込み」できそうな百科事典がないからだし、姉妹は姉妹で、オールド・フェイスフルや熊についてはごくぼんやりとした記憶しかない。祖父は、若い頃、大学の休暇のあいだに測量技師をしていたことがあり、きっと私には答えられないような質問をたくさんしてくるに違いない。たとえば、そこには山があるか？　インディアンはどの部族？　岩はどんな種類？　泊まったのはホテルか野外キャンプか、もしそうだとしたら、どこで？　イエローストーンは広い場所だ。情報の乏しさに、私はどれだけ大きな嘘をつかなくてはならないか、意識せざるをえなかった。列車がだんだん家に近づいてきたとき、心配だったのは嘘が露見するという恐れですらなかった。短い単語に逃げ込むという種類の人間ではないだけに、私は祖父母に報いるにはよく組み立てられちゃんと証拠もある嘘で応えようと思った。

幸いなことに、男二人と女二人から成る、イエローストーンから戻ってきたばかりの観光客の一行が、列車に乗り込んできた。彼らは展望車で酒を飲み、とてもほがらかで親しみやすく、歳は三十あたりに違いないのに、私を同等に扱ってくれた。悩みを打ち明けると、彼らは少しは助けてくれたが、話には不可欠だと祖父が思っているような細部の把握力に欠けていた。私の批評的な耳には、彼らはほとんどイエローストーンに行ったことがないのも同然に聞こえたのだ。それは飲酒のせいだろうと思った。列車ではしゃぎすぎて、景色やインディアンやどんな種類の熊かに注意を向けていられなかったのだろう。

彼らが私にレモネードをおごってくれているときに、親切そうな年配の車掌が彼らの方をちらちら見ていた。二日目になって、私が展望車で彼らと一緒に座っていると、車掌が戸口に首を突き出して、私を手招きした。そして空いている特別室に連れて行くと、まあ座りなさいと言って、フレームがスチール製の眼鏡ごしに深刻な目つきで私を見つめ、あの連中とはもう口をきいてはいけないと諭した。「避けることです」と車掌は言った。「敬遠しなさい」なぜ、と私はたずねた。しかしその質問に答える代わりに、車掌は急に話題を変え、ずっと私を観察していたが、これまでに目にしたなかでも、私がいちばん清潔で、可愛くて、まっすぐな娘さんだと言った。それだからこそ、今こうして、まるで自分の娘か孫娘に向かって話すみたいに、話しているんだと。車掌は話に熱が入るあまり、目に涙を浮かべていた。「そのままでいなさい」と彼は言った。「清潔で、可愛くて、健康なままで」私は目を伏せ、恥ずかしくなったが、その考え方に心動かされていた。いったい何が言いたいのかは正確につかめなかったが、展望車にいる友達はきっとトランプのいかさま師か何かなのだろうと思った。もしそうだとしても、私がどんな目に遭うのかわからず、それで好奇心が湧いてきた。「あの人たちの、どこがいけないんですか?」私はずばりと言った。「それは訊かないでください」と年配の車掌は言った。「ただ私の言葉をそのまま受け取って、あの連中に近づかないことです」私が食い下がると、ようやく彼は声をひそめ、目をそらしながら言った。「あいつらは、寝台を取り替えたんですよ」と彼は言った。「昨日の晩」私は最初のうち、話の要点が呑み込めなかった。彼らは結婚していると思っていたからだ。私がうぶだと考えて、車掌はわかりやすく説明してくれた。公園で乗ってきたときには、二人の女が一緒で、二人の男が一緒だった、と彼はまじめくさって言った。「夜のあいだに……」言葉がそこで途切れた。

「あら」と私はあっさりと言った。その意味は「それだけ?」というつもりだ。「わかりますか?」

と彼はたずねた。私はうなずいた。「だから、あの連中と口をきいてはいけないということがわかりますね？」彼の視点からすれば、わかっているはずなので、私は仕方なしにまたうなずいた。一ヶ月前なら、この件で反論してもおかしくなかった。というのも、お互いにしか興味がない男二人と女二人が一緒なら、自分にとってこれほど安全なことがあるだろうか？　あるいは、彼の忠告を平然と無視したかもしれない。しかし今では彼の命令に逆らう気は起きなかった。これだけ言った後で、私が彼らとしゃべっているのを見たとしたら、きっと彼はがっかりするだろう。私に騙されたと思うだろう。私はすっかり歳を取ってくたびれたような感じがして、どうしてショックを受けないのか説明する気にもなれなかった。

その一方で、車掌の気持ちを傷つけたくないというだけで、新しい友達と縁を切るのはあさましいように思えた。そこで直面したジレンマは、そのときには新しく思えたが、それ以降はすっかりおなじみになったものだった。大人の生活の罠で、その罠にかかって、いくらもがいても、どちらの側の言っていることもよくわかるので、行動しようとしても無力だというやつだ。あの機会には、一般的に言って将来もそうするように、私は妥協案を取った。つまり、車掌と二組のカップルのあいだを縫ってジグザグの道を行き、車掌が見ていないときには彼らに話しかけ、何かいい加減な言い訳を使って、急に彼らから離れ、見上げてみると車掌の年老いた目が私に注がれているのに気づく、という寸法である。このぎこちないふるまいと、それをやわらげようとしてさんざ振りまいた輝くような笑みのせいで、両者とも私の気が狂っていると思ったはずだ。

シアトルに帰って、私はまだ子供時代という刑期を終えていず、残りが三年あることを知った。十八歳になり、新入生として大学から戻ってきたときになって初めて、最新流行の服装をして階段をさっと駆け下り、待っている男の子が私の祖父母と落ちつかない会話をかわしている場面に出くわすことができた。そのときですら、祖父は、キスをしてもらおうとやわらかな頬を上げながら、お決まりの質問で私を恥ずかしくさせるのだった。「十一時には帰ってくるかな?」

モンタナへの旅はなんの外傷も残さなかった。それどころか、何年も後になってもウィスキーの味に耐えられなくなったという点では、教育的でもあった。今でも、ウィスキーはストレートでは飲めない——むせてしまうのである。そしてデートへの情熱も、しばらくのあいだは多少冷めた。一年以上経ってから、ようやく私はこっそり男の子と午後に会うようになった。イエローストーンには行かなかったのを、祖父母が勘づいていたかどうかは今でもわからない。やがては勘づいていたはずだと思うのは、そんなにたくさん質問をしなかったからだ。気がふさぎはするが、私はまた家に帰ってこられて嬉しかった。家では、少なくともロマンチックになれるし、夜にはソファに寝転んで、本を読んだり夢を見たりして、段丘のむこう、月の光が湖に道を作っているところまで見晴らすことができた。その道は自殺へと手招きする道、と学校の作文で書いたことがある。部屋のむこうでは、祖父母がダブルソリテアをやっていて、祖母が負けると、二階に行って引き出しからプチポアンのハンドバッグを取ってきてとたのまれる。その中には、ハンカチと、真珠で装飾されたオペラグラス、それに握りが真珠でできているリボルバーが入っている。電話がめったに鳴らないのは、私にとってありがたいことだと言ってもよく、なぜならもし男の子からだとすると、その夜には出られないとか、その子が提案する別の夜もだめという言い訳を見つけなくてはならないからだ。家では、なにも起こらないが、見慣れたものの奥深くで、未知のもの、ありえないものが生じるかもしれないという雰囲気がある。ちょうど、祖母の整理簞笥の引き出しを開けてみれば見つかる宝物のように。

実はそれが本当になった。二年後の夏、演劇学校に通っていたとき、私は初めて、その当時の言い方を借りれば、夢の男性（役者で、後に結婚することになる）を目にした。場所は、選りにも選って、ふくれっ面をして嫌だと言っている私に祖父がむりやり行けと言った、マグナ・カルタを祝う法曹協会のページェントだった。ベント家の姉妹については、その後どうなったか知らない。ルース・ベントを最後に見たのは、私がヴァッサー大学の三年生だったときで、ハドソンリヴァーヴァレーにある小さな町から電話をかけてきて、会いに来ないかという。そのとき彼女は二十一歳で、未亡人であり、とても裕福だった。彼女は飛行機事故で亡くなった夫が遺したチョコレート工場を経営していた。私は彼女が運命を全うしたように感じた。相変わらず四十歳くらいに見え、落ちつき払った、有能な社長で、眉間に溝があった。そしてもう少しも無軌道ではなくなっていた。

＊

町の名前や人名を除いて、この物語はまったく実話である。気になる点はただ一つ、ルースが切符を替えるくだりだ。彼女がそうしたのは間違いないが、プルマンの車掌がそれを許したのは奇妙に思える。もしかすると車掌が引換券を発行し、彼女は後でシアトルにある鉄道会社の事務所で払い戻しを受けたのかもしれない。

厳密に言うと、この物語は「時計の中の人形」の前に来る。この出来事が起こったのは、ガウリー先生の劇の一年半前だったからである。しかしここに置いたのは「イエローストーン公園」で、私が前の章より歳が上に見えるからだ。これは学校にいなかったせいかもしれない。それに、メディスン・スプリングスでは、私は一夜にして「成長する」という役割に合わせて行動しなければならなかったのだ。あらゆる男性が既婚者だというあの奇妙な不思議の国からいったん出てしまうと、私は元の年齢に縮んでしまった。他にも説明の仕方がある。神学校の初年次に、私はようやく歳上の女の子と友達になりたいという願望を達成した。ベティ・ベントを除けば、仲良しだったのはみな三年生か四年生だった。彼女たちの話題はたいてい男の子のこと、ダンス、それにフラタニティのバッジだった。そのうちの一人で、十八歳の女の子は、婚約していた。彼女たちが卒業してしまうと、事情が様変わりして、友達はみな同級生になり、彼女たちはどちらかと言えば、歳のわりに幼かった。その中に美人がいなかったという事実がその理由になるだろうか。彼女たちの関心事はスポーツに、勉強に、食べることだった。その大半は男の子と外出したことがなく、多くは煙草すら吸わなかった。それが実際には、同い年と一緒にいることは思っていたよりも楽しかったのだ。一つには、そんなに気を使わなくてすむ。実際よりももっと経験があるようなふりをしなくてすむ。四年生になると、学校行事の運営で忙しくなった。私たちの中で二人、カレッジボードの試験勉強をしていた子もいる。私たちのエネルギーの大半はそこに使われ、それで教師たちとの距離が近くなった。

読者は、祖父のことはたくさん書いてあるのに、祖母のことはほんの少ししかない、とお思いだろう。一つの理由は、この回想記の大半が書かれていたあいだ、祖母はまだ生きていたからである。そうは言っても、遅かれ早かれ、祖母のことは触れないわけにはいかないし、そうでなければ物語が完結しないことはわかっていた。祖母が亡くなったときですら、敏感な神経に触れるようなもので、私はそうすることにいささかのためらいを感じたものだ。それは過去を探ることでもあり、私の最初期のおぼろげな記憶、その背後にある一族の過去を探ることだった。ここまでに書いた物語の背後に謎があるという感覚は、それをたどれば、ここまでには名前として、あるいはすすり泣きや、レースのハンカチや、オペラグラス、握りが真珠でできたリボルバーとしてしか出てこない、祖母の姿へと次第に行き着く。おしゃべりや作り話が達者なマッカーシー家は、その秘密をすぐに明かしてくれた。たとえそこで明らかになったものが事実としては怪しいものであったとしても。人間として、プレストンおじいちゃんは開いた本のようなものだった。彼の歴史は、そのほとんどが公式記録に残っているし、たとえそこに隠された章があったとしても、その章はちょうど、彼の歴史が祖母の歴史と出会うか混ざり合う地点で始まっていたのだった。

ある話によれば、二人が出会ったのは軍隊の舞踏会だったという。彼は立派な軍服姿で、二人は一目で恋に落ちた。しかしこの話は本当のはずがない。というのも、私が知っているかぎりでは、祖父は軍隊にいたことが一度もないからだ。それに「一目惚れ」は、二人のつきあいを祖母が語った話と合致しない。「親戚が結婚に反対した」そうかもしれないが、この話は一族の誰からも聞いたことがない。この話題に関しては、主犯たちは黙秘を続けている。人間として、祖父は開いた本のようなものだった。夫として、彼は謎だ。祖母はその謎を解く鍵である。不思議なことに私を贔屓してくれたことと、私の弟たちが冷たくよそよそしい態度で扱われたことの謎を解く鍵も、やはり祖母の性格にある。

祖母について知っていることはすべて次の、最終章で語られる。祖母と祖父は三人の子供をもうけた。息子は二人とも生きていて、どちらにも子供がいない。その先、プレストン家という名前は絶えることになる。

8　質問無用

私の育ち方にはどこか変で、異常なところがあった。祖母が亡くなった今になって、私はようやくその事実に直面する用意ができている。死んだとき、祖母は年齢を明らかにしていなかった。子供たちの誰も知らないし、遺された書類で見つかった数字がどんなものだったにせよ、それは私には秘密のままだった。祖母はたしかに八十をとうに越していて、シアトルの高い自宅で、三年前、とうとう「逝った」ときには惚けていた――きっと、金色をしたタフタのパフスリーブで、指には指輪を、そして皺の寄った手首には青いダイヤモンドを数字にあしらった腕時計を嵌めていたのだろう。おそらく祖母本人も、自分が何歳だかわかっていなかったのかもしれない。最後に会ったのは六年前、祖母が腰の骨を折った後、私が西に飛んで会いに行ったときのことだが、そのときにはもう誰が誰だかわからなくなっていた。ベッドに広げた家族写真を次々と眺めながら、黒髪にルージュ、アイブロウペンシルにマスカラという羽根飾りをつけ、まるで止まり木に止まったコンゴウインコみたいに枕に座った祖母は、うなずいてしきりに笑みを浮かべた。顔はわかるのだ――口髭を生やした夫、きれいに髭を剃った夫、第一次大戦の軍服を着た長男、水兵服を着た次男、スペインの踊り子の衣裳を着た私の母、舞踏会のガウンを着た私の母――しかし名前となるとぼんやりしている。「お父さん」と祖母は、新聞から切り抜いた、おじいちゃんの死亡記事を点検した後で言った。「息子」「夫」「お父さん」はみな一緒だった。私が誰かはちゃんとわかっていて、私の亡くなった母と混同することはなかったが、これはあまり嬉しくないことだ。というのも、切り離せないのはたいてい祖母が大好きだった人々で、それが一つの範疇に溶け合っているのである――父―息子―夫――ちょうど三位一体の秘儀のようなものだ。喧嘩をしていたある親戚の名前を、私が思い出せないでもどかしくしていると、祖母はすぐさま選びだした。「それはガートルードよ！」と祖母は勝ち誇ったように言ったものだ。それからしかめっ面をした――あまり好きではない料理を料理人がトレイに載せて運んできたときに祖母が見せる、あの顔と同じだ。ガートルードとは何年も前に仲直りしたんじゃないの、と言ったら、祖母は首を横に振った。「悪い」と祖母は子供みたいに言った。「ガートルードは私の悪口を言ったわ」

「おまえは」と祖母はある日、突然指さしながら言った。「おまえは私の悪口を書いただろ」それは本当ではなかった。祖母のことを書いたのは一度もない。しかしそう言ったら、祖母は聞き入れず、どこからそんな考えが出てきたのかも教えてくれなかった。これはいかにも祖母らしい話である。道端に落ちている恨みを色付きのリボンみたいに拾い集めて、いったいそれがどこから来たのかわからないのだ。たとえば、ガートルードと仲違いした正確な原因は、誰にも決してわからない。もう少しましな精神状態になるように、こうしてベッドのそばに座っている私は、なだめすかしてみようとした。祖母は枕に乗せた頭をそむけ、目を閉じた。鼻から口の端にかけて、長くて鋭い線がまるで不満の川のように走っている。絶望的な沈黙がそれに続いた。こんな姿の祖母を見ると心が騒いだ。こんなに深くて苦々しい線は初めて見たが、その溝ができるまでには何年もかかったはずだ。去るべきか居続けるべきか、どうしたものかわからず、看護婦が来てくれたらいいのにと思った。「おまえは私の夫のことを書いただろ」と祖母は突然攻撃の矛先を向け、目を開いて高い鼻の上に皺を寄せた。それはどこか遠いところにいるしるしだった。明晰なときには、夫のことを「おじいちゃん」と言うのだ。「ええ」と私は答えた。「おじいちゃんのことは書いたわよ」

それが祖母を怒らせたことがわかったが、祖母が手紙の中でそのことに触れたのは一度もない。しかしいったいどうして怒っているのか、正確なところは聞き出せなかった。おじいちゃんについて、祖母が言うような「悪口」を書いたことがないのは間違いない。もしかしたら、この回想記で祖母が出てこないので、それで妬んでいるのではないかという気がした。おまけに、祖父は他の女性たちと一緒に出てくる――院長先生、架空の叔母、それから私だ。自分のことを書いたといって非難するのは、実際には仲間はずれにされたと思っているということなのか？　頭の中が曇る前でも、祖母はそういう矛盾したことを言えた。それとも、自分がその叔母だと思っているのか――あの不愉快な人物だとでも？　どうしようもない、どうしようもないわね、と私はひとりごちた。いつもこんな具合なのだ。何を説明したところで、大好きなのをわからせようとしたところで、だめなのだ。祖母は愛情をはねつけるように、説明をはねつけた。それは祖母のプライバシーという、あの念入りに保護された領域――整理箪笥の引き出しとか、クローゼットの中にある組み合わせ式キーが付いた金庫のように神聖不可侵な場所――を侵害するものなのだ。その場所で祖母は自説にしがみついているのである。「ねえ、おばあちゃん」と私は言いかけたが、そこであきらめた。

言おうとしたのは、（a）祖母については、どんな形であれ、どんな変装であれ、書いたことがないということ、そして（b）書いたことがないとしても、それはどうでもいい人間だと思っているからではなく、祖母が似姿を撮られるのを嫌うだろうとわかっていたからだ。四十年近く、祖母は写真を撮られるのを拒否してきた。最後に撮ったのは、彩色を施した写真で、祖母のシフォニアの上に立ててある。そこに写っているのは、ビーズの付いた、襟ぐりの深いイブニングドレスと派手なスカーフを着け、髪はポンパドールで、膝元には幼い息子が立っている、整った顔立ちの婦人である。これが祖母の公式的なイメージでありつづけ、どう言われようとそれを取り替えはしなかった。弟たちや私がまだ子供だった頃に撮られた四世代の集合写真には——曾祖父、祖父、母、それに赤ん坊たち——祖母は写っていない。私が自分の赤ん坊を連れて最後に訪れたとき、この新しい家族の写真を撮らせてくれと祖母にたのんだことがある。しかし祖母は承知してくれなかった。その夏、一九三九年、戦争が始まる直前に撮ったスナップ写真にも、やはり祖母は写っていない。そのうちの一枚には、ベビーサークルのそば、芝生のところに影が写っていて、それが祖母が立っていた場所を示しているのかもしれない。しかしこうした事実に祖母の注意を向けることはあえてしなかった。その背後には物語があるはずだから、祖母の人生の物語が——年齢と同じで、いちばん親しい者にも秘密にしてあった物語だ。そうは言っても、私たちはみな想像をめぐらせて、大まかなところは知っている。ちょうど、私たちがみな、自分の年齢と自然の法則から計算して、祖母が八十歳を超えているに違いないと、大まかに知っているように。

今その物語を語りはじめ、いわば世間に公表するにあたって、私はまるで祖母の影が割って入り、やめろと命じているような、落ちつかなさをはっきりと感じている。もし私が来世というものを信じているなら、黙っていたところだ。私たちがどこで会うことになろうが、祖母に申し開きはしたくない——祖母がいそうなのは地獄の辺土であり、そこのどこかの階段のてっぺんで、腕を組み、顔にはコールドクリームを塗った姿で私を待ちかまえている。ちょうど、私が朝の二時か三時に玄関のドアの鍵を音がしないようにそっと廻し、できることなら言わずにすませたい嘘が唇のところまで出かかっているときに、ピンク色をした日本製のキルトのバスローブか、緑色で龍の刺繡が入ったのを着て、よく祖母が待っていたように。これから書くことを祖母は絶対に許してくれそうにないが、もし来世というものがあるなら、私の申し開きに耳を傾けるのは神ということになるだろう。

祖母の最初の記憶は、グレーの電気自動車に乗り、洒落た手袋を嵌めた手をハンドルか操縦桿に置いている姿だ。そのとき私は何歳だったか、記憶が定かではないが、六歳のときに家族がシアトルを離れる前だった。グレーの箱型車が二十四番街にあった煉瓦造りの家の前にある縁石のところにすべるようにやってきて、私たちが見ていると、車から出てきた祖母は組紐かスパンコールを鏤めた瀟洒なスーツを着ていて、帽子に付いている点模様のヴェールを高い鼻のところまでしっかりと引き下ろしているので、肌を背景にした黒い柔毛のような点がまるでほくろのように見えた。脚には、靴の上に、真珠のボタンで留めた奇妙な布カバーがあった。父が言うには、「スパッツ」というもので、あれを着用する男性もいるのだという。祖母は私の母に会いに来たところで、香水の匂いがした。電気自動車は私たちの家の前に長いあいだ停まっていた。ある日、弟たちと私がその車に乗り込んで発車させたことがある。それで母は鼈甲(べっこう)の櫛で私たちのお尻をぶったが、父はこの快挙を自慢した。「うちの腕白小僧たちはどうやったんだろうな?」と父は笑いながら言ったものだ。私たちはみな六歳にもなっていなかったはずだ。

次に思い浮かべるのは、私たちのバスルームでのこと。子供たちがお互いに風邪をうつしあわないように、上に名前を書いて自分のタオルを使わせなさいと私の母に言っているところだ。その日の午後、祖母が去っていったときに、タオル掛けにはそれぞれに新品のタオルが掛かっていて、そのタオルのうしろには各人の名前を書いた小さなラベルが壁に貼ってあった。両親には「ロイ」と「テス」、私たちには「メアリー」「ケヴィン」「ジェイムズ・プレストン」。三男のシェリダンはまだ必要がないほど幼すぎた。私はこの取り決めにすっかり感心した。とてもかっこいいと思ったのだ。しかしすぐその翌日に、父が私たちのタオルのうちの一本を使って台無しにしてしまい、まもなくタオルはまたごちゃごちゃになってラベルも剝がれてしまった。屈託のない父に対して批判的に思ったのはこれが初めて（そして、たぶん、唯一）のことだった。もしあの妙な女の人が今バスルームを見たら、きっと父を叱るだろうとわかっていたからだ。

日曜になると、私たちは昼食をとりにワシントン湖のそばにある祖母の家へ連れていってもらった。そこでする大好きな遊びが二つあった。一つは、大人がまだ食べているあいだにテーブルの下にもぐり込んで、女中に来てもらいたいときに祖母が踏む絨毯のふくらみを探すことだった。絨毯のふくらみというか小山は、足とか女性のスカートが邪魔をして見つけにくいが、私たちはとうとう見つけてベルを鳴らすことができた。テーブルの下は、垂れ下がった白いテーブルクロスに囲まれて、テントみたいに素敵だった。絨毯は厚くてやわらかく毛羽立っていて、そこから顔を出してのぞくと壁紙に描かれた異国の鳥が見えた。テーブルの下にもぐらないようにと誰かに言われた記憶はないが、ある日曜のこと、たぶんそこに行った最後のときに、ふくらみがどうしても見つからなくて、まるでそれまで夢を見ていたか、お話を作り上げてしまい、本当は最初からふくらみやベルなどまったくなかったかのような、奇妙でぞくっとする感じがしたのを憶えている。女中を困らせないようにベルが撤去されたに違いないというのは思いつきもしなかったし、シアトルを去ってからずいぶん経っても、いくら考えても解けないパズルみたいに、消えたふくらみの謎はよく私を悩ませた。新しいベッドで眠れず横になったまま、ベルのことを考えて、もう一度探すチャンスがあったらと願ったものだ。五年後、十一歳の女の子になって、そこに住むために連れ戻されたとき、祖母の足と私の足のあいだにあるはずだと思ったとおりの場所にベルを見つけて、本当だったことがわかり、私は大喜びした。
もう一つ好きだった遊びは、昼食がすんだ後、高い家からワシントン湖までずっと、草地の階段になって下っていく段丘を転がり落ちることだった。私たちは湖にはまりそうなところまでごろごろといつまでも転がり、帰る時間になるまで誰にも止められず、白いよそいきが緑色の染みだらけになった。草はビロードのようだし、まわりはどこも花壇ばかりで薔薇の香りがしていた。どこかで散水装置が水をまいていたし、私たちは繁みからラズベリーを取って食べた。ところがなんとしたことか、戻ってみると、それは夢だったのがわかった。地面が湖まで下がっていることはなく、下にある、次のブロックまでで、草むした土手も一つしかなく、もう一つは荒れ放題で、ブラックベリーの繁みに覆われており、話では前からずっとそうだったという。一つしかない緑の傾斜を何度か転がってみたが、小さい頃と同じではなかった。五回か六回転がっただけでもう底まで着いてしまうのだ。よく憶えている、あのくらくらするような甘美な感覚をふたたび取り戻すことはできなかった。そしてもう一度味わってみたいと期待していたラズベリーも、私たちの家ではなく隣の人のものだった。

妙な女の人は祖母のはずだったが、小さい頃はそんなふうに思っていなかった。たとえば、別の祖母のように、髪が白くはない――そちらの方が本物の祖母だと思っていた。それに刺繍やタペストリーを作らないし、眼鏡ごしにじろりとこちらをにらんだりしない。眼鏡は持っていなくて、鎖が付いた妙な装飾具だけで、何かを見たいときはそれを目に当てる。音もなく動く奇妙な電気自動車、宝石ケースのようなごく薄いグレーの内装、点模様のヴェール、でっぱりのある手袋（指輪でついたものだと、後になって発見した）、ベル、下っていく段丘と、祖母はおとぎ話に出てくる魔法のお家に住んでいる人物みたいで、その家もふくらみだらけだった――湖の側に面して突き出している二つのバルコニーと、四つの出窓、それに小塔だ。（おとぎ話に出てきそうな姉もいて、祖母とは違い、背が高く、白髪を頭の上で長いとんがった形にまとめあげ、聳える山頂かバニラアイスクリームのコーンみたいだった。私たちはある日その人に会いに連れて行かれたことがあり、そこもまた魔法のお家だった。北極熊一頭をまるまる敷物にしていて、床はガラスのように光り、歩くとすべりそうになった。その家は冬宮殿か、サンタクロースがそこからやってくる、北極のようだった。）私は妙な女の人が好きではなかったが、その人の持ち物が好きだった。

この純朴な、おとぎ話時代で祖母を最後に見たのは、ホテル・ワシントンの昇降機の中。私たちは家が売られてシアトルから引っ越すところで、そこに滞在していたのだ。祖母は、私が扁桃腺を取ってもらったときに医者が着けていたような、白い妙なマスクをしていた。私は「伝染病」という言葉を聞いたが、これは私たちが昇降機で上がったり下がったりしていたときに――好きだった遊びだ――子供たちにもマスクが要ると祖母が母に言ったのだと思う。でも私はマスクが嫌いだった。

私たちは列車の中でひどく具合が悪くなった。それからある日、私は祖母をふたたび見ることになる。ミネアポリスという、祖母には縁がなく、別の祖母が住んでいる場所だ。私が病気でちょうど快方に向かいだした頃、別の祖母の裁縫室にある鉄製のベッドで寝ていると、あの妙な女の人が入ってきた。今度は違う種類の、黒いヴェールを着けていて、それが顔全体に掛かっていた。それを払いのけると、まるで泣いていたかのような、恐ろしい形相をしていた。それから私のベッドに腰を下ろし、彼女の夫であるプレストンおじいちゃんがそばにある背のまっすぐな椅子に座った。祖母はすすり泣いて、それを夫がなだめ、「さあさあ、ガッシー」みたいなことを言っていたが、それが名前らしい。祖母はハンカチで涙をぬぐった。そして二人は、いい子にしているんだよと私に言いながら、そっと音も立てずに去っていった。シアトルに住んでいることはわかっているのに、ここミネアポリスに現れたということが、私の判断力を悩ませた。教えてくれる人は誰もいなかった。「流感」という言葉は聞いたが、あのときは両親の葬儀だったんだと気づいたのは何ヶ月も後だった。それでもとうとう、ママとパパは戻ってこないと推察したときに、私はある程度の安堵感を覚えた。少なくとも、一つの謎が解明されたのだ。妙な女の人がやってきて私のベッドで泣いたのは、娘が死んだからだ。次に会ったのは五年後、シアトルの停車場で、帽子に付いた点模様のヴェールをしっかりと顔に掛け、その顔にはひどくほお紅やパウダーが塗られていた。私はもうその頃までには、この女の人が私の祖母で、ユダヤ系、髪は染めていることも知っていた。

先ほどの項目で、最後のものはデマだった。祖母の髪は生まれつき黒く、鴉の濡れ羽色で、刺繍糸のほつれのような、美しい絹の光沢をしていた。八十を超えてベッドに寝たきりになったときに初めて、ぶあつくてきらきらしたパーマに白髪がちらほらと現れだした。その髪を梳いていて、看護婦がよく感嘆したものだが（「素晴らしいですわね。ぱっと見には、染めていらっしゃるのかと思いますよ」）、デマを流した者たちに対するこの勝利は遅きに失した感があった。看護婦も証言できるし、叔父たちやその妻たちも証言できるし、私でも証言できるが、それを誰に言えばいい？直近の家族内では、私たちはいつもとりあえず祖母を信じることにしていたが、初めてパーマをかけてもらうときに、祖父が不安そうな顔をしたのを憶えている。というのも、当時は染めた髪がパーマと相性が悪く、緑色やオレンジ色に変色すると言われていたのだ。外部の人間、遠縁の者、それに店で祖母に会えば会釈するくせに振り向いて何かをささやくような女性たち――そういう連中に、私は今前言撤回させてやりたいところだ。とりわけ、「あんな色をした地毛なんて、誰か見たことある?」と、繰り返し何度も致命的な疑問を投げかけた、別の祖母がそうだ。しかしその祖母ももう霊廟に入っていて、コメントを求めるわけにもいかず、他の人間たちも亡くなってしまった。祖母はそのみんなよりも長生きした――不運なめぐり合わせである。おまけに、祖母自身ももはや勝利を味わえる状態ではないし、勝ったことがわかっているかどうかすら怪しかった。元気があった頃、よく祖母は鏡台から手鏡を取ってきてくれと私にたのみ、鏡とにらめっこしながら、あのちらほらした白髪を抜く作業に取りかかったものだが、それが長いあいだ必要としていた、髪が本物の黒髪だという証拠になることに気づいていなかったのである。

祖母は美人だった。「シアトルで一番の美人」だと私の友人の母親たちがよく言っていたもので、あなたのお母さんも生きているときにはシアトルで一番の美人だと付け加えるのだった。母の場合だとそれはわかるが、祖母は若い頃の数少ない写真を見ると、美人だと思えない。整った顔立ち、と言いたいところで、ほっそりとした高い鼻、黒い目、得意げで上品な顔、すっきりとした額に、ロマン派の詩人がよくやっていた、男の子のようなきつい巻き毛。旧約聖書に出てくるユダヤの民の顔で、ヤコブが見初めた若いラケルの顔だったとしてもおかしくはない。耳にはピアスの穴が空いていて、一枚の写真では丸いボタン型のイヤリングを着け、どこかロシア人のように見える。幼い頃の私の母と一緒にポーズを取っている別の写真では、髪を大きな黒いリボンで結んでいて、生徒のような雰囲気がある。優しくて、率直で、まじめな風情――そういう性質は、私が知っている鋭敏で快活な女性とか、シフォニアに立ててある写真の堂々とした女性とはとても結びつかない。その違いは写真のスタイルが原因かもしれないし、結婚初期のあいだに性格が激変したのかもしれない。細長く、夢見るような面立ちは、短くて、幅が広く、愛想のいい面立ちに変わった。大きくあけた目も狭まり、目と目の間隔も狭まった。あまりにも大きな変化なので、「何が起こったんだろう？」という疑問が浮かぶほどだ。写真に写っている若い女性は傷つきやすいように見える。

　祖母はサンフランシスコからシアトルにやってきた。サンフランシスコでは父親が、祖母の言い方では「ブローカー」をしていたという。それが質屋（ポーンブローカー）という意味だったのかどうかは、ついにわからなかった。父親は四九年組で、ペンシルヴァニアで一年過ごした後、ゴールドラッシュでカリフォルニアにやってきた。各地で起こった一八四八年の革命のさなかにヨーロッパを離れたというから、政治亡命者だと思いたいが、本当のところはわからない。ヨーロッパのどこ出身だったのかも、一度たずねたこともあるが、わからない。ポーランドではないかと私は思う。しかしながら、祖母の名前はドイツ系で、モーガンスターンという。ファーストネームはオーガスタ。若い頃と家族の歴史について祖母が知っているのは、こういうざっとしたわずかな事実でしかなく、他人がもっと知りたいと思うことが祖母を不思議がらせた。「昔のことじゃないの、メアリー」と半ば不機嫌そうに言ったものだ。「どうしてそんな昔のことばかり、いつもたずねるんだね？」たいそうな美人の常で、祖母にはほとんど好奇心というものがなかった。十年近くにわたって、隣に引っ越してきた家族の名前も知らなかったくらいだ。

　祖母はごく若い頃（十代）に両親を亡くした。そして私からすると大叔母に当たる妹ロージーと一緒にシアトルにやってきて、そこでアロンソンという名前の毛皮輸入業者と結婚していた姉のエヴァと暮らすようになった。このエヴァというのが、北極熊の敷物の女性である。姉妹は多少の個人教育を受けた。祖母は一時期、よくピアノを弾いていたことがある――なかなかうまいものだったと思う。話す声は耳に心地よいし、驚くほど古典音楽の素養があった。「お金はあったの、なかったの？」と一度たずねてみたことがある。そういうたしなみの出処を探りたいと思ってのことだ。「お父さんがいい商売をしていてね」というのが答えだった。祖母はロシア小説を読んでいた。トルストイやドストエフスキーを手ほどきしてあげようとしたら、そっけなく笑って、そういうのは自分が若い頃に流行っていた作家だったと言う。『戦争と平和』をモデルにした、幾世代にもわたる物語の大長篇小説が好みで、それは一生変わることがなかった。短篇小説が嫌いなのは、祖母に言わせれば、ようやく登場人物と知り合いになったかと思ったらもう話が終わってしまうからだと言う。そんなものはわざわざ読む値打ちがないとか。二人がシアトルに着いたとき、妹のロージーは十四歳だった。ロージー大叔母は出かけていって、ちょうど開校したばかりのワシントン大学を調べてみた。そして自分の方が教授たちより物を知っているとの結論を出した。この事実に直面してがっかりしたのは、高等教育を受けたいと熱望していたからだ。

ロージー大叔母は祖母とはまったく違う人間だが、二人は毎日一時間近くも電話でおしゃべりして、午後にはよく一緒に「繁華街」へ買い物に出かけ、祖母は妹の家に立ち寄って電気自動車に妹を乗せていった。後でその車はクライスラーからラ・サールに替わった。ロージー大叔母は背が低く、明るくて、とてもおしゃべりな、自説を持った女性で、市民活動家のようなことをして、ボヘミアンのようなものだった。結婚相手はニューヨークのユダヤ人、モーズ・ゴットシュタイン大叔父と言い、話のおもしろい葉巻党の男で、家具店を営み、「ニューヨーク・タイムズ」を定期購読し、時事についておしゃべりするのが好きで、チェリーレッドの唇に葉巻を反射角、つまり上向きに傾けてくわえていた。彼とロージー大叔母は、大きなクルミ材のダブルベッドがある一階の寝室で、よく夜通し起きていたものだ。ナイトガウン姿のモーズ大叔父は新聞を読み、ロージー大叔母はトランプのソリテアをして、うまくいくまでやめようとしない。モーズ大叔父はルーショーズのレストランやジミー・デュランテの思い出話をするのが好きで、デュランテのことは歌う給仕として憶えているという。二人の大きな寝室は、新聞記事やトランプが散らかり、葉巻の匂いがぷんぷんして、まるでクラブかカフェみたいだった。居間とか、オペラのスターやヴァイオリン奏者やピアノ奏者のサイン入り写真が並んでいる小さな客間ではなく、ロージー大叔母夫妻と二人の息子は昼間でも、いつでもその寝室に座っていた。ロージー大叔母はそうした音楽家を「みんな知って」いた。若い頃はソロ歌手で、結婚式やシアトルにあるプロテスタント教会の特別礼拝ではひっぱりだこだったそうだ。後になって、シアトルのメトロポリタン劇場で行われる音楽の催しを運営していたこともある。大叔母の人生での絶頂は、シャリアピンと一緒にヴァンクーヴァーへ旅行したときのことで、その話になるとモーズ大叔父は大叔母をからかい、彼の小さな、潤んだ目（後に白内障を患うことになる）が眼鏡のむこうでにこにこして、林檎のような頬が紅潮するのだった。ロージー大叔母はシャリアピンや、メアリー・ガーデンにガリ＝クルチといった、写真にサインをしてくれたさまざまな歌姫の他にも、芸術家に会ったことがあった。演劇人脈のおかげでフーディーニや大アレクサンダーと知り合いで、彼らの奇術はメトロポリタン劇場の舞台に落とし戸があるという事実で説明がつくと言っていた。私が知り合いになったとき、大叔母は女性音楽クラブを運営していた。

姉妹たちに比べれば、ロージー大叔母は貧乏だった。夫は事業でいつも失敗するタイプの男性だった――だいたいどこのユダヤ系の家族にもいる愛想のいい大叔父で、他の人間に助けてもらわなければ仕方がないという男だ。ロージー大叔母には家事を手伝ってくれる不器量な「女の子」がいた。大叔母の服装は流行遅れだし、住んでいるのもいささか荒んだ地域にある小さめの木造家屋で、塗装直しが必要だった。音楽界のみならず神殿でも活発に活動した。ヒルシュ神殿婦人部会編の料理手帳は、慈善事業用に用意された本で、私たちの家でもよく使っていたが――私は今でも一冊持っている――そこにはM・A・ゴットシュタイン夫人が寄稿したレシピがたくさん載っている。大叔母のヌードルと一緒に煮込んだ鶏肉や、トマトハンバーガーや、ルバーブパイは、大伯母のS・A・アロンソン夫人が寄稿したレシピとはまったく違っていて、そちらの作り方はこう始まる。「上質のシビレ二枚に、カップ一杯のバターと、グラス一杯のクリーム、シェリー、それとフォアグラを少々加える」あるいは、焼き牡蠣のレシピだとこうだ。「それぞれにキャビアとクリームをかけ、バターをちらす。温めて出すこと」

ほがらかで、心が善良で、弁舌もよどみなく自由闊達なロージー大叔母は、シアトルではどんな階級のどんな種類の人々にも人気があった。社交界の婦人は「あの素晴らしいゴットシュタイン夫人」からほとばしる音楽を好んだ。神殿の貧しい婦人は大叔母を褒め称えた。プロテスタントの牧師は大叔母を尊敬した（大叔母の話では、まだ若い頃、聖歌を感情込めて歌うからというので、牧師がなんとか改宗させようとしたことがよくあったという）。裁判官も、政治家も、肉屋も、貧乏な仕立て屋も、本屋の店員も、みなロージー大叔母を知っていた。プロテスタントの牧師の改宗させようという誘いには決して乗らなかったが、大叔母は本当に偏見のない人間で、障害を自然に乗り越えることができた。障害があるとは思っていないからだ。シアトルに住むユダヤ人の大半は別生活を送っていて、バル・ミツワーの成人式や婚礼、家族のことや商売のことしか頭にない。一握りの、ドイツ系に聞こえる名前を持った人間だけが、なんとか非ユダヤ人の世界に越境して、子息を大学でまともな友愛会に入会させ、神殿や戒律を置き去りにしてしまう。ロージー大叔母は稀なケースだった。大叔母のユダヤ性——つまり、ほがらかさと流暢さ——は、優勢な非ユダヤ人の世界と関わるときに大きな強みになった。祖母の（非ユダヤ人との）結婚がロージー大叔母の世渡りを多少楽にさせたとすれば、ロージー大叔母は決してそれに勘づいていなかったと思う。大叔母にはさわやかな自負心があり、社会的な妬みや野心はまったくなかった。気さくな心の持ち主にとって、ユダヤ人であることはただ単に信仰の問題にすぎなかった。

三姉妹がそれぞれユダヤ人の血筋に対して異なる態度を取っていたのは、結婚相手によって条件付けられたからだろう。エヴァ大伯母――アロンソン夫人で、夫のシグ大伯父はとうの昔に亡くなっていた――は、ユダヤ人の上流社会における典型的な金持ちの未亡人だった。頻繁に旅行をして、そのお仲間はポートランド、サンフランシスコ、ニューヨーク、さらにはパリにまで係累がいる、いささかワルな社交界の名士たちだった。賭け事はするし、季節になると避暑地やお洒落なホテルに行った。シアトルにいるときは、ユダヤ人のカントリークラブの常連で、昼間にはゴルフをして夜には高額の賭け金でブリッジをした。こうした人々――ほとんど、女やもめか男やもめ、独身男性か離婚歴のある女性――の生活規模は、そういう人間の存在にも気づかない、地元のキリスト教徒の上層ブルジョワジーにとって、想像の域をはるかに超えていた。気づかないというのは、少なくともエヴァ大伯母の場合にはお互い様で、ホテル、ヨット、競馬場、温泉といった場所をルーレット盤さながらに平気の平左でくるくると回転しながら、いつも髪をきっちり整えている大伯母は、目と鼻の先に非ユダヤ人の社交界があり、その活動が毎日、および日曜版の新聞に報道され、その会員が月曜にはオリンピック・ホテルで「昼食を取る姿が見られた」とか、ハイランズ・ゴルフクラブの隣にあるシアトル・ゴルフクラブでゴルフをしていたり、湖に面したテニスクラブで日光浴をしていたりするという事実には、まったく無知だった。

エヴァ大伯母は、この世界にはユダヤ人ではない人々もいるということに、ほとんど気づいていなかったのではないかと思う。大伯母もまた、妬むということをまったく知らなかった。性格は冷静沈着だった。祖母の異宗婚もまるで気にしていなかった。その堂々たる気づかなさは、崇高で、女王様のような属性だった。私のアイルランド系の親戚がよく思わせぶりに言っていた言葉を借りれば、祖父が「あの民」ではなかったとしても、大伯母はそれに気づいている様子を見せなかった。何かを読むことはめったになく、みごとなまでの一般論で語るエヴァ大伯母にとっては、「不愉快」なことが閉め出されていた。芝居が好きで、旅行に出かけていないときには、毎週シアトルにあるヘンリー・ダフィーの専属劇団を観に行った。祖母、ロージー大叔母、そして私はそこの役者たちについては強硬な意見を持っていたが(「まったくの大根だわ」と祖母は決まって主演男優をなじった)、エヴァ大伯母には違いというものがなかった。どの芝居を観ても「とても楽しめた」と言うのだ。役者についてはこうだ。「みな役をうまくこなしていたわね」私たちはよく大伯母をからかって、芝居には週によって出来不出来があることをなんとか認めさせようとしたものだ。ところがエヴァ大伯母はどうしてもそのルビコンを渡らなかった。何か臭いぞと思ったのだろう。大伯母にとっては、どの芝居も役者も同じで、同じように、まあまあいいのだった。

人生の終焉に近づいて、大伯母はひどい消化不良に悩まされ(間違いなく、フォアグラとバター茶のせい)、私たちの家で日曜に昼食をとった後、大伯母の姿を見るのはつらかった。堂々として背筋を伸ばし、裏の居間のあたりを歩きまわり、唇にはかすかに泡が浮かび、顔は薄いバニラ色で、苦痛に少し歪んでいる。「ガスがね」と大伯母は、威厳を保って言うのだった。このとても貴族然とした女性が胃腸のせいで、きっと彼女にとってはひどく恥ずかしくて人様に見せられない人間へと貶められているのを見るのは、私には拷問に等しかったが、大伯母の気づかなさは病気の「不愉快」な面にまで広がっていたらしい。まるで女主人のように、愛想よく、病気をいわばもてなしたのである。こうして耐え忍んでいるあいだ、祖父はとても大伯母をいたわった。思うに、大伯母は祖父の係累の中でもいちばんのお気に入りだったのである。仕事の面でも手助けをしてやったせいで、祖父は、エヴァ大伯母が妹たちとは違って、とんでもなく頭が悪いことに気づくようになったはずだ。もしかすると、どっしりした白牛にも似た、この女王らしい頭の悪さが、女性に優しい祖父の騎士道精神を呼び起こしたのかもしれないし、大伯母の頭の回転の遅さが、選民の一人であることを祖父に忘れさせたのかもしれない（この選民という言葉も、アイルランド系の親戚が好んで使う典型的な異名だった）。

祖父はユダヤ人についてどう思っていたのか。これもまたわからない。私たち一族をとりまく、たくさんある謎の一つだ。葬儀で棺桶担ぎをする以外、祖父は教会に行ったことが一度もなかったが、生まれは長老派のヤンキーで、ウェストポイント出身の男の息子であり、この男はヴァーモント州ノーウィッチで軍学校の校長を務め、南北戦争では黒人部隊の指揮を執り、退役したときは准将だった。サイモン・マンリー・プレストンというのが曾祖父の名前で（妻はマーサ・サージェント、ニューハンプシャー生まれ）、九十九歳まで生きた。晩年はシアトルで過ごし、そこでは地元名物の一つだった。彼の子孫は、これもまたウェストポイント出身で、五十代で亡くなったエド大叔父も含めて、みなやがてはシアトルに引き寄せられた。祖父のハロルド、大叔父のクラレンス、それから大叔母のアリス。この大叔母は祖父の弁護士事務所の共同経営者の一人であるユージーン・H・カーと結婚し、しばらくアラスカに住んでいた。祖父が初めて西部にやってきたのは、大学での休暇のあいだ、測量技師として働いたときのことである（入ったのはコーネルで、出たのは現在のアイオワ州グリネル大学）。学士を取得したときに、シアトルで法学を勉強しようと決めた。祖母に初めて会ったのはそのときのはずで、当時祖母は十七歳くらい、毛皮輸入業者ジギスムント・アロンソンの家に住んでいた。この名前は、ヤンキーである祖父の耳には奇妙に響いただろうか？　おそらくそうではない。シアトルは辺境の町で、どんな国の人間にも出会いそうなところだった――フランス人、オランダ人、ドイツ人、貴族に平民と。私たちの一族の初代の多くは貴族の血統（ド・チュレンヌ、フォン・プール）を持っているが、どんな初代でも、その曾祖父は「背嚢を背負ってここにやってきた」とはよく言われた話である。祖母は多くの男性に求婚され、その中には、祖父と同じ姓を持つジョージ・プレストンもいた。私は祖母にユダヤ人の愛人たちもいたことを発見したが、調べたかぎりでは、ユダヤ人とそうではない者を区別はしなかったようだ。ドライブに連れて行ってくれる男性がよりどりみどりだったという、それだけのことだ。

「調べたかぎりでは――」祖母の場合だとそうはいかない。祖母としゃべっているときに、どんな文脈であれ、「ユダヤ系」という言葉を使ったことは一度もないと思う。祖母はその言葉を気に入らないような気がしたのだ。初めてシアトルに戻り、週五日の寄宿生として聖心会の修道院に送られたとき、私はよくその言葉のことを考えた。それは父がつきあう人々から醜悪なあてこすりを言われるせいでもあるが、主には、いとこおじに恋をしていたからだ。ロージー大叔母の息子バートン、背が高く、魅力的で、歳は私より十上の二十一。カトリックの私は、結婚の障害になりそうなことをあれこれと心配していた。彼がいとこおじであるという事実、それに宗教の違いだ――彼に洗礼を受けてもらわなくてはならないのか？　私の胸の思いは秘密だったが（少なくとも、そうであってほしかった）、たとえそうではなかったとしても、あの口に出せない言葉のおかげで、その問題を祖母と話し合うわけにはいかなかった。

今になって気がつくのだが、私の態度は変なもので、露骨な反ユダヤ主義（「アイキー・モーズ・エイビー」［ユダヤ人の蔑称］と、修道院でよく小声で唱えていたものだ）が、心酔や純粋な許容心と無関心に混じり合っていた。私はモーズ大叔父やロージー大叔母の方が他に知っている歳上の人たちよりもずっと好きだったし、「アイキー・モーズ・エイビー」とは他人が彼らのことをどう思うかを表しているつもりだった。それはいわば挑戦的態度だった。もし私がそうした他人の側に少しばかり寄ったとしても、亡くなった母はさらにその先を行った。ある日、母が祖母マッカーシーに宛てた手紙を見つけたことがある。その中で、母は「ヘブライ人たちと一緒に」過ごした夜のことを書いていた。この手紙を見つけたことは、思春期で大きなショックの一つだった。後光が射すような母のイメージは粉々になって、彼女の母もそれを読んだに違いないと思うと（というのも、他の形見の品と一緒に、私のために取り置いて、私の机の中に入れてあったからだ）、吐き気がしそうになったほどだ。

おそらく祖母のためを思って敏感になりすぎたのかもしれない。ロージー大叔母とエヴァ大伯母の係累はなんの秘密でもなかったし、祖母がお茶会をするといつでも、新聞にはM・A・ゴットシュタイン夫人とS・A・アロンソン夫人がお茶を淹れたと書かれるのだった。遠縁の人間がバル・ミツワーの成人式をしたという話はよく聞いたし、ユダヤ式の婚礼に連れて行かれたこともあり、夜にホテルの舞踏室で開かれたので素敵だった。とはいえ、そこには何かがあった——その話題は避けること、それを言葉にするのは嫌うこと——それが積もり積もって、十六歳くらいだった頃のある朝、祖母が私の「信仰」のことについて触れたのを耳にして、私はびっくりした。神が信じられないという話を祖母にはしていて、驚いたことに、祖母はすっかり動揺していたのだ。祖母が言うには、自分はもう信仰を実践してはいないが、すべてを理解して、あらゆることに目を光らせてくれている、親切な神様はきっといるというのだ。祖母の話には感情と力がこもっていた——私たちの関係では珍しいことだった。

一緒にドライブに行った若い男性たちの名前をなんの気なしにたずねてみたら、求婚者の中にユダヤ人がいたことをたまたま発見したのは、いかにも風変わりでつかみどころのない性格の祖母らしい話だ。祖母は名前をなんのためらいもなく教えてくれたが、シュヴァーバッハーとかローゼンブラットといった名前がある物語を語っているというようなそぶりはまったくなかった。自分の民族以外の人間と結婚するのが大きな一歩だったとしても、祖母はそのことをまったく思い出せないようで、もちろん、私がたずねるわけにもいかなかった。

それでも、他の点では祖母は実に率直だった。「どうしておじいちゃんと結婚することになったの?」ある晩、私自身が結婚してから家を訪問したときに、祖母にこうたずねた。「ロージーと私はシグおじさんとそりが合わなかったからね」というのがそっけない返事だった。

それでおしまいなのだ。私は自分の耳が信じられず、祖母は自分の言っていることがどれほどとんでもないことなのか、わかっているのだろうかと思った。「でも、他の人じゃなくて、どうしておじいちゃんを選んだの?」と私は突っ込んだ。おじいちゃんのために、目が素敵だったとか、髭がとか、頭がいいからという答えをしてくれるだろうと思い込んでいたのだ。祖母は記憶をさらっているようだったが、無駄だった。「わからないのよ、メアリー」祖母はあくびをしながら言った。「知ってるはずでしょ」と私は言い返した。きっとよくしてくれると思った、そう祖母はようやく認めた。

夫というものの役目についての、こうした古臭い考え方が、私を驚かせた。しかし、すぐにわかったように、祖母にとってはそれこそが主な、唯一の問題だった。「あの人は、おまえによくしてくれるかい?」別の夜、やはり同じ訪問の機会に、祖母は私の夫についてそうたずねた。私は立ち止まって考えざるをえなかった。結婚をそういう観点から眺めたことがなかったのだ。「まあ、そうね、そうだと思う」私はゆっくりと言った。「ええ、もちろんそうよ」祖母はうなずいて、夕刊をもう一度開いた。「だったら大丈夫だわ」この件はそれでおしまいになった。「おじいちゃんはいつもわたしによくしてくれたものよ」祖母はおだやかに続けて、競馬欄に目を移し、翌日のパリ・ミュチュエルでどの馬に賭けるか、印をつけはじめた。

その言葉はどういう意味だろうか？　親切さ、辛抱強さ、寛容さ――それとも毛皮のコートや宝石か？　あるいはそれはみな同じことなのか？　愛というものは、明らかに、私にとってこの「よくしてくれる」というようなもので、祖母にとって縁のない概念だった。祖母は愛という言葉を聞きたくなかった。いらいらするのだ。「私は彼を愛している」という言葉は祖母にとって無意味な音の集まりだった。祖母の聞いているところでもし私がその言葉を口にしたとすれば、もちろんそこまで気が利かないわけではないが、私がしゃべる言葉は中国語みたいなものだっただろう。祖母は恋愛小説が好きではなく、そんなものは屑だと言い、私がまだ若い娘だった時分に熱をあげた映画俳優のことをよくからかった。「あの人は唇がぶあついじゃないの」とロナルド・コールマンのことをよくそう言って、下唇を突き出して表情の物真似をした。「それにあの口髭！　あんなゴワゴワした口髭にキスするなんて、想像してみなさいよ！」リカルド・コルテスは、表情の物真似をしながら祖母が言うには、「まるで腹痛をおこしてるみたい」。それでも祖母のお気に入りはアドルフ・マンジューだった。祖父のお好みはルイス・ストーンだ。

祖母は皮肉屋というよりはウィットに欠けていた。私が大学の休暇で帰ってきたときには、デートに誘いにやってくる青年たちのことをからかって、容貌のちょっとしたことを取り上げ、それを容赦なく誇張するのだった。髪が巻いている、頬が薔薇色だ、唇がぶあつい、耳が大きいと。これは意地悪ではなくて気のいい冗談のつもりで、あたかも祖母が若い娘になり、言い寄ってくる男たちが背中を見せた隙に、聴衆となる姉妹に向かって、男たちのことをからかっているようなのだ。

私はべつに気にしなかったが（ただ、ロナルド・コールマンのことだけは気にした）、抽象的に考えると不公平なように思えた。祖母にとっては部分がつねに全体より大きく、祖母が気づく点が骨相学者を除けば誰の目にも映らないような場合もあるのだった。

祖母の結婚は成功で、それは祖母にとってはたった一つの簡単なレシピのおかげだった。ちょうど、ヒルシュ神殿料理手帳の裏に載っている、アーミン毛皮の手入れの仕方（コーンミールで磨く）とか、壁紙を貼った壁から油脂を取るやり方（フランネルと純アルコール）といった、家事のこつみたいなものだ。祖母は喧嘩を決して翌朝まで引きずらなかった。どれほどおじいちゃんに対して頭にくることがあっても、祖母の話では、いつもおやすみのキスをしたという。そしてその系としては、朝にいくら頭にきていても、夫が事務所に行く前にはいつも行ってらっしゃいとキスをしたという。私が離婚した後で、祖母はまじめくさってこのレシピを譲ってくれた。もしそのとおりにすれば、もう絶対に厄介なことになることはない、間違いないから、と言うのだ。この忠告に私はにっこりした。私の場合にはまるで当てはまらないのだ。しかし祖母は、鏡の前に立ち、寝る前に真珠のネックレスをはずしながら、叱るように首を横に振った。「憶えておくのよ、メアリー」と祖母は命令した。「わかった」と私は軽く言った。「憶えておくわ。『いつもおやすみのキスをすること』」祖母はその瞬間を、私の「信仰」のことについて話したときのように、厳粛なものだと思っていた。それでも一瞬、祖母も満面の笑みを浮かべた。ある逸話を思い出して、二役をやりながら話しだしたのは、おじいちゃんがいつもの朝の挨拶なしに事務所に出かけていった朝のことだった……。ある見方をすれば、祖母の結婚生活は初めから終わりまで滑稽な逸話の連続で、そこで祖母はからかいの対象であると同時にヒロインでもあった。

そうした逸話は結婚前から始まる。馬車を牽く馬が祖母とジョージ・プレストンを乗せたまま走り去ってしまい、おじいちゃんがひどくやきもちを焼いたときのことだ。それから新婚旅行のこと。おじいちゃんが実家を訪れようと、アイオワに連れていったときの話で、南北戦争が終わってから一家はそこに住んでいた。季節は冬で、二人が出発する前に、祖父は着るものは持ってるかとうるさく何度もたずねた。祖母はそのたびにええと答えたが、なぜそんなことを訊くのか不思議で、気分を害した。というのも、それはまともな服を持っていないという批判のように聞こえたからだ。「とても素敵な服を持っていたんだけどね」とは祖母の話。実は、祖父が言っていたのは長い下着のことで、品のない言葉を口に出すわけにはいかなかったのだ。そういうわけで、祖母はなにも知らずに上等なバチストとレースの下着を着けて、アイオワ州ニュートンに出かけた——肌に触れるものはそれに限った。シルクは粗すぎるのだ。野蛮な中西部の気候の中で、祖母はもう少しで凍え死にするところだったという。それに全身にしもやけができた。おまけに、死ぬほど退屈だった。

実家の人々の田舎臭さには唖然とした。それまでこんな人々に会ったことがなかったのだ。彼らにとって、社交の夕べというのは長い下着に重くて暗い色の服を着込み、ストーブのまわりに突っ立っていることで、男たちは次から次へとジョークを飛ばす。実家の人々が、ひいおじいちゃんのプレストンを除いては、みな自分のことを気に入ってくれていないのを祖母は看て取った。「ふしだらで、お高くとまっていると思ったんだね」出される食事も食べられなかったし、出されたユニオンスーツも着られなかった。彼らは祖母の上品な服装や微笑みや笑いが気に入らなかった。彼らが笑うのは、彼らがしゃべったおもしろくもないジョークに対して、短く笑うだけ。寝室で夫と二人きりになると、祖母は大泣きに泣いて、シアトルに戻れという電報を自分宛てに打つことをとうとう承知させた。電報が届いてから、義父の准将が、二人をシカゴに連れて行ってくれた。これは歓待のつもりだったが、泊まったところはひどい下宿屋で、そこでも食事に手を付けられなかった。

男二人は一日中外出していて、家畜一時置き場といった名所を見物していたし、下宿人たちはひどく粗野で品がなく、祖母はビクビクしていた。それが新婚旅行の終わりで、帰りの列車の中で祖母はもう二度とニュートンには連れていかないことを祖父に約束させた。

後になって、二人はエヴァ大伯母と一緒にシカゴの万国博覧会を観に行き、それがまた別の逸話の種になる。祖母とエヴァ大伯母はモンタナのある駅で置き去りにされた。絵葉書を買っていたら、思いがけないことに、列車が出発してしまったのだ。別の乗客である男性が、二人が困っているのを見て、列車から飛び降りて祖母に言った。「奥様、何かお手伝いしてさしあげましょうか？」どうやったのかは知らないが（細かいところは忘れた）、その男性は列車を戻らせたか、次の駅で列車を停めて、二人が馬車でやってくるのを待たせた。ところが祖父はひどくやきもちを焼いた。二人を見るなり、見知らぬ男と一緒に列車を降りたと祖母を責めたてたのだ。そしてそれから一生ずっと、いくら弁解したところで祖父の思い込みを変えることはできなかったという。

祖母が繁華街に買い物に行っているあいだに、家が火事になったことがあった。チェリー通りの路面電車に乗って帰ろうとしたら（当時、家は町からずっと離れていて、ほとんど田舎にあった）、車掌がこう言った。「プレストンさん、お宅が火事ですよ」現場に着くと消防車がそこにあり、（そう、祖母は絶対に見たという）片目の女中チルダが、まるでトレイを持つように、片手でバランスを取ってピアノを家から運び出しているところだった。近所の少年たちがみな芝生に座り、整理箪笥の引き出しから見つけた、祖父が祖母に宛てたラブレターを読んでいた。オレゴン州ギアハートで、乗馬用の馬が祖母を乗せたまま逃げてしまったこともあり、それにたしか、ボートの出来事もある。また母が三男の出産で病院に運ばれたときに、祖母が家にやってきたことがあり、見たら、私たち三人が居間の床に座り、父の法律書を燃やして、弾丸の入ったリボルバーをお互いに向けていたという。

祖母は昔話をしてくれとせがまれて承知したときには、才能のある語り部だった。あらゆる役柄を熱演し、とりわけ自分自身の役はそうで、話しながら思わずトリルのような短い笑いが漏れる。そして話し終わると、ハンカチで目をぬぐわざるをえなくなるのだった。この自分自身をおかしく思えること、このいつも落胆で終わることのおかげで、そうしたがっかりするような状況に置かれた祖母の姿が思い浮かんでくる。そこには古典的な筋書きがある――本当のところは、悪夢の筋書きだ。

誰か、たいていは男性が、面倒な知らせをあっさりと告げる、あるいは長い下着の場合みたいに、うまく告げることに失敗する。あるいはそれが逃げ去る馬だったり、逃げ去る列車だったり、逃げ去る馬車だったり、揺れるボート、弾丸の入ったリボルバーだったりする。自分ではどうしようもない出来事が目の前で展開していても、いつも祖母はなにもできない。(頭のおかしなピアノ調律師の話がある。この調律師は、許可も得ずに客間に入ってきて、祖母の見ている前でピアノをばらばらにした。祖母は見守っているだけで、やめさせることもできず、その男の流暢なおしゃべりにすっかり魅了されていたという。「素晴らしいピアノですね、奥様……奥様はせっかく素敵な音楽の才能をお持ちなのに、それを使わずにいらっしゃった「男が首を横に振る物真似」。いいですか、奥様、あなたには世間に対して、ご主人とご家族に対して、ふたたびピアノを弾く責任があるのですよ……」その話の終わりでは、当然ながら、ばらばらになったピアノが床に転がっている。男はそれを元どおりに組み立てるにはどうしたらいいか、忘れてしまったのだ。)こうした逸話で、祖母はいつでも負け組だった。実生活ではよくそうしたように、辛辣な言葉で言い返してその状況を乗り越えることは決してなかった。しかし祖母はヒロインだから、たいていはぎりぎりのところで救われるのである。
祖母の物語では、落ちつきはらい、ほとんど超人的な自信が満々なのは、別の人間である――ロープを滑り降りて、祖母の足元で一礼する曲芸師のように、軽く一飛びするだけで動く列車から降りられる、見知らぬ人物がそうだ。祖母はいつでも面食らわされ、顔色をなくし、仰天して口がきけなくなる。現実には、祖母こそ面食らわせる側で、昔話をしていないときには口数が少なく（話をさせようと思うと、たいてい何度でもなだめすかす必要がある）、消極的で、近寄りがたい。私の友人すべてをはじめとして、ほとんどの人間は祖母を怖がっていた。

晩年の祖母――つまり、六十代から七十代にかけて――を外部の人間が見たときに、まずびっくりするのは、外見の奇妙さだろう。繁華街で、フレデリックかマグニンの店で買い物をしているところを見かけたとすると――日曜、マチネーがある日、競馬がある日をべつにすれば、祖母はいつでも午後になると買い物しかしなかった――おそらく売り子にあの人は誰なのとたずねるだろう。中背で、少しふっくらしているが太っているとまでは行かず、クラウンが高くリボンか羽根飾りを付けた小さな帽子をかぶり、キューバンヒールのパンプス、布地の手袋、縞瑪瑙（しまめのう）とダイヤモンドを鏤めた柄付眼鏡、黒かネイビーブルーで、プリント模様か無地の洒落たドレス、それに毛皮の襟巻――銀狐かマッテンだ。これは夏用。秋には、濃いグリーンのウールアンサンブルで、豹の毛皮をあしらったものか、猿の毛皮をあしらった黒のもの、あるいはベージュのカラクールの毛皮をあしらったベージュのもの。冬になると、ミンクかペルシャラムかリスかカラクール。堂々とした足取りで店内を歩き、立ち止まってはカウンターの何かを指さし、店員に向かって微笑み、うなずく。服装じたいは人目を惹くものではない。派手な色は嫌いで、黒か、ネイビーブルーか、濃いグリーンか、ベージュか、ワインカラー以外は決して着ないのだ。服装のスタイルも若作りでもないし極端でもない。スカートの丈には気を使っている。ドレスはタックやシャーリングが派手だが、カットはシンプルでおとなしい。小さな真珠のイヤリングと短い真珠のネックレスを着けている。指輪は手袋で隠されていて見えない。手袋の下は、爪が自然色で、爪磨きで磨いてある。化粧台にも口紅は見当たらない。それでも全体の印象はなんとも形容のしようがないほど大胆なのである。

それは信じられないほど黒くてつやつやした黒髪のせいでもあるのだろう。そしてマスカラと、黒くて細く、注意深い目のまわりのアイシャドーのせいでもあるだろう。ただし、そうした美の引き立て役は、でたらめではなく限りない節度をもって使われている。そしておそらくはなによりも、ほお紅のせいなのだろう。ほお紅と、パウダーと、その下のバニシングクリームの。暖かい日に汗をかくと、かかったヴェールの下の鷲鼻に、そして長い下唇に、小さな汗の玉が浮かび、塊がこびりついたようで悲しく見え、まるで肌が泣いているようだ。それでも、化粧品やそれが示唆する人工美の粋を極めた世界をもってしても、祖母が店内を歩き、柄付眼鏡を掛けて新製品や雑貨品をのぞき込み、昇降機の中に消えて、貸本屋か特注店か帽子屋――祖母の行きつけの場所――へと出向き、そこに行くと年配の店員、なじみの店員が、駆け寄って挨拶し、まるで前日会っていなかったみたいに、抱擁で迎えてくれる、そんなときの祖母が醸し出す華やかな印象を説明できはしない。

「何か私にちょうどいいものはあるかしら?」と祖母は、フレデリックの店の帽子売り場係をしている赤毛のスローター夫人に言って、冗談でしなを作るように、片手を腰に当てながら、店内を見渡す。貸本屋の店員に対しても、電話口での肉屋に対しても、これとまったく同じ口調だ――できるものならどうぞ、という軽い口調、まるでこうした言い寄ってくる者たちに対して、私を喜ばせることができるものならやってみなさいよ、と言わんばかりに。

晴れた日には、スローター夫人は祖母のために特別の戸棚に「取り置き」しておいた帽子を二つか三つ持ってくる。「ちょうど入荷したところなんですよ」と彼女はささやく。「奥様のために取っておきました」祖母は鏡の前でそれを試着してみて、頭を横や、妙なやり方で後ろに傾け、それは自惚れであると同時にきわめて自己批評的だ。そのうちの一つが気に入ったら、全身を映す鏡のところまで行って、ポーズを取り、小さな片足を前に突き出して前後ろとバランスを取っているのは、自分自身と帽子を判断という秤に載せているらしい。私が見守っていると、がっかりしたことに、祖母は決してその場で買わなかった。祖母がもう結構と言わんばかりにその帽子をテーブルに戻すと、読心術を心得ているらしいスローター夫人は、さっとそれを特別の戸棚に戻す。その帽子はそうして他の客の目に触れることなく、そこで数日か事によっては一週間待機していて、そのあいだに祖母がようやく心を決めるわけだ。靴やドレスも同じだった。祖母は肉を買うときですら、妙にしなを作る癖があった。それはまるで、気に入ったということをそういう品物に知らせて喜ばせたくはないかのようだった。祖母にとって、愛顧を乞おうとするあらゆる商品は、男性の範疇に入り、従って、肘鉄砲を食らわせる対象となるのだ。それでも、店員は喜んでへつらおうとした。祖母は上客だし、その上、からかいはするが、いつでも愛想がいいからだ。

祖母は店員に対して不機嫌を装うのが好きだった。それどころか、どんな相手に対しても、仕方がないから気分をなだめてあげるというような様子があった。百戦錬磨の店員だとおべっかを使う(「日々にお若く見えますね、プレストンさん。こちらの若いご婦人がお孫さんだとは、誰も信じられませんよ。お嬢さんでも通ります」)。すると祖母は、満足感を隠そうとして、短く、辛辣な、容赦のない笑い声をあげるのだった。実のところ、店員たちは祖母を誇りに思っていた。というのも、祖母はきらびやかな化粧を施していても、本当にびっくりするほど若く見えたからだ。たしかに私の母親だと言っても通ったのである。彼らは心から祖母を好いていた。「どうぞお元気で」と送り出すときには声をかけるし、なかにはキスをする者までいた。祖母はそうした気持ちの表れを胡散臭く思っているようなふりをしていた。キスをされるときには、抗議するように、頬の筋肉が動いた。

祖母は孤独だった。けばけばしく見えて、祖母が通り過ぎると人々が振り向くのは、それが原因だ。孤独感とはけばけばしい性質であり、祖母の衣裳箪笥や手の込んだ化粧が派手に見えるのは、それが孤独を強調しているからである。老女が若く見せようとするのはよく見る光景だが、祖母はもっと奇妙で悲しい存在だった――祝祭のために盛装した世捨て人、のろのろとした行進を眺める隠者だ。後についていく私は、幼いときでも、祖母が風変わりな人に見えるのを半ば意識していて、もし知らない人だったら、学校の作文で祖母を中心にしたお話を想像力で織り上げたかもしれない――祖母の最も近しい人々全員に、少なくとも、大破滅が訪れる。夫は刑務所行きになり、子供たちは売国奴の烙印を押される……。

しかし実際には、私が祖母のことを最もよく知っていた時期、つまり修道院を去ってタコマにある寄宿学校に入っていたあいだ、祖母には夫がいた。二人の息子たちは、毎日顔を見ていた（一人は自宅から大学に通い、もう一人は通りのむこうで模範的な妻と一緒に住んでいた）。姉妹にはほぼ毎日会っていた。義理の妹である、アリス・カー大叔母は、繁華街のソレント・ホテルに住んでいた。孫娘（私のこと）は大学の休暇で帰ってきていた。料理人。二十五年間祖母に仕えている老庭師――元はお抱え馭者だった。こうした人々はみな祖母に献身した。祖母には夫にたよらなくてもいいだけの資産があった。自分の金で投資していたし、自分の車を持っていた。毎年冬になると、祖父は祖母をカリフォルニアに連れて行き、最高のレストランで食事をして最高のホテルに泊まり、サンタアニタや国境を越えたティファナの競馬場に出かけた。祖父は町の名士で、法律事務所も繁盛し、高潔の士として知られ、友人や仲間は数えられないほどいた。私が寄宿学校の二年次だったときに、祖父は祖母をニューヨークに連れて行き、そこでかかっている芝居をほとんどぜんぶ観て、祖母は洒落た新しいデザイナーに「カーシャ」という新しい色で衣裳一式を作ってもらった。それはキャサリン・コーネルが『緑の帽子』で着ていたのとそっくり同じ衣裳だった。それから祖父は祖母をワシントンに連れて行き、そこでカルヴィン・クーリッジに面会した。

祖母は人生になんの不満もなかった。健康面でもどこにも悪いところはなく、あると言えば地元で最高の専門医に管理してもらっている軽い糖尿病と、危険ではないが午後になると頭痛がする高血圧くらいのものだった。それに不満を口にすることもなかった。頭痛がするときにはときどき少々不機嫌になるが、むらっ気のない気性で、きっとそれは自己鍛練のたまものだった。祖母と私はよく喧嘩をして、祖母はよく私のふるまいにけちをつけた。次男の帰りが遅いのも心配の種だった。しかし怒ったりがみがみ小言を言ったりすることは決してなかった。相手をするのが厄介になったのは、ずっと後になって、惚けてからのことで、気まぐれであらさがしをするようになり、マスカラブラシが気に入らないからといって料理人に繁華街へ返品に行かせたり、食事を退けたり、ひとりごとを言ったり、しかめっ面をしたりした。

しかし二度目の子供時代に達するまで、祖母は表面上は満足した女性で、恵まれた境遇にあり、落ちついていて、感情の起伏がなかった。受けた傷と言えば、私が知るかぎり、私の母が早死にしたことと、乳様突起切除の手術を受けて、それで耳のすぐ下や、首筋、下顎にいくつか傷が残ったことしかない。私に対して数日冷淡だったり、突然ガートルードに対して口をきかなくなったり、祖父の弟であるクラレンス大叔父と反目したりしても、それは誰に対しても無害な、ただの気まぐれにすぎない——美人の特権だ。祖母は感情を表に出す人間ではないが、それは息子たちや夫や義理の娘についても言えることだ。彼らはみな同じ布地からできているように見えた。一族の中で私だけが——ロージー大叔母を勘定に入れなければ——激しやすい性格だった。

初めてミネアポリスから連れ戻されて祖父母と一緒に住むようになったとき（二十一歳で結婚するまで、そこが私の公式的な家だった）、幼い子供だった時分もそうだったが、私たちの家とその付属物に私は強い印象を受けた。客間の出窓の腰掛け、オパールのようなティファニーのグラスと小さなデミタスのカップ（どれも違う形）が並んだ戸棚、草模様の壁紙、絹紬（けんちゅう）のカーテン、二階のベランダ部屋、家の前にあるサンザシの木、「プレストン」と彫られた馬車留めの石、玄関のドアの上にある「一八九三年」の日付、台所のケルヴィネーター、呼び鈴のシステム、ガレージに置かれた充電用の起電器、銀のサモワール、ボウルが緑でステムがクリスタルの、ラインのワイングラス（使われたことがない）。私にとって、家は大きなおもちゃのようで、試してみることや発見することがいっぱいありそうだった。私は寝る場所をしょっちゅう変えていた——バスルームのうしろにあるベランダ部屋に行ってみたり、二階に上がって料理人が住み込んでいるあたりの軒の下にある小部屋を使ってみたり、またいつもの緑と菫色の寝室に戻ったりした。あるときには、外で寝る許可をもらい、月明かりの下、湖を見晴らす裏手の芝生で寝たこともある。

与えられた部屋は私のために改修されていた。私は祖母自身のドレスメーカーが仕立てた、綺麗な新しい服をたくさん持っていた。庭師が電気自動車に乗せてくれて、運転の練習をさせてくれた。もうミネアポリスでそうしていたみたいに、眼鏡を掛ける必要もなくなったし、家の書斎にある本を何でも読んでかまわなかった。ディケンズ、フランク・ストックトン、ブルワー＝リットン、シェンキェヴィチに、母が持っていたエルシー・ディンスモアの本である。立体幻灯機をのぞいたり、新しい蓄音機で「打席のケイシー」の古いレコードをかけたりすることもできた。家にある何もかもが、他の家にあるものよりも上のように思えた――庭の花、食卓に出された野菜、これは他の人みたいに店で買わずに、裏庭の低いところで栽培したものだ。葡萄の苗床もあるし、カラントを植えた列もあり、クラブアップルの木に、ブラックとクイーン・アンという二種類のサクランボの木、それからシアトル名物で、祖母お気に入りの、アプリコットの木もある。クリスマスになると、ホリーの枝も自家製で、前庭の木から切ったもの。これが他のホリーの枝よりもいいという考え方は最後まで祖母の頭に残っていたようで、亡くなるまで、毎年、クリスマスの直前になると、プレストン家の木から切ったホリーの枝がぎっしり詰まった箱が、シアトルからニューイングランドにいる私に宛てて送られてくるのだった。祖母の園芸は立派で個人的なものだった。園芸クラブに入ったこともなければ、種のカタログを熟読することもなく、他の園芸家と挿苗や情報を交換したりすることもなかった。毎朝、食事がすんでから、祖母は老庭師に指図を与え、農夫の麦藁帽にスモック、腕には籠という恰好で裏手のポーチを降りてきて、その日の花束を摘み、庭師が苗を植えている新しいアスパラガスの床や、試している新種のスイートコーンの植え付けを監督するのだった。

祖母は欲張りだが、品位をなくすことはなかった。食事にはそっと手をつけるくせに、ボウルに盛った、もぎたてのアプリコットとか、バターを塗ったこのうえなくジューシーな小さいホワイトコーンをぺろりと平らげてしまうのだ。季節の初物の果実に対しては、大食漢並みの貪欲さがあった。ちっちゃなちっちゃなエンドウ豆、幼いコーン、青菜と一緒に調理した赤ちゃんビート。庭の産物で幼きものに力点を置いているせいで、祖母の好みのうるさい食欲が少し卑猥に見える――食人種的で、まるで子供を食らう種に属しているみたいだ。

「若鶏をご用意ください」祖母のレシピの多くはこう始まる。この文句はしばしば祖母の会話の味付けに使われる。別の女性のことを「あの人は若鶏じゃないわね」と言ったりするのがその例だ。赤ちゃんビート、初物のジャガイモ、幼いアスパラガス、胎児のようなサヤ豆、ちっちゃなオリンピア牡蠣、ちっちゃくてくるっと巻いた小海老、乳汁の出るコーン——祖母の衣裳と似て、私たちの食事は選り抜かれすぎて、日常的な実用には不向きだ。私たちの食卓の特別料理は、高級なホテルかクラブのそれに似ている。オリンピア牡蠣のカクテル、蟹の身を入れたデビルドエッグ。コースの最初に出されるサラダは、まずトマトの厚切りで、その上には蟹の身を詰めたアーティチョークのハートが載っていて、その蟹の身にはサウザンドアイランド・ドレッシングがかけられ、すりつぶした卵の黄身が散らしてある。シェリーソースに牡蠣と小海老を添えた鮭の稚魚。鶏レバーを詰めた卵。私たちはこんな大ご馳走を毎日食べていた。毎食が驚きで、一家の誰かを喜ばせようという目的で作られていて、まるで私たちがみな病人で、食欲を「そそる」必要があるみたいだった。日曜には、庭師が裏手のポーチに面した冷蔵庫に入れておいたアイスクリームが、私の気に入るだろうと選ばれる。私たちはストロベリーピーチ（家で栽培したイチゴを使う）、ペパーミント（キャンディケインをすりつぶして作る）、それと私がいつもほしかったビスクをいただく。冷蔵庫にはいつも、ボウルに入れたできたてのマヨネーズ、サウザンドアイランド・ドレッシング、それにいつもだと鶏肉か七面鳥、マラスキーノチェリー、ホイップクリーム、それにマカロンかレディーフィンガーを入れた流し型（ボンブ）が入れてあった。祖母の味覚は一家の他の者よりもおとなしかった。祖母と言うと連想するのはシビレ、パティシェル、それにプーレットソースだ。

　あるいは、目を閉じると、浮かんでくるのは夏の朝、食卓の上座に座り、読書用の角縁眼鏡を掛け、銀のラックに載せた新聞を目の前に置いている姿。食卓の中央にはボウルに入れたもぎたてのアプリコットが置かれ、新聞を読むあいだ、剝き出しになっている、ふっくらとした白い腕が、まるでなんの気なしに、そこに伸びる。ほっそりとして、先の尖った指が果実をつまみ、選りすぐりの、いちばん熟したものを選び出す。このプロセスが繰り返されるうちにボウルは空になり、祖母は新聞から顔を上げようともしない。私自身も食欲旺盛だったが（「食べたものをぜんぶ吸収してるんだったら、山みたいになってるわね」とは、日曜の夕食の後で、叔父の妻がよく言っていた言葉だ）、とても細やかで、とても好みがうるさい祖母の食欲は、飢えの対極にある成熟した官能性を想わせて、私をぞっとさせた。私がいつのまにかアプリコットが嫌いになったのは――いずれにせよ、味のしない果物だと思った――それを愛でる祖母の姿を見ていたからだ。まるでフロイトの言う原光景を目撃したかのように。今では、私もアプリコットが好きになり、皿から一つ選ぶときには、決まって祖母の肉体を思い浮かべる。肉付きがよくて、ものやわらかで、なめらかで、ふっくらして、クッションで保護されているようで、しっかり守られている――一つの秘密だ。ちょうどアプリコットの平らな、茶色い種のように。

祖母のこの肉体は、一家の中心に置かれた崇拝の対象だった。まだ若い頃、私は祖母の靴のサイズ、帽子のサイズ、手袋のサイズ、身長体重、食べ物の好き嫌い、下着やナイトガウンやストッキングの好み、バスルームにある化粧台の中身から、ときどき腋毛を取り除くのに使う軽石まで知っていた。祖母の美点の一つは、白くて形のいい手足にはまったくと言っていいほど毛が生えていなかったことで、除毛クリームや剃刀のご厄介にならなくてすんだ。私がこれほどまでに、肉体的で、物質的な細かい点を豊富に知っている女性は、他にはいない。祖母の触れるものすべてに祖母の存在が染みついて、まるで遺物のようになる。今でも目に浮かぶのは祖母の衣服で、体型に合わせてふっくらとさせ、ビロードのカバーを付けたハンガーでクローゼットに吊るしてあり、そこにはパウダーと香水の匂い、そして塩っぱい汗の臭いが充満している。よみがえってくる祖母は、脇汗パッド、ダーニングステッチをしたサービスシアのストッキング（朝用）、ファゴティングやヘムステッチしたもの、ヴォイルやバチスト、ブークレや猿の毛皮、紅茶染めしたベージュ、という姿で現れる。

私は衣服を脱いだ祖母の姿を決して見たことがない。一度、祖母が七十代のとき、太腿をちらっと見て心騒いだことがある。その太腿は目もくらむようで、白いとか堅いというだけでなく、肌理が細やかなのだ——シルクやサテンというより、薄いシフォンに近い。心騒いだと書いたのは、たとえ称賛のまなざしであれ、見られたくないと思っているのがわかっていたからだ。大きなバスルームは祖母と祖父の二人だけの秘密だったが、寝たきりになるまでは、他の誰一人として、コルセット、キャミソール、ペチコートなしの姿を見たことはなかったと思う。

くたびれた東洋風絨毯地で上張りをしたソファや、型が古くて深い爪足浴槽が置かれた大きなバスルームは、祖母の美を司る神殿であり、成人してからも、私はそこに入ると必ず領域を侵犯しているような気分になった。若い頃の私には、そこが禁じられたものの魅力にあふれていて、午後に祖母が家を出ていくとすぐそこに飛んで行き、膏薬や軟膏、爪磨きやアイペンシルや綿棒、ブラシにピンセット、エリザベス・アーデン、ドロシー・グレー、マリー・アール、ヘレナ・ルビンシュタイン、ハリエット・ハバード・エイヤーの化粧水の瓶、スキンケア、首筋マッサージ用ローション、特製のアストリンゼン、皺を防ぐエモリエントクリーム、ヒンズのハニー・アンド・アーモンド・クリーム、キュウリのローション、ミュリーンの点耳液、特製のアイローション、ヴェルヴァのクリーム、マスカラ、アイシャドー、ドライルージュ、ペーストルージュ、バニシングクリーム、パウダー、顎紐、フェイスマスクを点検するのだった。ある日、「ターキッシュ・デライト」という箱を見つけ、これは名前からして、ハーレムで使われている化粧品だろうと思ったことがある。

バスルームには奇妙な、ポプリのような匂いがしていた。祖母はめったに物を捨てない性格で、古くなった化粧品が饐えた臭いを出していたのだ。それとは別に、薬品のような臭いも、ときどき朝にはバスルームに漂っていた。私はそこの洗面台で祖母の「お付きの女性」に洗ってもらったときに、その臭いを嗅いだ。何年も後になって知ったのだが、実際にはその臭いはバーボンウィスキーだった。祖父は酒に控えめだったが、朝食前にバーボンを二杯やるのが習慣になっていたのだ。祖父の存在が感じられる他のしるしは、祖母の化粧台に置かれていた紫色のオーデコロンで、オーリラヴェジェタルの瓶と、そこの引き出しに入っていたウオノメ取りの絆創膏だけだった。祖父は自分の髭剃り用品を、たしか、大きなバスルームに続く小さな化粧室に置いていた。そこにはなんでもあった。医薬品、入浴剤、ヴァージニア・デアの封を切っていない瓶、家族写真、釣り道具一式、隠してあるクリスマスの贈り物、日付は祖父が合衆国上院議員に立候補していた頃にまで遡る新聞の切り抜き（ワラワラ出身のレヴィ・P・アンキニーに敗れた）。

十二歳のとき、私は祖母の化粧品を試してみたいという誘惑に勝てなくなった。不運なことに（祖母が教えてくれた、結婚を成功させる秘訣のように）、その化粧品の大半は、私が特に気にしている問題とはなんの関係もなかった。あるアストリンゼンには「若年の肌には使用不可」と注意書きがしてあり、ごたごたした引き出しにはそばかすに効くものはなにもなかった。アイブロウペンシルも必要なかった。私の眉毛はもう充分に濃くて、最近、祖父母がカリフォルニアに出かけているあいだに、試しに修道院で半分剃ってみたところだったのだ。いちばんの悩みは鼻だった。ずんぐりしていて、もう少し貴族っぽい形にしようと、寝るときに洗濯バサミで挟んでいたくらいだ。

それに、私は蟹股で、足を骨折して整形するときにするとか聞いたことがある手術を受けてみようかと考えていた。そうした点については、化粧台はなんの助けにもならず、口紅は見つからなかったしカール用アイロンは怖かったので、唇にちょっとペーストルージュを塗り、ドライルージュを頬骨につけ（鼻から注意をそらす作戦）、ピンクのパウダーを顔中につけるくらいで満足しなければならなかった。私にはたいして変わったように思えなかったが、祖母はそういうわけにはいかず、その日の午後に祖母が帰ってくるなり、恐ろしい場面が起こった。というのも、とんでもなく悪いことをしたと思っていたので、引き出しが乱れていたり、祖母が私の頬にしっかりと押しつけたハンカチにルージュがついている、といった証拠を突きつけられても、化粧台に「忍び込んだ」と白状することができなかったのだ。

後になってわかったことだが、祖母は実際には私がそんなに悪いことをしたとは思っていなかったらしい。腹を立てたのは、嘘をついたからだ。でも私は、とんでもない本物の犯罪を犯してしまい、家を追い出されるのではないかと思い込んでいた。祖母の持ち物に触れてはいけないという考えは、激しやすい私の心に、まるでモーゼの十戒のように刻み込まれていたのだった。私は幼い少女時代を過ごした、きっちり成文化されたカトリックの世界を去ってしまい、この新しい世界の中では、何が重大な罪で何が軽微な罪なのか、もう見分けがつかなかった。バスルームは、私が排除されたプレストン家の家庭生活において、あらゆるものの中心として現れた。私はこの家庭生活について、いささか疑問を持ちはじめていた。最初に思っていたほど楽しくはないのだ。まるで呪文のようにそこを覆っている魅惑にもかかわらず、私は同級生ほどには楽しいときを送っていなかった。それでもどこが違うのかを見定めようとすると、指摘できるのはただ一つ、他の人々と違って、家で決まった昼食をとっていないという点で、他の人々が昼食をとっているその時間に、祖母はバスルームに閉じこもっているということだった。

これは些細な不満のように見えるだろうが、そこにはすべてを解く手がかりがあった。今、私たちの家のことを思い浮かべると、よみがえってくる最も強烈な記憶は、閉じたドアと沈黙である。私より五歳上の若い叔父は、自分の部屋を持っていて、そこへは中央階段から踊り場のところで分岐する暗い階段を通っていけた。祖母と祖父にはそれぞれ別々の部屋があり、内のドアでつながっていた。料理人には三階に自分の部屋があったが、私のバスルームを使うのにこっそり降りてこなくてはならなかった。庭師はガレージのむこうの部屋に住んでいて、そこは見たことがない。来客用の寝室はない。

一日の大半、二階の広間は陰になっている。そこに通じている部屋のドアがどれも、私のを除いて、みな閉まっているからだ。階下の共同で使える部屋は——書斎、客間、そして居間——昼間だと、私以外の人間はめったに使わない。他のみんなは自分の部屋に閉じこもっている。みな家にいるのに、誰もいないのかと思ってしまいそうだ。学校の休暇で帰っていたときの、あの夏の朝のことを今でも憶えている。十代という長い歳月のあの朝はどれも似ていて、一つの朝でもおかしくないほどだ。沈黙は深い。一家の誰もが、私を除いて、無口なのだ——料理人も、庭師も。無言のまま朝食が終わると（祖父はもう事務所に出かけている）、私は放ったらかされ、祖母は庭に出て、花を摘み、それを食器室で飾り付けている。家にあるどの花瓶も毎日花を取り替えるが、私は花束の手伝いをさせてもらえない。それから祖母は階段を上がって寝室に行く。ドアが閉じられ、一時間以上もそのままで、祖母は姉妹や肉屋に電話をかけている。この時期のあいだ、静寂を破るのは真空掃除機の音と、玄関の郵便受けに落ちる郵便の音だけだ。

興味を惹く郵便物は何一つなく、「ナショナル・ジオグラフィック」と「ヴォーグ」、それに「アメリカン・ボーイ」(どういうわけか、祖父が私のために定期購読してくれていた)、広告物や「ハロルド・プレストン殿」に宛てた寄付のお願い、それとたまにはエヴァ大伯母かアリス・カー大叔母からの手紙くらいしかない。いつまで続くかしれない時間の後、ソファに寝転んで本を読むか何かが起こるのを待っていると、祖父が寝る場所であり、祖母が縫い物をする場所でもある、二階の古い子供部屋のドアが開く——もしよかったら上がってきてもいいというシグナルだ。それから、また一時間ほど、私たちは出窓のところで向かい合って座ったままで、祖母は繕い物をするか、「ヴォーグ」の最新号に目を通し、私は窓の外を見て、話のきっかけをつかもうとしている。

「ロージーおばさんはどんな用事だったの?」と私は切り出す。「べつに」と祖母は答える。「ただのおしゃべり。ロージーがどういう人だか、知ってるでしょ」あるいは、「モーズおじさんの具合が悪いんですって」あるいは、「ニューヨークにいるモーティから手紙が来たそうよ」沈黙。雑誌を読み終わると、渡してくれて、私は社交界の欄で結婚や婚約の記事を見るが、シアトルの記事は一つもない。ニューヨーク、シカゴ、ボストン、サンフランシスコ——それでおしまい。「ヴォーグ」を読んでいると、シアトルでは何も起こらないように思えてくるが、私が座っている場所から見れば、その推測は本当だ。それでも私は決して希望を捨てなかった。どういうわけか、私の名前がその欄に載っているのではないかと期待していたのだろう。ちょうど、どういうわけか、窓の真下では、私が存在していることを発見した男の子が乗っているロードスターが、角を曲がってやってくるのではないかと期待していたように。男の子に対する興味は、祖母には話せない話題がいろいろあるなかの一つだった。大学に入るまでは、男の子など目に入らないふりをすることになっていた。もちろん、共通の話題は服に、映画の男優や女優だけだった。祖母は私が読むような本は嫌いで、私がつきあっている女の子たちがどんなものか、うすうす勘づいたとしたら、きっとその子たちも嫌いになっただろう。祖母は一族の誰のことも、どう思っているかは決して口にすることがなく、たとえ「頭にきた」人間でもそうだった。どれほど話を引きだそうとしても、たとえば私のことをどう思っているかといった、ごく簡単なことですら発見できなかった。

朝、子供部屋で向かい合って座っているときに、いちばん楽しかったことはと言えば、テニスドレスを作ろうと、「ヴォーグ」の型紙を手紙で請求したときのことだ。もし縫い方を習うことができたら、あるいは祖母が辛抱強く教えてくれたら、私たちは心を通い合わせる共通の媒体を見つけたかもしれないのだ。祖母が手助けしてくれたおかげで、テニスドレスの出来はそんなに悪くはなく、励まされて、私は別の型紙を請求した。私には大人すぎるスタイルで、淡い黄色からアプリコット、そして炎色へと色彩が変化していく、クレープデシンだ。このドレスは完成することがなかった。最後に家を訪れたとき、ホールの戸棚に赤面するような残骸が残っているのを見つけた。

祖父が大きな期待を抱いた、この洋裁期は失敗に終わった。私たちはまわりの人々が言うように「まるで親子のよう」とはいかなかった。指貫も嵌めず、長い糸の先にはちょっと汚い結び目がついている、そんな私の裁縫姿を祖母は見ていられなかった。私が繕い物を始めたら、その下手さ加減にたまりかねて、いつも祖母がそれを終わらせるのだった。

私の思春期で、退屈と不満のほとんどは、本を読んだり蓄音機をかけたりする以外にまったくなにもすることがないという事実から発していた。昼食にサンドイッチをこしらえる以外は、台所に入るのを許されなかったのは、マシュマロを作ろうとして歴史的なヘマをやらかしてしまったからだ。曙色のドレスと同じで、初心者にしては高望みしすぎたのだ。私が今日できる裁縫と言えば、寄宿学校や、さらにその前に、修道院の尼僧から習ったもので、多少なりとも料理を教えようとした唯一の人間は、よく入ってきては自分の昼食用にジャーマンフライドポテトを作っていた、庭師兼運転手（ショーファー）の老人だった。料理人が休みを取っている日には、彼は私に見物させてくれ、それから自分でやらせてくれた。今、私たちの家庭では、彼を偲んで、ショーファーフライドポテトという料理がある。味はとてもいい。

祖母自身は、決まったものとして昼食をとることはなく、毎日十二時か、ときにはもっと早く、私の謁見が終わる。祖母は椅子から立ち上がってバスルームに行き、ドアを閉める。そしてすぐに、祖母の寝室のドアが閉まり、子供部屋のドアが閉まる。そのときから、二時と三時のあいだまで、祖母は見えなくなる。誰も邪魔をしてはいけない。繁華街に行く準備をしているのだ。この出撃が祖母の一日のクライマックスである。寝室のドアが開き、華やかに盛装した祖母の姿が見える――祖母が着るどんな衣裳も、食事に似て、驚きなのだ。古い車留めの前で車が待っていて、私たちは出発し、ときにはロージー大叔母を拾って乗せる。次の二、三時間は店で試着したり、カウンターの商品を漁ったりして過ごす。祖母は特価品にはさほど興味がないものの、ヘレン・アイゴーかマグニンの店でセールがあれば必ず行く。関心があるのは、ドレスや毛皮や小物の「新機軸」――流行の最前線からの知らせだ。そういうときに、祖母の口数少ない動きと輝きは最高潮に達する。その買い物の仕方は絶好調の警句家のようで、買い物三昧ぶりは派手な髪型、揺れ動く羽根飾り、七面鳥のような歩き方、そしてすぼんだピンク色の頬にぴったり似合っている。

しかし五時十五分前になると、どこにいようが、祖母は腕時計を見る。おじいちゃんをクラブの前で拾う時間なのだ。おじいちゃんは事務所を出てから、いつもそこでブリッジの三回勝負をしているのである。五時きっかりに、祖父は舗道にいて、そわそわと車の流れを眺めている。すると車が停まる。祖父は乗り込んできて祖母の頬にキスをする。「いい日だったかい?」と祖父はたずねる。「まあね」と祖母は答え、小さなためいきをつく。私たちは五時半には家に戻っている。夕食は六時きっかり。食事のあいだ、若い叔父は一日をどう過ごしたかと質問され、叔父はぽつりぽつりと答える。祖母が買い物旅行で見かけた人間の名前を口にする。祖父は食事を褒めることもある。「ヴィクトル・ユゴー並み」というのは、ロサンゼルスのレストランのことを言っている。夕食が終わると、結婚している叔父が、パーティに出かける途中か、妻を連れて立ち寄る。もう一人の叔父は、あくびをしながら、自室に退く。玄関のベルが鳴ることもある。私が走って出ていくと、彼の友達が二、三人、私にかまわずどかどかと入ってきて、二階の彼の部屋に行く。踊り場に面したドアが閉まる。しばらくすると、叔父はぶらぶらと下りてきて、出かけると言う。そして彼の両親にキスをして、祖父が「十一時には戻るんだぞ」と声をかける。祖父母は、夕刊を読み終わると、ダブルキャンフィールドを始め、必ずと言っていいほど祖母が勝つ。「ズボンを安全ピンで留めなくちゃならんな」と祖父は私に向かって冗談を言う。この言い方は、自分がどれだけ貧乏になったかという意味だ。

それから祖父は繁華街のクラブに出かけていってポーカーをするか、深い椅子にじっとしたまま、葉巻をくゆらせて本を読む。その本はいつも同じ『ウォルター・ハインズ・ペイジの人生と書簡』らしい。祖母は借りてきた本を手に取り、私は私で自分の本を手に取って、また家中に沈黙が続く。聞こえる音はと言えば、ページをめくる音か、料理人が寝に上がるときの、台所の踊り場に面したドアがカチッという音だけ。稀に、電話が鳴ることもあり、私があわてて取るが、おもしろいものであったためしはない——誰かが叔父にかけてきたか、友達の女の子が私にかけてきて、今どうしてるとたずねるような電話だ。あるいは、私がソファで寝そべりながら『モーパン嬢』(つまらない）を読んでいるのを、祖母がちらりと見たりする。「メアリー、ドレスの裾を下ろしなさい」十時になると、祖母はためいきをつきながら本を閉じ、寝室に行く途中で玄関の方に向かう。「上がるのかい、ママ？」と、家にいる場合は祖父が言って、いつも変わらぬ驚きの表情を見せながら灰色の目を上げる。「そうね、ハリー」と祖母は階段から答え、またためいきをつく。階段がきしむ。祖母の部屋のドアが閉まる。バスルームのドアが閉まる。やがて祖父も本とペーパーナイフを置いて、お休みのキスのために頬を私に差し出し、祖母の後を追って階段を上がっていく。子供部屋のドアが閉まる。

ときどき、みんなで映画に行くこともあれば、ニューヨークの劇団が町に来ているときには、芝居を観にいくこともある。専属劇団は祖父の好みではない。『学生王子』と『ノー・ノー・ナネット』を観たことは憶えているし、『奇妙な幕間狂言』は祖母が「うるさい」と言っていた。木曜には、祖父のクラブへ夕食をとりに出かける。日曜には、料理人が作った食事を置いておいてくれる。結婚している叔父とその妻は、たとえどれほど誘いを断ることになろうが、必ずその食事にやってきて、エヴァ大伯母とアリス大叔母が来ることもときどきある。こうした食事が終わるとたいていその後で私たちは映画に行く。いつも帰宅は十一時まで。

一年に一回か、二年おきに、祖母がお茶会を催すことがあり、このときは仕出しをたのむ。客をもてなすのはそのときだけだ。アリス大叔母とエヴァ大伯母（どちらも未亡人）を別にすれば、近親以外には夕食を出したことがない。モーズ大叔父とロージー大叔母、クラレンス大叔父とアビー大叔母（菜食主義者の夫婦）、その他のいとこおじ夫婦や祖父の共同経営者夫婦も呼んだことがない。祖母の弟エルカンは、祖母がめったに会わないが仲が悪いわけでもないのに、私が知っているかぎりでは、一度も私たちの家に足を踏み入れたことがなく、彼の妻や大勢の子孫たちもそうだ。してみると、もてなしを妨げているのはユダヤ人の係累ではないかと思えてくる。「家に一人呼んだら、みんな呼ぶことになる」と祖父だったら言いそうなところだ。しかしエヴァ大伯母はよく来るし、一度、珍しい例外で、日曜の昼食に大伯母の娘をポートランドから呼んだこともある。思い出したもう一つの例外は、大北方鉄道のギルマン判事とその妻を夕食に招いたことだ。判事の妻は太った女性で、自分のことをリトル・エヴァと呼んでいた。このことを憶えているのは、食前に男性にはウィスキーが出されたからで、私たちの家でそんなことがあったのはそれが初めてである。しかしどうして判事とギルマン夫人を招いたのかは知らない。どうして他の人々を呼ばないのかという疑問を思いついたとき、私は不思議に思ったはずだ。というのも、その席では、みんなが大いに楽しんだからである。

それまで、私の家庭がとんでもなく接待が悪いということは、思いもよらなかった。私や若い叔父に社交生活を用意することはまったくなく、私たちのために若い人間が招かれることもなければ、私たちが招待されるように骨を折ることもまったくなかったのが実に不思議だということに、私は気づいていなかったのだ。それどころか、それにすっかり気づいたのは、三十歳を過ぎ、自分自身が母親になろうかというときのことだったのである。私に普通のつきあい仲間がいなくて、ときたまの友達しかいなかったとしても、これは私のせいで、どこかこちらに悪いところがあるのだと思っていた。ペチコートが見えているようなもので、他の人には見えても自分には見えないのだと。若い人間を社会に送り出す責任が家庭にあるという考え方は、私にとってはピタゴラスの定理よりも縁のないもので、もし誰かがそのことを私に言ったとしても、私は耳を塞いだと思う。私は自分の家族を愛していたし、家族が責任を放棄しているとは思いたくなかったからだ。男の子と一緒に外出させてくれないという事実は、まったくの別問題だった。私は激しく反対してはいたが、家族の考え方もわかっていた――私のためを思ってそうしてくれているのだと。

それでも、よそ者に対する祖母の態度にはどこか変なところがあることもわかっていた。夏になると、祖父と若い叔父と私はオリンピック山脈にあるクレセント湖に行き、そこで祖父の知り合いやその子孫たちと一緒に過ごすのが、西部で体験した唯一の社交生活だったが、祖母はそれにも加わらなかった。山のホテルでの暮らしはとても陽気で、祖父のお仲間である老人たち――判事にバトル夫人、ブレゼン大佐、エドガー・バトル氏、クロード・ラムジー氏、ブール夫妻――にとってもそうだった。彼らは広いベランダでトランプをしたり、メリーミア滝まで森の中を歩いたりする。モーターボートで探検したり、車で探検したり。夕方には若人が踊るのを見物し、台所の料理長にチップをはずむ。祖母がシアトルにじっとしているのを好み、いつもの変わらない日程をこなしているのが、私には理解できなかった。

祖母はそんなふうに変だった――そうとしか説明できない――ちょうど、若い叔父や私の友達がやってきても、夕食まで長居させないのが変だったのと同じだ。子供と大人の女性として、私が祖母と一緒に暮らしていた長い年月のあいだ、この規則が破られたことは二回しか思い出せない。二回目は、祖母が寝たきりになって、心も弱くなっていたので、大学で教えていた詩人に夕食までいてもらおうという私の決意を振り切ることができなかったときだ。私はちょっと良心の呵責を覚えたが、大丈夫だからと看護婦と料理人が言ってくれた――どうせ次の瞬間に忘れますよ、というのだ。しかしその夜の八時三十分頃に、祖母の綺麗な声が、怒りっぽくなって、二階から聞こえた。「メアリー、あの男の人はもう帰ったかい?」そして私が家に帰っていたあいだじゅう、祖母は夕食まで長居した「あの男の人」の話を不機嫌そうに何度も持ち出したのだった。彼には帰りようがなくて、ずっと離れた大学の部屋で暮らしていて、簡易食堂やティールームで食事をとっている人で、昔なじみであり、ここが私の生まれた町だったら接待する恩義があることを、いくら説明したところで無駄だった。そして祖母を笑い飛ばすこともできなかった。「どうしてあの男の人は、夕食時なのに自分の家に帰らなかったんだろうね」と祖母は繰り返し、その暗く、疑り深い言葉が、祖母から聞いたほぼ最後の言葉になった。

祖母のこの無礼さは、骨身に染みついた性格だった。近親の家族以外には食事を出さないだけでなく、誰かがただ単に訪ねてくるのも嫌がった。ホールのテーブルには来客の名刺を載せる銀のトレイが置いてあるが、たいていの名刺は古くなって変色していた。普通だと来客がある時間に、祖母はいつも繁華街で買い物をしていた。もし誰か友達の女の子が晩に遊びに来たら、祖母が寝るまで本当の話はできず、祖母は客より腰が重いこともしばしばで、本を持って隅っこに座り、ソファに座ってなんとか会話らしきものをでっちあげようとしている私たちの方に、ときどき視線を投げかけるのだった。聞き耳を立てていることはわかるが、祖母は自分から話しかけようとはしない。突然、顔を上げて、祖母は私に向かって「スカートの裾を下ろしなさい」という仕草をする。

叔父の立場も同じだったが、自分の居間を持っていて、そこで友達が集まれるという有利な点があった。たいていのところ、祖母は彼らの存在を無視した。たまたまホールで出会えば、軽く会釈するだけだった。叔父の知り合いの女の子たちは、決して家に招かれなかった。叔父はパーティを開いたこともなかった。

それでも、祖母は親切心のない女性ではなかった。召使とその家族にはよくしてやったし、時と場合によっては、もし打ち解けて逸話を語るのを承知したなら、はっきりと真心がこもった人間にもなれる。大きな部屋と広いポーチの付いた祖母の家は、客をもてなすつもりで建てられたように見える。そして私の母が生きていた頃には、事情もまったく違っていた、ということも聞かされた。この家は若い人でいっぱいだったという。銀器やクリスタルやカットグラスがいつも戸棚にしまわれていたわけではなかった。音楽が流れ、ダンスがあり、母の学校時代や大学時代の友達が幾晩もベランダ部屋（来客用寝室の代わりに使っていた）で過ごし、許可を取る必要もなかったそうだ。

私の母は祖母にとって可愛い子だった。私たちがもてなさないという事実は、母の死に関係があることが、私にも呑み込めるようになった。祖母は母が私の父と結婚したことを腹に据えかねていた。私のアイルランド系の親戚によれば、祖母は神父が家に入ってくることを許そうとせず、そのために式は芝生で行われた。他の人の話とは矛盾するこの話は信じられないが、母がやがて改宗することになったカトリック教会というものを、祖母が嫌っていたのは本当だ。かかりつけの医者であるシャープルズ先生は、もしまた子供ができるようなことがあったとしたら、奥さんは死にますよ、と父に言ったそうだが、父はそんなことはおかまいなしで、避妊もしなかった。実際のところ、母の死は出産とは関係がない。流感が大流行していたあの時期の、母と同じくらいの若い女性の多くがそうであったように、母は流感で亡くなったのだ。しかしだからといって、祖母みたいな女性が、父と教会に責任があるという思い込みを捨てるわけはなかった。またミネアポリスで父の一族と一緒に暮らしていた、私の弟たち三人に対して、祖母がまったく関心を持たなかったのは、たぶんそれが原因だろう。誕生日とクリスマスには小切手やプレゼントを送り、後には遺書の中にも書き加えたが、それでも、私が祖母と一緒に暮らしていたあいだ、祖母の判断に反して生まれてきた三人の幼い男の子たちは、祖母の頭の中から遠いところにいた。おそらく、祖母のような年齢の女性にとって、私だけでも手に余ったのかもしれない。そうは言っても、弟たちの運命が幸せなものではないと充分承知していたくせに、あれほどまでに関心がなく冷たい態度を取ったのは、奇妙であり、人間らしい感情に欠けているとしか思えない。しかし幸せとは、愛に似て、祖母にとっては我慢ならない考え方だったのだ。

祖母が私に対してときおり見せた無神経さというか超然とした態度は、気質的な同情心の欠如に帰せられるかもしれないし（私の性格が父譲りだということに思い当たっただろうか？）、あるいは私が痛々しくも母を思い出させたからかもしれない。（母に似ているというのはそれほどでもないことを、私はいつも気にしていた。みんながいつも、母がどれほど「綺麗」だったかという話を私にするのだ。）

母が亡くなってから三年間、母の友達の一人が教えてくれたところでは、祖母は社交の場に出なかったという。五年間、というのが別の説。そしてこの長すぎる弔いは、私たちの家に何か変わった点があれば、いつもそれが正式の理由として持ち出された。人々が声をひそめて言うには、祖母は私の母の死で受けたショックから決して立ち直れなかったのだと。子供の頃、私はこのことを本気で信じていなかった。この落ちついて、自分というものをしっかり持った女性が、悲嘆という激情に負けてしまうなんて、とても想像できなかったのだ。心理学者ではないので、私はなぜか、この頑固な弔いが故意で我儘なものだったという気がした。

子供というものは、自分の理解力を超えた大人の感情についてよくそう思うものなのだが、この場合、私は何か本当のものを嗅ぎ当てていたと思う。祖母の悲嘆は独特の形を取り、いわば、祖母のイニシャルの印が押されていた——銀器や、ブラシに櫛、自動車に記されている、渦巻き模様のレタリングで書かれた、「AMP」という厳格な文字。祖母の悲嘆は根深い敵意のような特徴を持っていた。母の友達が最近寄こした手紙によれば、母が亡くなってから一年間、祖母は店で出会っても口をきいてくれず、感情が傷つけられたという。「あなたのおばあさんはわたしの顔を見るだけでも嫌だったのです」と彼女は悲しく結論している。

そして私が思い浮かべる祖母もそのとおりだ。喪失を侮辱のように受け取り、頑固で腹を立て、口をきこうとしない相手は個人だけではなく、人生そのものだ。人生こそが娘を奪うことで祖母を傷つけたのだ。祖母の悲嘆は一種の立腹であり、いわば育まれた苦情であって、それは祖母が得意としたもので、媚態とも深く関係していた。もし手がかりが祖母の写真しかなかったとしたら、美貌の伝説が疑わしく思えてもおかしくはない。それがたしかだと思える証拠は、祖母の悲嘆のふるまいであり、言葉に対する不信感であり、人生とか他の悪い求婚者からの言い訳に一切耳を貸そうとしないことである。人生自身は祖母を口説かざるをえなかった――それがどうやら無駄に終わったらしいのは、祖母が死ぬほど傷ついたことが一度、二度、三度あったからである。

最初に傷ついた体験がどういうものだったかは知らないが、それはユダヤ人としての誇りと感性に関係していたのではないかと想像する。結婚生活の初期に何か傷つくことがあったが、それはほんのちょっとしたことだったのかもしれない――偶然の一言、ですらありうる――それが原因で、祖母はこの話題に関しては断固とした沈黙に閉じこもることになり、その沈黙は亡くなるまで続いた。二度目の体験については、私も知っている。それは悲劇的な美容整形のこと、たしか一九一六年か一九一七年、祖母が四十代で母がまだ生きていたときの話だ。たぶんその後のいつかに、乳様突起切除手術を本当に受けたと思うが（受けたはずだと思いたい）、すでに書いた、頬から始まって首筋へと続いている、たるんで不恰好な傷は美容整形師の仕業で、この男は、私が理解しているところでは、温めたワックスを塗りたくって祖母の顔をふくらませた。

そうした事故は美容整形の初期にはよくあることで、六十歳になる頃には、傷もさほど目立たなくなった。ただ頬がふくれて、腫れているような外見をしているだけで、これは化粧をしても隠せない——実のところ、化粧をするとかえって傷を引き立たせることになる。というのも、祖母は知らなかったが、まだ化粧をしていない朝の方が見た目がよく、ほお紅やパウダーを塗ると肌の表面が目立ってしまうのである。しかし傷がまだ新しかったあいだは、それはぞっとするようなものであったはずで、点模様のヴェールをかぶり、しっかりと顔の前に引き下ろしているのは、間違いなくそれが理由だ。写真は手術の後で途切れていて、ある情報筋によると、悲劇から一年経って、祖母はシアトルを離れたという。

「ある情報筋によると」——美容整形の話はシアトルではよく知られていたが、一家の中では、少なくとも私が聞いているところでは、そのことについては一切触れられることがなかったので、この話は部外者から聞いた——父の家系の人や、母の友人からで、当然ながらそういう人たちには細かいところまではわからない。この話を知ったときには私は大人になっていたが、祖母には「ユダヤ人」という言葉を使わない、というあの不自然な気配りと同じで、家族にこの件で探りを入れることはできなかった。「あなたのおばあさんの悲劇」——初めて美容整形に触れた言葉を聞いたのは、記憶が正しければ、私の友達の一人からで、彼女は母親から聞いたという。この言葉の適切さをアリストテレスの規範に合わせて問いただすつもりはない。この場合、日常的な用法でいいと思う。それは祖母にとって、祖母の夫や家族にとって悲劇なのであり、この人たちは愚行によって祖母の美を奪われ、まるで呪われた家のように、沈黙の中で暮らすようになったのだった。

祖母が社交界から退いたのは、本当に、この時期からに違いなく、大打撃となった私の母の死からではない。そういうわけで私たちは実に変わっていて、実に非社交的で、さらにこう付け加えたいところだが、実に非人間的だったのである。私たちはみな、遺物の崇拝に文字どおり身を捧げていたのだ。その遺物とは、毎朝大きなバスルームで洗われ新鮮になり、それから繁華街の店で人前を練り歩く、祖母の肉体だった。

私がニューヨークに住んでいた頃、ある日の朝、大きなバスルームで心臓発作を起こし、祖父は七十九歳で亡くなった。それでも祖母の儀式は変わらなかった。相変わらず着替えて同じ時間に繁華街へ行き、以前だったら祖父をクラブの前で拾う時間に戻ってきた。一年ほど経ってから会ったとき、祖母は元気そうに見えた。競馬場に通い、新しく興味を持つものができた——野球のナイターだ。私たちは一緒に球場に行った。ほんのときたま、二十年ぶりにつきあいを再開した女友達のグループと一緒に、昼食をとったりブリッジをしたりした。しかし、私の知っているかぎりでは、彼女たちを家に招くことは一度もなかった。いつもだと、待ち合わせの場所はシアトル・ゴルフクラブで、そこは最高の（非ユダヤ人の）カントリークラブである。

未亡人というものの常で、祖母は寿命が延びたように見えた。こんなにおしゃべりな祖母は見たことがなく、それに見栄えもとてもよかった。思い出すのは競馬場に行った午後のことで、そこまで祖母はロージー大叔母と私を車に乗せ、時速七十マイルのスピードで飛ばしたものだ。祖母自身は七十をとっくに超えていた。片方は元気のいい駒鳥で、もう片方はきらびやかなオオハシといった風情の二人の姉妹は、クラブハウスの賭け事好きな仲間と馬鹿話をしたり軽口を叩いたりした。自分たちに力があり、ちやほやされることを意識している二人は、見た目にも女王様然としてふるまっていた。ロージー大叔母は賭けなかったが私たちに口出しはした。祖母はいつものとおり勝って、私も勝ったと思う。その晩だったか、深更の早いうちに、ロージー大叔母は亡くなった。シャープルズ先生の意見では、競馬場で食べたものが原因だという。消化不良が不整脈を引き起こしたというのだ。先生も最初のうちは助かると思い、私もロージー大叔母さんは明日になったらほとんど元どおりになるに決まってるから、早く寝たらと祖母を説得していた。しかし真夜中に、電話が鳴った。私は走っていって電話を取った。モーズ大叔父からだった。「ロージーがたった今身罷ったよ」私がこのことを告げる前に、受話器を置く前に、祖母にはもうわかっていた。恐ろしい悲鳴が――この世のものとは思えない悲鳴が――寝室の閉じたドアのむこうから聞こえた。動物であれ人間であれ、そんな声は聞いたことがなく、悲鳴はやまなかった。それは月面に置かれた消防車のサイレンみたいに延々と続いた。一瞬のうちに、家中の者が目を覚ました。全員が走ってやってきた。そこに着いたのは私が先だった。寝室のドアをバッと開けると（そのときですら、領域を侵犯しているような、正当な理由もなく侵入したような感じがあった）、祖母がベッドの上にいて、ベッドカバーが蹴飛ばされていた。祖母は両足を投げ出していて、白いレースで縁取りした黄色いバチストのナイトガウンがまくれ上がり、太腿が見えていた。祖母はベッドの上でのたうちまわっていた。料理人と私もほとんど祖母を押さえつけることができなかった。戸口に叔父が現れ、私が最初に思ったことは（料理人もそうだったと思う）、ナイトガウンの裾を下ろさなくてはということだった。その光景は卑猥だったが、奇妙な閨房の美の光景であり、それは不気味な形で、叫び声というよりは喚き声に近く、悲しんでいる声にはとても思えないような、祖母がたてているあの恐ろしい音とは好対照だった。どうやら、祖母は立ち上がろう、そしてどこかへ行こうとしているらしく、料理人が起きるのを手伝った。しかしそのとき、いきなり、祖母は石を詰めた袋のように重たくなった。絶叫がやみ、死んだような沈黙が訪れた。

やがて、どうやってかは忘れたが、主に料理人のおかげで、祖母を普通の泣き声になるまで鎮めることができた。たぶん医者がやってきて鎮静剤を処方した。私は祖母と一緒にベッドに座り、抱きしめ、慰めようとした。この一連の動作にはどこか素敵なところがあった。というのも、私たちがこれほどまでに近づいたのはそれが初めてだったからだ。しかし、いきなり、祖母はロージー大叔母のことを思い出し、大叔母の名前を叫ぶのだった。誰もロージーの代わりはできないし、それは私たちのどちらもわかっていた。私はまったくの部外者のような気分だった。祖母の髪を撫でながら、その晩はっきりとわかったように思ったのは、祖母が本当に愛していたのは妹だけだったということだ。私の頭の知的な部分では、なんらかの啓示が起こったことに気づいていた――おそらく、ユダヤ人の家族が持つ感情の本質に関わるものだ。そして、あの恐ろしい我を忘れた絶叫は典型的なユダヤ人の弔いであり、バビロンの流れに遡るのではないのか、と思った。たしかなことが一つあった。私が想像したよりも、もっと祖母は私たちの他の者とは違っていたということだ。

モーズ大叔父は動揺していなかった、と私は翌朝に知った。こんなに派手な悲嘆ぶりを見せてしまったのは、ふだんまったく感情を見せない祖母だけで、一家は祖母のふるまいを多少恥ずかしく思っているようで、それはまるで、彼らに関するかぎりでは、闇の中に置いておく方がいいものを、祖母が明るみに出してしまった、と彼らも感じているようだった。しかしそれでは、彼らの見たところ、祖母が本当に明るみに出したものは何だったのか？　祖母の本質的なユダヤ性だろうか？　私には結局わからなかった。というのも、ちょうどその日に、私は赤ん坊を連れて東行きの列車に乗らなければならなかったからだし、数年後戻ってみたら、ロージー大叔母が亡くなったときに変なことがあったのを誰も憶えていないようだった。

「それが私の妹よ」と、ロージー大叔母の写真のところに来ると、祖母はいそいそと指さしながらよく大声を出した。そして「私の姉」と、もう少しもったいぶった声で、エヴァ大伯母のことを言ったものだ。写真のコレクションで姉妹のどちらかが出てくると、祖母は決まって明るい顔になる。

まるで大好きな剝製の動物を見せられたときの子供みたいだ。ロージー大叔母を見るときの方がもう少し興奮したのではないかと私は思う。もうその頃には、たしか、祖母は姉妹のどちらも亡くなっていることを忘れていた、というか、死という概念はもはや祖母にとってなんの意味もなくなっていた。二人は「遠くへ行ってしまった」と、おそらく祖母は信じていたのだろう。ちょうど子供が死んだ親戚のことをそう信じるように。よく私は、名前を出して祖母を突っついてやろうとかまえていたものだが、祖母にはそんな必要もないし、そんなことをしてほしくもないようだった。祖母にとっては姉妹との関係が大切なことで、その点だけはいつも間違えなかった。「ロージーおばさん」と私は言って、大きなマラボーの帽子をかぶった、小柄で微笑んでいる黒髪の女性の写真を見せる。「私の妹」と祖母の声が誇らしげに、まるで訂正するように私の言葉を踏みにじる。

古い写真の衣服を見て祖母はにっこりする。まだ服装に対する興味は失っていなくて、私の見てくれにはとても批判的で、せわしない仕草をしながら髪を頰のところまで下ろすようにと私にせがみ、私がそうすると自慢げにじろじろと眺める。そうすると「ソフト」に見えるというのだ。もし私がうまくできなかったら、祖母は自分の黒いウェーブを引っ張って、どういうことか私に見せる。祖母はもう繁華街に行くことはできないが、まだ同じスケジュールを守っている。毎日十二時になると、看護婦が祖母の部屋のドアと、子供部屋とバスルームに通じるドアを閉め、化粧が終わる二時と三時のあいだにはまたそれを開ける。「もういらっしゃっていいですよ。おばあ様はすっかり綺麗になられました」ある日の午後、そう呼ばれて行ってみると、祖母は額に皺を寄せて考え事をしていた。何か変だとは思ったが、それが何なのかはわからなかった。祖母は私に何かを取ってきてほしがっていた。整理箪笥にある「なんとかいうやつ」を。私はほとんどすべての物を試してみた――ブラシ、櫛、ハンカチ、香水、針刺し、ハンドバッグ、私の母の写真、と。そのどれも違っていて、祖母はだんだん苛立ち、まるで私が馬鹿みたいなふるまいをしていると言わんばかりだった。「櫛じゃない、なんとかいうやつよ！」すっかり取り乱しているので、とうとう私は看護婦を呼んだ。「何かをほしがってるんです」と私は言った。「でも、それが何だかわからなくて」看護婦は整理簞笥のてっぺんをちらっと見てから、すばやくシフォニアのところに行った。そしてそこに置いてあった手鏡を取って、何も言わずに祖母に手渡した。すると祖母はたちどころににっこりしてうなずいた。「鏡という言葉をお忘れになったんですよ」と看護婦は言って、私にウィンクしてみせた。その瞬間に、祖母が惚けたという事実が実感できたのだ。

訳者あとがき

若島 正

本書『私のカトリック少女時代』は、メアリー・マッカーシーの回想記 *Memories of a Catholic Girlhood*（一九五七年）の全訳である。底本には、Harcourt, Brace and Company から出た初版のハードカヴァー版を用いた。

最初に、メアリー・マッカーシーの略歴を簡単にまとめておこう。彼女は一九一二年六月二十一日に、ワシントン州シアトルで、父親ロイ・マッカーシーとその妻テレーズとのあいだの長女として生まれた。しかし六歳のとき、一九一八年に、悪性の流感が大流行して、母親はその年の十一月六日に、そして父親はその翌日にと、立て続けに亡くなり、メアリーと三人の弟たちは幼くして孤児になった。その結果、姉弟四人はミネアポリスに住む大叔母とその夫の手にあずけられた。ここからが回想記としての本書の内容である。弟たちのうち、長男のケヴィンは後に映画俳優になり、ドン・シーゲルが撮った『ボディ・スナッチャー／恐怖の街』（一九五六年）で主役を演じたので、ご記憶の方も多いかと思う。

孤児としてのつらい生活を送った後、メアリー・マッカーシーは一九二三年、十一歳のときに、母方の祖父であるプレストンに救い出され、シアトルに移り、聖心会のフォレスト・リッジ修道院

◀ヴァッサー校卒業直前のメアリー。
▼メアリー5歳のころのマッカーシー一家。左から、父ロイ・マッカーシー、弟ケヴィン、祖父J・H・マッカーシー、メアリー、祖母エリザベス（リジー）・シェリダン・マッカーシー、弟シェリダン、母テレーズ（テス）・マッカーシー、弟プレストン。

附属学校に入学した。信仰をめぐるそのときの体験は、本書の中心を成している。

その後、ガーフィールド高校、そしてワシントン州タコマにある寄宿制のアニー・ライト神学校を経て、一九二九年に名門のヴァッサー女子大学に入学し、一九三三年に卒業するが、その卒業式の一週間後に、劇作家志望の若い俳優ハロルド・ジョンスラッドと結婚し、それと同時期に、左翼的な雑誌「ニュー・リパブリック」や「ネーション」の書評欄に寄稿しはじめる。ジョンスラッドとは一九三六年に離婚。その翌年には、季刊誌「パーティザン・レヴュー」の創刊者であり評論家のフィリップ・ラーヴと同棲し、スターリニズムと決別した同誌の復刊に助力して、そこで劇評を担当した。そして一九三八年には、ラーヴと別れ、文芸批評家の大物であるエドマンド・ウィルソンと結婚し、その年に一人息子のルールが生まれた。彼女自身が語るところによれば最初から失敗だったというこの結婚は、それでも七年間続くことになる。さらに、エドマンド・ウィルソンのすすめに従って、この頃から小説を書くようになり、連作短篇集の形式を取った第一長篇 *The Company She Keeps* を一九四二年に発表した。

一九四六年、三度目の結婚相手となるボーデン・ブロードウォーターと初めてヨーロッパ旅行に出かけたのをきっかけにして、メアリー・マッカーシーはしばしば取材も兼ねてヨーロッパに滞在していたが、一九五六年の秋に、ヴェネチアからいったんニューヨークに戻っていた彼女は、これまで主に「ニューヨーカー」誌に発表してきた少女時代の回想を一冊にまとめる仕事に取りかかり、さらに新たな一篇を書き加えた。この仕事を終えてから、彼女は翌年の五月にふたたびイタリアに旅立った。この二度のイタリア旅行の成果は *Venice Observed*（一九五六年）と *The Stones of Florence*（邦題『フィレンツェの石』、一九五九年）という二冊の文化評論として出版されたが、ちょうどその二冊に挟まれるようにして一九五七年に出たのがこの *Memories of a Catholic Girlhood* である。

一九五二年に執筆を開始し、途中で何度も挫折しては再開して、ようやく完成に漕ぎつけ一九六三年に出版された長篇小説 *The Group*（邦題『グループ』）は、作者自身も驚いたことにベストセラーになり、一九六六年にはシドニー・ルメット監督によって映画化された。ヴァッサーを卒業した八人の女性のその後を追ったこの長篇小説は、メアリー・マッカーシーの代表作として今なお再読に堪える傑作である。

メアリー・マッカーシーは政治的発言を厭わず、リベラルな知識人の態度を貫き、六〇年代にはヴェトナム戦争に反対して戦時中に数度ヴェトナムに赴き取材をした。その結果は ***Hanoi***（邦題『ハノイ』、一九六八年）など三冊のルポルタージュにまとめられている。また、歯に衣着せぬ発言はしばしば物議を醸すこともあり、その最たるものは、一九七九年、テレビの人気トーク番組「ディック・カヴェット・ショー」に出演して、過大評価されている作家として劇作家のリリアン・ヘルマンを挙げ、「彼女が書く言葉は、“and”や“the”を含めて、どれもこれも嘘だ」という迷言を吐いた事件だろう。この番組をたまたま見ていたリリアン・ヘルマンが激怒して、名誉毀損で訴えた。ヘルマン側は、もし謝罪すれば訴訟を取り下げるという態度だったが、メアリー・マッカーシーは「謝罪すれば自分の発言が嘘だったことになる」として引かなかった。この訴訟事件は、一九八四年にリリアン・ヘルマンが亡くなったことで取り下げになった。

晩年のメアリー・マッカーシーは、己の人生を回想記というかたちで振り返る仕事に取り組んでいた。いわばその第一巻として、最初の結婚をする一九三三年までがほぼ時間の経過どおりに語られる *How I Grew* は、一九八七年に出版された。これには当然ながら本書と内容が重なる部分もある。その続篇を執筆していた最中の、一九八九年十月二十五日に、メアリー・マッカーシーは肺癌で亡くなった。未完に終わった作品は、*Intellectual Memoirs: New York 1936-1938* と題して一九九二年に出版された。こちらの方は、一九三八年にエドマンド・ウィルソンと結婚するところで終わっている。

それでは、本書に話を移そう。前書きというよりは後書きと考えた方がよさそうな「読者へ」（To the Reader）という序で述べられているとおり、本書はメアリー・マッカーシーが「ニューヨーカー」誌をはじめとするいくつかの媒体で一九四四年から一九五七年にわたって単独で発表した作品を、改稿もまじえながらまとめなおし、さらにそのほとんどに、発表時点ではなくその時点（つまり、本書をまとめていた一九五六年の終わり）での長いコメント（本書各セクションの＊印以降）を付したものである。回想記というジャンルにおいても独特なこの構成については、また後で述べる。

章に相当するそれぞれの作品は、「回想」として発表されたものもあれば、「小説」として発表されたものもある。また、そのうち三篇は短篇集 *Cast a Cold Eye*（一九五〇年）に収録された。その短篇集は二部構成で、回想記の三篇は第二部としてまとめられているが、「回想」と明示されているわけではなく、第一部の短篇小説との区別はいささか曖昧である。その短篇集の中では、すべての作品は単に「物語」と呼ばれている。

ここで、各作品の初出などの情報をまとめておこう。

1　彼方の農夫は何人ぞ（Yonder Peasant, Who is He?）

初出、「ニューヨーカー」誌一九四八年十二月四日号。*Cast a Cold Eye* に収録。タイトルは、有名なクリスマス・キャロルである、「慈しみ深き王ウェンセスラス」の一節から取られている。寒い夜に、貧しい農民が薪を集めているのを城から見た国王が、贈り物を持って行こうとして、奇跡が起こるという話。

2　ブリキの蝶（A Tin Butterfly）
初出、「ニューヨーカー」誌一九五一年十二月十五日号。

3　ごろつき（The Blackguard）
初出、「ニューヨーカー」誌一九四六年十月十二日号。*Cast a Cold Eye* に収録。

4　初めが肝腎（C'est le Premier Pas Qui Coûte）
初出、「ニューヨーカー」誌一九五二年七月十二日号。

5　名前（Names）
初出、「マドモワゼル」誌一九四四年四月号。そのときの題名は"C. Y. E."。この初出時の題名で *Cast a Cold Eye* に収録。メアリー・マッカーシーは、回想記としてまとめる際にこの作品を再読して、それが「我慢できないくらいにひどい」ものだと思い、大幅に書き直した。

6　時計の中の人形（The Figures in the Clock）
初出、「ニューヨーカー」誌一九五三年二月二十八日号。

7　イエローストーン公園（Yellowstone Park）
初出、「ハーパーズバザー」誌一九五五年十一月号。

8　質問無用（Ask Me No Questions）
初出、「ニューヨーカー」誌一九五七年三月二十三日号。この作品だけは、回想記をまとめているときに書かれたものであり、従って作者によるコメントは付されていない。

ただし、回想記としての本書の独特な構成からして、冒頭に置かれた「読者へ」も本篇とほぼ対等の位置を占めていると考え、それを加えて全体が九篇から成ると見なしている研究者もいる(Nicole Stamant, *Serial Memoir: Archiving American Lives*, 2014)。

本書は一九五七年三月に出版されたとき、メアリー・マッカーシーにとっては異例なほどの好評で迎えられた。それまで批評家たち(とりわけ、男性批評家)は、メアリー・マッカーシーに対して、彼女が他の誰よりも書けて、鋭い観察眼を持っていることは認めても、彼女の「冷たい眼差し」に嫌悪感に近い恐れを抱いていた。それは、第一短篇集が *Cast a Cold Eye* と不運にも題されていたことから来る、彼女につきまとうレッテルでもあった。ところが、多くの読者が本書に見出したものは、あたたかさであり、ユーモアであり、共感だった。いわゆるニューヨーク知識人として知られたドワイト・マクドナルドも、本書について「今回だけは心がこもっていて、直裁的で簡潔、そして感動的だ」と語っている。今で言えば「家庭内暴力」ということになるはずの、日常的に折檻を受けるという辛い時期について語ったセクションである「ブリキの蝶」ですら、対象を辛辣に描きながらも、まるでディケンズの小説を読んでいるような物語の味わいと、すでに済んだことだという距離感がそこには感じられる。また、メアリー・マッカーシー本人についても、目立ちたがり屋として描かれていて、自己表象にはつきものの誇張がそこには感じられない。

最初はばらばらの作品として書かれたものに、それぞれ後書きともいうべきコメントを加え、さらに序文に相当する「読者へ」を付けるという本書の独特の構成は、何よりもまず、メアリー・マッカーシーの「事実」に対する偏愛の故である。その意味で、彼女は頑固なまでのリアリストだった。一九六〇年に行った講演「小説の中の事実」(The Fact in Fiction)で、メアリー・マッカーシーは長篇小説（＝ノヴェル）というものが事実に立脚する点を強調している。「長篇小説のはっきりとした印は、現実世界、事実の世界、立証可能な物事に対する関心である」。それはなにも、彼女が非現実的な作品を一切排除しているということではない。そうした作品は、彼女に言わせれば「寓話」や「ロマンス」なのである。メアリー・マッカーシーがいちばん好きな長篇小説はトルストイの『アンナ・カレーニナ』だというのも、なるほどとうなずける話だ。そしてまた、『グループ』が彼女なりの長篇小説であったこともよくわかる。リリアン・ヘルマンとの確執も、結局「嘘」をめぐるものであった。本書で描かれている、環境や状況によって意に反して「嘘つき」になってしまった彼女の姿は、その後に徹底して嘘を嫌うようになったその根源ではないかと思える。

　それでは、本書の各セクションに付けられたコメントや「読者へ」で繰り返し述べられている、事実と虚構の区別はどうなのか。彼女自身が認めているように、事実に確かな基盤を置きながらも、ストーリーテリングのために脚色を加えた部分を含んでいるこの回想記を、わたしたち読者はどう受け取ればいいのか。それは単に、『私のカトリック少女時代』のみならず、メアリー・マッカーシーの著作全体を眺めたときにも、最も興味深い問題の一つだろう。

　メアリー・マッカーシーは一九六三年に出たあるインタビューの中で、女性作家は「知性」派作家と「感性」派作家の二つに大別できるという意見を表明している。この「知性」と「感性」とは、英国女性作家ジェイン・オースティンの長篇小説『知性と感性』(*Sense and Sensibility*)から採られたものである（この小説には、『分別と多感』という邦題もあるが、ここではこちらの訳語を選ぶ。ただし、この「知性」には「分別」の意味が含まれているものだと了解されたい）。メアリー・マッカーシーが見るところでは、この「知性」派女性作家を代表するのはジェイン・オースティンと、ジョージ・エリオットである。彼女が定義する知性派女性とは、「たくましい精神、常識、世の中と物事の仕組みについての確かな知識、そして「ユーモア」を備えていることを長所とする女性である。そしてアメリカ女性作家の中でこの知性派に属する作家としてイーディス・ウォートンを挙げ、現代ではこの知性派が消滅しかけているという指摘をしている。この彼女の指摘がどれほど正鵠を射ているかについてはさまざまな意見もあるだろうが、メアリー・マッカーシー自身がこの定義によるる知性派女性作家にぴったり当てはまる作家であることには異論の余地がない。

今回、わたしが最も愛している女性作家の一人であるメアリー・マッカーシーの、『グループ』と並ぶ代表作を翻訳することができて、この上なく嬉しい。本書でメアリー・マッカーシーの愛読者が増え、再評価の兆しとなることを祈りたい。

解説、あるいは利発すぎた少女の回想

池澤夏樹

メアリー・マッカーシーはぼくがずいぶん好きな作家だ。彼女の名を高めた『グループ』は若い頃に読んで感心したし、その後では『アメリカの鳥』に夢中になった。だからこれを『池澤夏樹＝個人編集　世界文学全集』にも入れた。

彼女がハンナ・アーレントの親友で、『エルサレムのアイヒマン』を書いてアメリカの論壇から強い非難を浴びたアーレントを励まし続けたことも知っている（あの一件は数年前にいい映画になった）。

それに青年期のぼくの思想的支柱だった『フィンランド駅へ』の著者エドマンド・ウィルソンと彼女が一時は夫婦であったことも知らないではない。

しかし彼女が本書のようなメモワールめいた作品を書いていたとは知らなかったし、ましてこれが須賀敦子の愛読書であったとは！

たしかにカトリックの、女性の、文学者という点を二人は共有している。ただ敬虔な信徒というばかりでなく、二人とも神学をつきつめる真剣な信者だった。だからこそマッカーシーは若い時に信仰を捨て、須賀敦子は最後まで信仰を保った。上智大学に勤めている時、最近になって派遣されてくるイエズス会の神父たちの神学の知識がお粗末で私の方が詳しい、と須賀さんが嘆いたのをぼくは聞いている。

では、これはメアリー・マッカーシーの自伝だろうか？　少女時代の回想だろうか？

骨格はまちがいなく自伝的な事実。流感で二日のうちに死んだ父母の子供たち四人の長女で、六歳で冷酷な大叔母夫婦に預けられて今ならば虐待とされる暮らしを強いられ、やがて母方の祖父に救い出されて裕福な子供時代を送る。この祖父は形ばかりのプロテスタントだったが、彼女は父方からのカトリック信仰を保ち、神にまつわることを熱心に考えるようになる。

たしかに幼い時から波瀾に満ちた小説的な人生だ。

本人も後にちょっと書いているけれど、まるで『オリヴァー・トゥイスト』か『デヴィッド・コッパーフィールド』みたい。あまりにディッケンズ的なプロットかとはじめは思う。オリヴァーが「あの、お代わりを下さい」という有名な言葉の代わりにメアリーが「あの、信仰の支えを下さい」と聖心会修道院院長のマダム・マキルヴラに言っているかのよう。

ディッケンズを思わせるのは、作者がこの形はいいが弱々しい骨格にあまりに膨大な量の小説的肉付けをしたからだ。だって六歳とか十歳とか十五歳とか、そんなに昔のことをここまで詳細に覚えているはずがない、と読者は考えてしまう。

小説的肉付けの最も具体的な例は母方の祖母を扱った最後の章、「質問無用」に見られる。それまでにも多用されていたけれど、ここは更に抑制を欠いて名詞に満ちた文体になっている。料理の話では食材の数がとんでもないし、衣装や道具の詳細など、ぼくはあの分厚くて挿絵に満ちたシアーズ＝ローバック社の通販カタログを思い出したくらいだ。つまり覚えていたのではなく執筆時に足したという疑惑を抑えきれない。それはつまり小説化ということではないか。

数年かけて一章また一章と書いたものをまとめる時に作者自身が弁明を試み、疑念を呈し、いわば混ぜっ返しながら話を進める。その意味ではこれは『反自伝』である。現在の自分を過去へ投影する解釈のゲーム。

タイトルのとおり、カトリシズムが主題である。だから須賀敦子はメアリー・マッカーシーと対話ないし議論をしながらこれを読んだのではないか、と後世のぼくは考える。

例えば――

ときどき思うのは、カトリシズムが平信徒には向いていない宗教だということだ。というか、ともかくアメリカの平信徒には向いていないということで、どうも人間の本性のいちばん悪い特質を引き出して、清められたと思ってしまうようだ。

というあたり。

平信徒に向いていないということは修道士や尼僧や神学者にこそ向いているということか。だからこの作品は雑誌発表の途中から多くの平信徒の反発を買う一方で神父や尼僧に好意をもって受け入れられた。

平信徒はどんな悪いことをしても告解して指示された祈りを唱えればそれで済ませたことになる。敬虔を装いやすい。あるいは偽善と気づかずに慈善を行う。だから「善人のみが宗教に手を出してもかまわない」わけで、善人でない者は宗教を利用して傲慢とか怒りとか怠惰という悪に踏み込む。しかもカトリックではその信仰に入れたことが幸運という特権意識を生む。

ぼくはここに「善人なおもて往生をとぐ、いはんや悪人をや」という親鸞の言葉を持ち出して挑発して、神と仏の違い、両者の救いの違いについて二人に聞いてみたい。メアリーと敦子とぼくの座談会。

圧巻は、彼女が信仰を失ったと表明した結果を巡る大騒ぎの話だ。

そもそも彼女はおそろしく利発で、とことんものを考え、その論理的な結論に至ると状況が不利でも譲らない子供だった。だから十歳の時、「ブリキの蝶」事件の際に自分への理不尽な疑いを突き放したことで「まるで聖人になったような気分」を味わう。虐待する大叔父への意志の勝利のように思う。そういう性格なのだ。

教区学校ではいちばんの人気者だったのに、次の聖心会の修道院に行くと成績はいいにもかかわらずトップ・グループに入れない。善行章リボンがもらえない。そこでいきなり、「無視されていたのは、私が何者かを修道院がわかっていなかったからだ」と考える。いずれは庶民に身をやつしたハルン・アル・ラシードの正体に民衆が気づくように、あるいは『小公女』のセーラの場合のように、誤解が解ける日が来るはず。

しかしいくら待ってもそんな日は来なかった。そこで起死回生の大きな手を打つ。日曜日の朝、礼拝堂で聖体拝領の列に並ばず、「信仰を失ってしまいました」と告白する。これは信徒にとっては由々しきことであり、大騒ぎになる。院長が説得し、神父が説得し、それでもこの生意気な生徒は納得せず、ことは壮大な神学論争になる。この部分はカトリック的論理ないし詭弁の見本として実におもしろい。

神父の説得は失敗し、学内のみんなの注目を集めて、「私はどこへ行こうが、尊敬のまなざしで見られるようになった」。

しかもこれはすべて計算の上でのふるまいで、日曜日に信仰を失っても三日の修養のうちにそれを取り戻せば、水曜日の告解に間に合う。その間は魂は危険にさらされるがそれはしかたがない、と覚悟してのこと。まるで保険の話のようだ。

幼かったのだからとか、孤児だったからとか、理由をつけて自分の非力を認め、周囲の好意に依るという甘えを拒絶する。あくまでも戦略的に生きようとする。


自伝と小説の間をうろつくという意味でこれは特異な文学作品だ。

これに比べて『アメリカの鳥』は実に端正に仕上がった小説である。こちらも読んでいただきたいので少し説明しておこう。

主人公が一種の信仰を持った若者であるという点でこれは『私のカトリック少女時代』に似ている。主人公ピーター・リーヴァイの信仰の対象はカトリシズムではなくカント。「他者を手段として用いるな」というカントの定言を信条として生きようとする少年の物語。世間と社会が押しつけてくる不条理に対してどうふるまうべきかと反問するのだから、中心にあるのは倫理だ。不条理の方は歴史を陳腐化する動きと母（美しいハープシコード奏者）の戦いであったり、フランスのアパートの汚い便所であったり、ベトナム戦争であったりとさまざまだが、倫理をもって論理的に世間と戦うという姿勢において、メアリー・マッカーシーの文学は一貫している。

ぼくが『アメリカの鳥』が好きなのにはもっと私的な理由があって、ピーター・リーヴァイはぼくと同じ一九四五年の生まれなのだ。だから自分の歩みと重ねて、その歳にはそれぞれ何を考え何をしていたかと想像することで立体的に読むことができる。母親への固着という心的傾向も似ている。だから特権的な読者になれる。

しかし『私のカトリック少女時代』の方は自分がこの種のものを自分で書くなど考えようもない別世界の話だ。

須賀敦子の場合はどうだっただろう？

彼女が書いたものもみな回想だった。そこには一定の小説化があったがそれはメアリー・マッカーシーの場合ほど露骨ではなかった。違いますか、須賀さん？　マッカーシーさん？

こういう形でぼくは三者の架空の座談会を開催しているのだが。

Mary McCARTHY:
MEMORIES OF A CATHOLIC GIRLHOOD (1957)

若島正（わかしま・ただし）
1952年京都市生まれ。京都大学大学院修士課程修了。京都大学名誉教授。訳書に、ウラジーミル・ナボコフ『ロリータ』『アーダ（上・下）』『ディフェンス』『ローラのオリジナル』『記憶よ、語れ——自伝再訪』、シオドア・スタージョン『海を失った男』など。著書に、『ロリータ、ロリータ、ロリータ』『乱視読者の帰還』『乱視読者の英米短篇講義』『乱視読者のSF講義』など。詰将棋作家、チェス・プロブレム作家としても活躍中。

須賀敦子の本棚７　池澤夏樹＝監修
私のカトリック少女時代

2019年４月20日　初版印刷
2019年４月30日　初版発行

著者　メアリー・マッカーシー
訳者　若島正
カバー写真　ルイジ・ギッリ
装幀　水木奏
発行者　小野寺優
発行所　株式会社河出書房新社
〒151-0051　東京都渋谷区千駄ヶ谷2-32-2
電話　03-3404-1201（営業）　03-3404-8611（編集）
http://www.kawade.co.jp/
印刷　株式会社亨有堂印刷所
製本　加藤製本株式会社

落丁本・乱丁本はお取り替えいたします。

本書のコピー、スキャン、デジタル化等の無断複製は著作権法上での例外を除き禁じられています。本書を代行業者等の第三者に依頼してスキャンやデジタル化することは、いかなる場合も著作権法違反となります。

Printed in Japan　ISBN978-4-309-61997-2

須賀敦子の本棚 全9巻

池澤夏樹＝監修

★1　神曲 地獄篇（第1歌〜第17歌）〈新訳〉
ダンテ・アリギエーリ　須賀敦子／藤谷道夫 訳
（注釈・解説＝藤谷道夫）

★2　大司教に死来る〈新訳〉
ウィラ・キャザー　須賀敦子 訳

★3　小さな徳〈新訳〉
ナタリア・ギンズブルグ　白崎容子 訳

★4・5　嘘と魔法（上・下）〈初訳〉
エルサ・モランテ　北代美和子 訳

★6　クリオ 歴史と異教的魂の対話〈新訳・初完訳〉
シャルル・ペギー　宮林寛 訳

★7　私のカトリック少女時代〈初訳〉
メアリー・マッカーシー　若島正 訳

8　神を待ちのぞむ〈新訳〉
シモーヌ・ヴェイユ　今村純子 訳

9　地球は破壊されはしない〈初訳／新発見原稿〉
ダヴィデ・マリア・トゥロルド　須賀敦子 訳

★印は既刊